# 偽装同盟

ALLIANCE IN DISGUISE

佐々木 譲

Sasaki Joh

集英社

# 偽装同盟

ALLIANCE IN DISGUISE

東京帝大
不忍池
統監公邸
本郷三丁目交差点
本富士警察署
プチロフ東京工場
湯島聖堂前交差点
順天堂医院
神田明神
神田川
女坂
湯島聖堂
湯島坂
聖堂橋
外神田警察署
西神田警察署
聖エリザヴェータ病院
昌平橋
復活大聖堂
万世橋駅
南甲賀町交差点
プーシキン通り
チューリン百貨店
小川町交差点
コサック騎兵連隊駐屯地
クロパトキン通り
日本橋川
ロジェストヴェンスキー通り
半蔵門
宮城
馬場先門跡
宮城前広場
東京駅
グリッペンベルク通り
東京衛戍病院
陸軍省
友好道路
祝田橋
ロシア帝国日本統監府
警視庁
日比谷交差点
ロシア歩兵連隊駐屯地
マカロフ通り
帝国議会議事堂
下士官倶楽部
連隊通り
聖ソフィア聖堂
尾張町交差点
新橋駅
慈恵医院医学校
汐留
愛宕警察署
浜離宮

# 1

強い南風が吹いた日だった。

この年の最初の南風であったろう。気温はそれまでよりも高くなり、午後には風も弱まった。でもまだ陰暦の春分も前だ。確実に寒《かん》が戻ってくる。午後の穏やかさは、空の気まぐれに過ぎないと、誰もが知っている。

その日、和暦では大正六年の三月十一日、同盟国ロシアの暦では一九一七年二月二十六日、日曜である。

午後の七時を少し過ぎた時刻だ。特務巡査・新堂裕作《しんどうゆうさく》の乗るロシア製乗用車プチロフは、クロパトキン通りを北進していた。警視庁本部刑事課捜査係の新堂は、この数日、連続強盗事件の捜査で、所轄の愛宕《あたご》警察署刑事係の応援に当たっていた。

つい十五分ほど前、犯人らしき男の居場所について、愛宕署に通報の電話があった。内幸町《うちさいわいちょう》のあいまい宿に潜んでいるという。新堂は愛宕署のふたりの特務巡査と共に、その宿へ急行しているところだった。車を運転しているのは、若い吉屋《よしや》で、後部席にいるのは巡査部長の笠木《かさぎ》という男だった。

車両は、日比谷《ひびや》公園の南端を通る連隊通りとの交差点に達した。この交差点の北東側に建つ洋館は、いまは駐屯《ちゆうとん》ロシア軍の下士官倶楽部《クラブ》となっているが、かつての華族会館だ。被疑者が潜んでいるというあいまい宿は、この建物の裏手の中通りにあるという。

交差点を右折したとき、前方が異様だった。通りの左手に幌付《ほろつ》きのトラックが何台も並んでいて、武装したロシア兵たちが通りをふさいでいる。

真正面にいる兵士が、両手を大きく広げ、左右に振った。

運転している若い巡査、吉屋が車に制動をかけた。プチロフは、連隊通りの右側車線で停《と》まった。手を振った兵士が車に近づいてきて、鋭い調子で言った。

「Вернись. Нельзя」（戻れ。駄目だ）

吉屋が、助手席に乗る新堂に顔を向けてきた。あなたが対応してくれと言っている。

新堂は外套《がいとう》の内の隠しから身分証を取り出して、そのロシア兵にかざした。

「Я офицер полиции」（警察官だ）

兵士は不審げな顔になった。新堂は助手席のドアを開けて、夜の街路に降り立った。

正面から、将校と見える男が近づいてくる。

街灯の明かりの下に男が入ってきてわかった。ロシア帝国日本統監府保安課のコルネーエフ憲兵大尉だ。新堂とは、職務上の行き来がある。歳《とし》は新堂と同じくらいか。つまり三十二、三歳。

コルネーエフ大尉が新堂の顔を見て訊《き》いた。

「きみが、どうしてここにいるんだ？」

新堂は答えた。

「刑事事件の被疑者が、そこの中通りに潜んでいるとわかったんです」

「ここに？　ロシア人か？」

「いえ、日本人です。こちらでは、いったい何が？」

コルネーエフ大尉が答えた。

「いま危険分子の検挙にかかっている。邪魔をするな」

危険分子？　反ロシア帝国活動家ということか？　日本人なのだろうか。昨年十月の統監暗殺未遂事件の後、軍や財界にも根を張っていた組織的な反ロシア帝国活動は消えたはずだが。いや、もし日本人が関わっていれば、コルネーエフもそれをいま新堂に明かしただろう。すぐにわかることなのだ。

コルネーエフが中通りの入り口へと戻っていって、下士官に何か短く指示を出した。武装兵の何人かが、中通りの奥へと駆けていった。中通りには街灯は少ないから、何が起こっているのかよくわからない。少しのあいだ、この中通り入り口で様子を見たほうがいいだろう。

内幸町のこの一帯には、ロシア軍の兵と下士官向けの飲食店が集まっている。ロシア陸軍が駐屯する日比谷公園の南側に近いので、門限ぎりぎりまで酒を飲んでいられるからだ。この下士官倶楽部裏手あたりの店であれば、門限の二分前に店を出て、連隊通り、ロシア名ではブリヴァール・ポルカを駆ければ、門限には間に合うと冗談で言われているとか。こうした酒場にはたいがいロシア兵を相手にする娼婦《しょうふ》も来るし、簡易旅館も多い。ロシア兵で混む時間帯以外は、日本人客も来て遊んでいく。ロシア兵の遊び場では、よっぽどの騒ぎがないかぎり日本の官憲が取締りに入ることがないから、日本人の遊び人にとっても面白い穴場らしいのだ。密告にあったのはリリ・ホテルという名前だが、それもそんなふうに使われている宿のはずだ。

中通りの奥が少しざわついてきた。並ぶ店のどれかから、男たちが固まって出てきたようだ。ロシア兵たちのようだ。銃は携行していない。

中通りにいる武装兵たちが、左右に分かれた。奥の店から出てきたロシア兵たちは、そのあいだを抜けてくる。武装兵たちは、ひとりひとりの持ち物を検査している。隠しの中のものを見せろと指示しているようだ。兵士たちは、しぶしぶという調子で隠しから持ち物を取り出し、武装兵に見せている。巾着《きんちゃく》とか、煙草《たばこ》やマッチを出しているが、中には何か印刷物を持っている者もいる。武装兵たちは印刷物を片っ端から取り上げて、下士官に渡していた。列は続いている。まだまだその検問は終わりそうもなかった。

愛宕署のふたりの巡査たちも車から降りてきて、新堂の横に立った。

笠木が言った。

「ペトログラードの騒ぎに関係することなのかな」

その件は、今朝から警視庁本部でも話題になっていた。新聞のいくつかが、この二、三日前にロシアの首都で騒擾《そうじよう》があった、と伝えている。この大戦の終結と食料を求める労働者の請願行進に対して、軍が鎮圧に出動したとか。それらは、パリやベルリンで発行されている新聞の記事の引用だった。情報の量は限られており、前後の事情もよくわからない。

労働者の請願行進に軍が出動したということが事実だとして、それをどう解釈すればよいのかもわからなかった。その請願行進は、暴動化したところであっさり鎮圧されたということなのか。それとも警察では手に負えないほどの混乱になっているということか。

「関連はわかりませんが」

どうであれ、自分たちがいましなければならないのは、連続強盗の被疑者の身柄確保だ。

新堂はコルネーエフのそばに近寄っていって言った。

「重大犯が逃げてしまうかもしれません。通りに入れてもらうわけにはいきませんか?」

コルネーエフは新堂をひと睨《にら》みしてから言った。

「どこだ？」

「リリ・ホテル。この中通りの奥です」

「入ったら、こっちが片づくまで出てくるな」

「ええ」

武装兵や検問の列を避けて、中通りの端を奥へと進んだ。三十メートルばかり奥へ入ったところで、一枚の印刷物が新堂たちの脇の路面に落ちてきた。武装兵のひとりが、兵士から取り上げた一枚の印刷物を下士官に渡しそこねたのだ。

薄明かりだったが、もっとも大きなキリル文字を読むことができた。

「兵士評議会を！」

新堂は足を止めて、もっと小さな文字の部分を読もうとしたが、すぐに下士官が拾い上げた。

武装兵たちが客を追い出しにかかっているのは、赤いスカーフ、とキリル文字で看板の出た酒場だった。その入り口前を通り過ぎるとき、私服の白人男が、ふたりのやはり私服の白人男に両手を後ろ手に回されて出てきた。

これがコルネーエフの言っていた反ロシア帝国活動家なのだろうか。顎鬚《あごひげ》を生やした三十代と見える男だ。連行されながらも、昂然《こうぜん》とした表情だ。

武装兵が追い立ててきたので、新堂たちは中通りをさらに進んだ。赤いスカーフの二軒置いた並びにあるのが、リリ・ホテルだった。わりあい新しく見える木造の洋館だ。

入り口のドアを半分開けて、中年男がこわごわと中通りの様子を窺《うかが》っている。

新堂は身分証を見せて、男に訊いた。

「このホテルの支配人は？」

男はびくりと背を起こした。

「警察ですか?」

この男が支配人のようだ。

「客をあらためたい」

男は新堂たち三人の巡査の顔を眺め渡してから、泣きだしそうな顔になって言った。

「もう少し後じゃまずいんでしょうか。うちは、兵隊さんたちの門限までが勝負なんです」

笠木が言った。

「探しているのはひとりだ。杉原《すぎはら》というやくざ者。いるはずだ」

支配人の後ろには帳場が見える。その奥に、かね折れ階段があった。女がひとり、ちょうど階下の廊下に下りようとしていた。外套の袖に腕を通しながらだ。

「待ってください」支配人はそう言いながら、帳場の中に入った。

時間稼ぎだろう。ロシア兵相手のホテルだといま自分で言ったばかりだ。日本人客がいれば、部屋がどこかわかっているはず。さほどの規模のホテルではないのだ。

女が新堂たちに近づいてきて、無邪気な声で訊いた。

「どうしたんです?」

新堂たちの代わりに支配人が答えた。

「警察のひとなんだ」

女はそれを聞くと、階段の下まで戻って大声で二階に向けて言った。

「警察。お客さん、下りて来て!」

「このアマ!」と笠木が舌打ちして階段へと駆けた。

女は杉原を逃がすために大声を出したのだ。若い巡査の吉屋も笠木に続いた。ふたりは女を突き飛ばすようにして、階段を駆け上がっていった。

新堂は支配人に訊いた。

「裏口はあるのか？」

支配人は答えた。

「奥の、便所の横のドアです」

新堂はホテルの廊下を進むと、厠《かわや》の奥にあるドアを開けた。暗い路地があって、正面に延びている。内幸町の東寄りの小路《こうじ》につながっているようだ。目が慣れるまで少し時間がかかった。右手に水道栓とコンクリートの外流しがあった。左手は、急勾配の階段だ。靴音がする。見上げると、ズボンにシャツを引っ掛けた男が駆け下りてくるところだ。肩に雑嚢《ざつのう》を掛けている。丸刈りで、体格のいい三十男、こいつだ。杉原某《なにがし》。

新堂は立ちはだかって怒鳴った。

「杉原、警察だ。止まれ！」

男は、まったくひるむ様子もなく駆け下りてきて新堂にぶつかった。新堂は衝撃でのけぞった。なんとか相手の身体《からだ》に手をまわし、一緒に倒れようとした。杉原は足をもつれさせ、新堂と絡み合うように転んだ。

背中に激しい痛みがあったが、こらえた。杉原は立ち上がったが、そこに吉屋が階段の中途から飛び掛かった。杉原ははね飛ばされた。路地の脇に積み上げてある木箱や桶《おけ》が派手な音を立てて崩れた。

笠木も階段を駆け下りて、杉原に飛びかかった。ぼこりぼこりと殴打の音がして、杉原はうめき、抵抗をやめた。

新堂は荒く息をついて立ち上がった。ふたりの巡査は、手際よく男の両手に捕縄《ほじょう》をかけた。新堂は足元に落ちている杉原の雑嚢を拾い上げた。

笠木が男に訊いた。

「杉原だよな？」

杉原は苦しげに首を左右に振った。否定したというよりは、答えられる状態ではないとでも言いたいのかもしれない。

笠木は男の顎に手をやり、顔を近づけてさらに言った。

「三月八日の新橋《しんばし》の時計店強盗で逮捕だ」

それは最近の事案だ。この杉原某という男は、この一カ月のあいだに、都心で四件の強盗を働いたことがわかっている。深夜の商店に侵入して、刃物で家人《かじん》を脅《おど》し、現金を奪うのだ。切りつけられて怪我《けが》をした被害者もいる。

杉原は何も言わない。額に血が垂れてきた。転倒したとき、木箱の角で頭を切ったのだろう。

「連れていこう」と、笠木が言った。

吉屋が、杉原を立ち上がらせて背を小突いた。

笠木が杉原に訊いた。

「いま大声を出した女とは、どんな仲なんだ？　女も一味か？」

やっと杉原が口を開いた。

「客ってだけだ」

「お前を逃がそうとした」

「下りて来いと言ってたぞ」

「逃げろ、の意味だ。わかってる」

笠木は、新堂に顔を向けた。

「あの女も、事情聴取だ。押さえてくれ」

「ええ」

裏口を開けて、新堂たちはホテルの中に戻った。廊下の先の入り口では、まだ支配人が外の中通りの様子を窺っていた。

新堂は入り口まで歩いて支配人に訊いた。

「さっきの女は？」

支配人は振り返って答えた。

「いま出て行ったよ」

「杉原の女ですか？」

「いや、違うだろう。よその店で話がついて、うちに来たんだ。一晩泊まることになっていた」

新堂は入り口から中通りの様子を確かめた。まだ武装兵が、外出中の兵士ひとりひとりの荷物をあらためている。反対側も見た。女の姿はなかった。

新堂が振り返って笠木に言った。

「いません。保安課も、まだ続けています」

笠木がうなずいた。

「こいつに服を着せる。二階の部屋に行く」

支配人が言った。

「三号室です。上がって右側」

杉原をあいだにして、ふたりの巡査が階段を上がり始めた。新堂もあとに続いた。

二階の廊下に上がると、いくつかの部屋のドアが少し開いて、女たちが外を窺っている。みな興味津々《しんしん》という目だが、新堂たちに質問して来る者はなかった。

部屋はごく狭い洋室だった。寝台だけは、ロシア人兵士の体格を考えたものか、大きめだ。敷布や毛布が乱れたままだった。手前に、日本式の火鉢がある。壁の洋服掛けには、男ものの外套と上着が掛けられていた。

吉屋が、捕縄をはずさずに上着と外套を杉原の肩にかけた。

笠木が、新堂が手にしている雑嚢を杉原に示して言った。

「雑嚢、お前のものだな」

「ああ」

「中身をあらためるぞ」

「勝手にしろ」

笠木が新堂から雑嚢を受け取ると、中身を寝台の毛布の上にすべて出した。

着替えのほかに、鞘《さや》に入った小刀がひと振りあった。ほかには、ロシア煙草の箱、マッチ、腕時計が三個。

見守っていた杉原が不思議そうな声で言った。

「巾着は?」

「これだけだ」

「巾着が入っているはずだ」

「ないって」笠木は雑嚢を持ち上げ、逆さにして振った。「どうだ」

杉原は、口をあんぐりと開けて部屋のドアに目をやった。

「枕探しやられたんだ」

「そうとうに入っていたのか？」

「ほんの少しさ。だけどルーブルもそこそこ貯《た》めていたんだ」

ルーブルは、闇では公定の為替レートよりも高く交換されている。窃盗の常習犯や強盗たちも、同じ現金なら日本円よりもルーブルのほうを喜ぶ。最初から連中は、ルーブルのありそうな家なりひとなりを狙うのだ。

「糞《くそ》っ」と杉原は悔しそうに言った。「引いて欲しい、女房にして欲しいとか、抜かしていたくせに」

「床《とこ》の中の言葉を真《ま》に受けたのか」

「本気に聞こえた」

「いまお前が文無《もんな》しだろうと、量刑が軽くなることはないからな」

部屋を出ると、開いていたドアがパタパタと閉まっていった。

階下に下りて、中通りを見た。保安課の反ロシア帝国活動家摘発はどうやら終わったようだ。検問の列がなくなっている。中通りの入り口にはまだ一個分隊ほどの武装兵がいるし、暗がりには民間人ふうの男たちもいる。私服の男たちは、油断のない姿勢で中通りを見渡していた。保安課の私服の職員なのだろう。

外出中の兵士たちが散らばるように数人ずつ固まって立っているが、みな無言だ。まだ門限まで時間はあるが、もう遊ぶ気分でもなくなったのか。

新堂たちは、捕縄をかけた杉原を真ん中にしてホテルを出た。中通りを連隊通りに向かって十歩も歩かないうちに、ソフト帽の私服の男たちが行く手をふさいできた。ロシア人だ。前にふたり、後ろにふたりだ。外套の隠しに手を入れている。

「何をしている？」と、年かさの男がロシア語で笠木に訊いた。

笠木が新堂に目を向けた。お前が返事してくれと言っている。

「警察官です」と、新堂は身分証を出しながら言った。「強盗犯を逮捕したところです」

訊いてきた男は、新堂の身分証を手に取った。隣りにいる若い男が、マッチを擦《す》って身分証の上に明かりを作った。警視庁の身分証は、あの戦争の後、ロシアの日本統監府が置かれてから、日本語とロシア語で記されている。

目の前の男が、身分証を返してきたので、新堂は言った。

「失礼ですが」あなたも身分を明かしてくれ、という部分は省略だ。

「保安課だ」と短く男は言って、笠木と吉屋にも身分証の提示を求めた。笠木たちは素直に身分証を出した。保安課と名乗った男は、笠木たちの身分証もていねいにあらためてから、杉原を示して新堂に訊いた。

「こいつは？」

「強盗犯です。愛宕警察署に連行します。コルネーエフ大尉から、ここでわたしたちが任務に当たることの了解を得ています」

杉原がいきなり言った。

「ウラー・ツァリュー！」それからロシア人の名前らしきものを口にした。「グリゴレンコ。ステパン・グリゴレンコ」

年配の男は不審げな顔になり、杉原に訊いた。

「どうしてその名を知っている？」

杉原は、男の言葉が理解できたようではなかった。もう一度言った。

「ステパン・グリゴレンコ」

「どうして彼を知っているんだ？」

「グリゴレンコ。ドルーク《友達》」

男はまた新堂に訊いた。

「強盗だって？」

「はい。この一カ月、都心の商店を襲っていた男です」

「容疑を認めたのか？」

「事実上は。調書を取るのはこれからですが」

「どうしてここにいたんだ？」

「ロシア軍兵士が多い場所なので、東京の警察にとって盲点だからでしょう」

「逮捕状はあるのか？」

「いいえ。いま公務執行妨害の現行犯として逮捕したところです。名前もまだ苗字《みょうじ》しか判明していないのです」

「我々に引き渡せ」

「どういうことです？　強盗です。刑事犯です」

「理由を言わせるのか？　保安課に」

どういう意味だ？　と、新堂は身構えた。杉原は、保安課も追っていた男なのか？　それとも統監府の協力者だと言っているのだろうか。しかし、もしそうだったとしても、少なくとも四件の強盗を働いている。逮捕状こそまだ出ていないが、重要参考人として同行を求められるだけの理由はあるのだ。統監府保安課命令だからといって、彼をここで引き渡さねばならぬ理由はない。少なくとも、手続き上は。

杉原が、風向きが変わったと察したようだ。またロシア語で言った。

「ウラー・ツァリュー。グリゴレンコ。ドルーク」

「引き渡せ」と、保安課の男。

「無理です」新堂は笠木に顔を向けて手早く状況を説明した。

笠木もやりとりの中身におおよその見当はついていたようだ。

「愛宕警察署に留置する。引き渡せというなら、正式の命令を、と言え」

新堂は保安課のその男に笠木の言葉を伝えた。

保安課の男はいらだたしげな顔を見せると、振り返って大声を出した。

「兵士、手を貸せ！」

中通りの入り口にいた武装兵のうちふたりが駆けてきた。

保安課の男は武装兵に言った。

「真ん中の無帽の男、保安課が身元を引き受ける。トラックに乗せておけ」

武装兵たちが一歩距離を縮めてくる。銃を突きつけられたわけではなかったが、引くしかなかった。

兵士たちは新堂たちを追い立てると、ひとりが杉原の右腕を取った。

杉原が愉快そうに言った。

「おれの雑嚢をくれ」

新堂は男の両手のあいだに雑嚢を押しつけてやった。武装兵ふたりは、杉原をあいだにはさんで、連隊通りのほうへと向かっていった。

新堂は保安課の男に言った。

「これには法的根拠がありません。統監府には、日本の刑事事件の被疑者をゆえなく連行する権利はありません」

男は面倒くさそうに新堂に言った。

「正式に抗議しろ」

「そうします。あなたの官姓名をお伺いしたい」

「統監府保安課第七室。主任のジルキンだ」

保安課第七室というのは、いわゆる秘密警察のことだと聞いたことがある。統監府内にその組織があるとは耳にしていたが、じっさいに第七室を名乗る職員と接触したのは初めてだった。

身分証の提示を求める必要はあるだろうか。まさかここで秘密警察の職員を騙《かた》る者がいるとは思えないが。新堂がジルキンと名乗った男を見つめていると、彼は言った。

「抗議は警視総監の名で来るのか？」

「そうなるはずです」

「大ごとにする必要はない。コルネーエフ大尉を知っているのか？」

「はい」

「抗議の前に彼に問い合わせろ。そこで片づく話だ」

ジルキンは踵《きびす》を返すと、ほかの三人の私服の男たちを促して中通りの奥のほうへと去っていった。

新堂たち三人は顔を見合わせた。

吉屋が、まったくわけがわからないという顔で言った。

「杉原は、統監府のスパイだったということなんですか？」

笠木が首を振った。

「まだわからん。解放しろと命令されたわけじゃない。グリゴレンコとかいう名前を出していたが、それが気になるということなんだろう」

吉屋が新堂を見て訊いた。

「知っています?」

「いいや」新堂は答えた。「もし統監府のスパイなら、わたしたちがホテルに踏み込んだときに、そう言ったはずだ。だけどあいつは逃げようとした。スパイのはずはない」

笠木が同意して言った。

「杉原がグリゴレンコの名前を出しているうちに、あのジルキンの態度が変わった。そこらのチンピラが脅されたときに、地元の俠客《きょうかく》の名前を出したみたいなものなんだろう」

「効果のある名前だったんですね」

「どうであれ、抗議しましょう」

笠木が言った。

「コルネーエフ大尉に問い合わせろと言っていたな。さっきの保安課の将校のことか?」

「ええ。憲兵大尉です。去年、捜査で行き来ができました」

「十月の、あの統監暗殺未遂のときか?」

その件は、警視庁の中では有名なのだ。日本は同盟国のロシア帝国のために、ロシア西部の戦線に二個師団を派遣しているが、去年はさらに二個師団増派することになった。国民のあいだに反発が強くなって、反対運動も起こった。この反対運動を利用して統監を暗殺、戒厳令を引き出して、逆に市民の暴動、軍の全面的な反乱を起こそうと企図した者たちがいた。駐屯のロシア軍を降伏させ、同盟を解消しようという計画だ。警視庁の幹部の一部も謀略に関わっていた。統監暗殺が未遂に終わり、関係する組織が摘発されたとき、警視庁の幹部も何人か追放された。そのときから、新堂の名は統監暗殺を現場で阻止した巡査として、多少警視庁の中で知られるようになった。

笠木が言った。

「署に戻って、とにかく係長に報告する。あんたは、その大尉と連絡を取ってくれ」

「ええ」

三人は、無言で連隊通りの方向に向かって歩いた。新堂も、口を開く気にはなれなかった。せっかく身柄を確保した強盗犯を、統監府の保安課に奪われてしまったのだ。ジルキンという男の言葉を思い起こせば、あちらはあちらで別の犯罪の捜査をしていて杉原を取り調べる必要があったとは考えにくい。やはり杉原は、できは悪そうではあるが、協力者だったのだろう。だから統監府保安課は、一応は日本の官憲から守る義務を果たした、ということかもしれない。

それにしても、だ。警視庁が犯罪者を逮捕しようというときに、外国政府の出先機関がこれを妨害し、身柄を奪い取っていって、現場の巡査は黙って引き下がるしかないという現実は、やりきれないものだった。

公用車のプチロフに戻って乗り込んだ。来たときと同様、笠木が後部席で、運転は吉屋だった。

車は連隊通りを発進してすぐクロパトキン通りとの交差点にかかった。自動車が続いていたので、吉屋は左折の前にプチロフを一時停止させた。

交差点の北西側は日比谷公園だが、いま公園の南半分はロシア軍が接収している。連隊通りに面して駐屯ロシア軍の連隊本部があり、裏手が営舎だ。公園の南東端には、ロシア正教の礼拝堂、聖ソフィア聖堂が建っている。御茶ノ水《おちゃのみず》の復活大聖堂が中流以上のロシア市民や将校以上の軍人のための礼拝堂であるのに対し、聖ソフィア聖堂は一般のロシア市民やロシア軍の下士官兵卒のためのものだった。連隊通りには、少しロシア兵たちの姿がある。さっきの赤いスカーフの一件は、ほかに波及することもなく、あの店での危険分子摘発だけで終わったのだろう。

車がクロパトキン通りを左折して速度を上げてから、後部席の笠木が言った。

「さっきのあっちの騒ぎ、どういうことだったんだ？　保安課や憲兵隊が出るほどの大ごとだったのか？」

自分に訊いているようだ。新堂は前方に目を向けたまま答えた。

「ロシア兵に対して、ロシア人の反戦活動家が働きかけたということなんでしょう。集めていたビラには、『兵士評議会を！』と書かれていました」

「それはどういう意味になる？」

「上からの命令に従うだけではなくて、軍のことは兵士下士官が決める。そういう制度を作ろうということでしょう」

「命令に従わないって、それじゃあ軍じゃなくなる。戦争なんてできるものじゃないぞ」

「それで、保安課が活動家を拘束したんでしょう」

「あの顎鬚を生やしたロシア人か」

「本国から、組織化に来ていたのかもしれませんね」

「そいつ、ロシアを民主化しようとも言っているんだろう？」

「詳しくは知りません」

吉屋が運転しながら言った。

「やっぱり、ペトログラードの事件に関係していることなんでしょうね」

笠木が言った。

「新聞でしか知らないが、けっこう大ごとになっているということかな」

「話に聞く日比谷焼討事件のようなことが起こっているんでしょうか」

「話に聞くって、お前はあのときはいくつだったんだ？」

それは一九〇五年（明治三十八年）の九月五日から六日にかけて起こった事件だ。

日露戦争が終わったとき、日本は軍事権外交権をロシア帝国に委《ゆだ》ねる講和条約を結ぶ、と伝わって、日本の国民の多くが激昂した。それでは属国になることだと、講和条約に抗議する大勢の市民が日比谷公園で集会を開こうとした。警視庁は日比谷公園を封鎖したが、市民たちは公園の入り口各所で警察と衝突、巡査たちを蹴散らすようにして日比谷や尾張町《おわりちょう》へ雪崩《なだ》れ込んだ。一部は暴徒化し、日比谷周辺の交番や政府施設に放火を始めた。騒ぎは広がり、内務大臣官邸も襲われたし、講和を仲介したアメリカの公使館も襲撃された。市内中心部は、事実上無政府状態となった。翌日にはついに戒厳令が敷かれ、近衛師団《このえしだん》が鎮圧に出動している。御茶ノ水の復活大聖堂も焼き討ちされるところだったが、近衛師団の一部隊がなんとかこれを止めた。

この事件での死者は二十名弱、警視庁が暴徒として検挙した市民の数は二千名を超えた。あの敗戦と講和の歴史を日本人は「御大変《おたいへん》」と呼ぶが、その語を耳にした東京の市民はまず日比谷焼討事件と戒厳令を思い浮かべる。

吉屋が答えた。

「十歳でしたけど、自分のうちは八王子《はちおうじ》ですから、話でしか知らないんです」

笠木が言った。

「おれはあのときは下谷上野《したやうえの》署で、京橋《きょうばし》方面に応援に出た。大火になるんじゃないかと、心底心配したぞ」

　吉屋が新堂に訊いた。

「新堂さんは、そのときは？」

「おれは」新堂は答えた。「外地で復員を待っていた。怪我も治りきっていなかった」

「戦争に行っていたんですか」

　新堂は、自分が戦傷を受けた戦場の名を出した。

「旅順《りよじゆん》にいた。予備役になったと思ったら召集、出征だったんだ」

　自動車の前方に馬車があった。吉屋は少し減速し、クロパトキン通りの中央に車を移してから、ゆっくりと加速した。馬車を追い抜くまで、みな口をきかなかった。

　愛宕警察署に着いて、新堂たち三人はまだ退庁していなかった刑事係長の机に向かった。

　刑事係長の佐原《さはら》は、三人が被疑者も伴わずに近づいてくるのを見て、怪訝《けげん》そうな顔となった。

　笠木が報告した。

「杉原某、密告通り内幸町の安宿で確保したんですが、保安課にかっさらわれてしまいました」

「どういうことだ？」と佐原が顔をしかめた。「保安課って、統監府のことか？」

　笠木が詳しい事情を報告した。

　聞き終えると、佐原が言った。

「正式に抗議しろというのは、警視総監の名前で、ってことになるのか？」

　新堂が補足した。

「ジルキンと名乗った保安課の男は、やはり保安課のコルネーエフ憲兵大尉に問い合わせろとも言っていました。総監に抗議を要請する前に、事情説明を求めてもいいかと思います」

「お前はその大尉を知っているんだな？」

「きょうもその場で、危険分子の摘発を指揮していました」

佐原は腕時計を見て言った。

「まだそっちが片づいていないだろうが、問い合わせがあった事実は記録させておこう。電話しろ」

新堂は、佐原の机の裏手に掛かった電話機に近づいた。午後の八時近くになっているが、あれだけの役所だ。建物の中の交換台に、宿直ぐらい置いているだろう。

電話局の交換を通じて、統監府につないでもらった。

回線をつなぐ作業の後で、相手が出た。

「ダー《はい》？」

ロシア人男性だ。

「警視庁です」と新堂はロシア語で相手に言った。「保安課のコルネーエフ大尉につないでください」

交換手が、保安課の電話につないだ。

低い声のロシア人男性が出た。

「ご用件は？」

新堂は言った。

「警視庁の新堂と言います。ジルキン主任から、大尉と連絡を取るように指示があったのです」

「いま、ここにはいない。明日かけ直してくれ」

「緊急です。新堂が連絡を取りたがっていたと、伝えてもらえませんか？」

「わたしも会えない。居場所を知らない」

「きょうは戻られますか？」

相手は少し真剣に聞こえる口調で答えた。

「今夜は、帰宅はしないだろう」

「伝言を机に置いていただけますか。何時になってもかまいませんので」

「名前と用件をもう一度」

新堂は、愛宕署に、と最後に言って電話を切った。

佐原や笠木が見つめてくる。

新堂はやりとりの中身を伝えてつけ加えた。

「やはり統監府では何か起こっているのかもしれません。いや、何かが起こったので、その対応に躍起なのでしょう」

「東京で、か？」

笠木が言った。

「ペトログラードの余波かもしれませんね」

佐原が新堂に訊いた。

「電話、何時まで待つつもりなんだ？」

「あるまで」

向こうも、深夜を過ぎれば電話は明日にしようと考えるのではないか。相手は、警視庁の巡査にいちいち自分たちの職務の詳細を説明しなければならない義務はないのだし。

新堂は愛宕署二階の刑事係の部屋を見渡した。夕食は店屋物《てんやもの》を取ることにして、この部屋で待機だ。待っていた電話がかかってきたのは、午後十時を回った時刻だった。直接コルネーエフからあったのではなく、その部下からの電話だ。

「すぐに統監府に来られますか?」とその部下は訊いた。

「ええ。十分ほどかかるかと思いますが」

「ひとりで来てください」

「ひとりで?」

「いま大勢で来られても困るので」

「ひとりで伺います」

佐原はすでに退庁しており、笠木と吉屋が残っているだけだった。新堂はコルネーエフからの伝言を伝えて言った。

「行ってきます」

笠木が言った。

「吉屋に運転させる。誰かに運転させるのは、ひとりのうちだろう」


吉屋の運転するプチロフは、愛宕署を出るとクロパトキン通りに入り、北上して左に日比谷公園を見つつ、マカロフ通りとの交差点に達した。日比谷公園の北東端だが、宮城前《きゅうじょうまえ》広場の南東端ということでもある。交差点の北東側に建つ赤煉瓦《あかれんが》造り二階建ての建物は警視庁本部だ。この交差点を左折すると、左手にロシア帝国日本統監府の木骨《もっこつ》石壁造りの庁舎がある。ネオバロック様式の壮麗な建築で、マカロフ通りに面し、日比谷公園を東側に突き抜けたかたちで建っている。北向きの正門は祝田《いわいだ》橋《ばし》に向かい合っている。

マカロフ通りに入ると、すぐに左手に統監府庁舎が見えてきた。ほとんどの窓に明かりが入っている。珍しいというか、この時刻ではこれまでなかったことだった。

吉屋がプチロフを徐行させた。統監府正門の鋳鉄《ちゅうてつ》の門扉《もんぴ》は閉じられている。門柱の外に衛兵の姿が見えるが、車では正門から入るのは無理と見えた。

通りの桜田門《さくらだもん》寄りに、統監府の西通用門に通じる中通りがある。プチロフは左折して、その通りへと入った。

通りは通用門の手前で封鎖されていた。衛兵がふたり近寄ってきたので、吉屋が運転席から兵士のひとりに身分証を見せた。新堂は助手席に近づいてきた兵士に、用件を告げた。下士官が事情を訊きにきて指示した。

「車はここに停めておけ。お前だけ、入っていい」

妙に気が立っている雰囲気があった。

新堂は降りて所持品検査を受け、通用門の夜間出入り口から統監府敷地内に入った。門の内側や正面玄関、そしてこの通用口を固める武装兵の数が、必要以上に多く感じられた。

新堂は西翼棟の通用口まで下士官に連れてゆかれた。通用口にいた私服の職員が館内電話でコルネーエフ大尉の確認を取ると、やっと新堂は庁舎内に入ることができた。

一、二分その場で待っていると、背広姿の若い男がやってきて言った。

「新堂さん？　どうぞ」

新堂はその若い男について、廊下を進んだ。

保安課の部屋は東翼棟の端になる。去年の十月にも一度来たことがあるのだ。部屋の場所は知っているが、案内を断るわけにもいかないだろう。

二階に上がり、長い廊下を歩いて、保安課の部屋に向かった。途中何人もの私服の職員とすれ違った。みな大股に歩いている。深刻そうな顔ばかりだ。

保安課の部屋に通された。煙草の煙が充満している。さっと見渡すと、三十ばかりある机はいま、半分ほどが埋まっていた。日本人雇員の姿も数人ある。

右手奥、窓を背にした机に、軍服姿のコルネーエフが着いていた。

「どうぞ」と若い職員は離れていった。

新堂はコルネーエフの机に向かった。

コルネーエフの机の灰皿が、吸殻であふれている。大尉はくわえていた煙草をその灰皿の端に置いて言った。

「五分だけだ。質問してくれ」

新堂は言った。

「内幸町であのとき、連続強盗犯の身柄を確保しました。杉原という男です。直後に、あの場にいた第七室のジルキン主任という人物から、引き渡せと申し入れがあり、やむをえずその通りにしました。その主任は、大尉に問い合わせろとも言っています。事情を知っているという意味だと思いました」

コルネーエフはいらだたしげに言った。

「質問は何だ?」

「保安課が、刑事犯の身柄を日本の警察から引っ張る法的根拠はありますか?」

コルネーエフは新堂を見つめ、少し間を空けてから言った。

「きみたちが引き渡した法的根拠は?」

「ありません。立場の差だけです。その場には巡査三名しかおらず、保安課幹部の申し入れを拒むことは事実上不可能でした」

「きみのその答で言い尽くされている。わたしたちは、ロシア帝国の秩序と安寧《あんねい》を護《まも》るためになら、必要なすべてのことができる。統監令が根拠だ。日本人に対してもだ」

意外にも大尉は杓子定規《しやくしじようぎ》に来た。新堂はとまどいつつ、次の質問を出した。

「ということは、杉原は何か政治的な理由で引っ張られたのですか？」

「知らないが、ジルキンは日本の刑事犯には興味はないだろう」

「杉原は、いま取り調べを受けているのですか」

「知らない。どちらであれ、第七室は警視庁の留置場から彼を引っ張り出したわけじゃない。法的根拠が問題になるような事態なのか？」

質問には受け取れなかったので、新堂はさらに訊いた。

「端的にお伺いします。彼は保安課の協力者ですか？」

「違う。少なくとも、わたしは知らない」

「あの杉原という男を、警視庁が連続強盗犯として追及することに問題はありますか？　指名手配することになるかもしれません」

「問題ない。連続強盗といった刑事事件について、保安課は口をはさまない」

「現実に捜査を妨害されています」

「ジルキンは、優先度と緊急性を考慮したのだろう」

「どういう意味です？」

「東京の昔の話を聞いたことがある。市内が大火事になったとき、東京の政庁は監獄の囚人たちを解放したとか。人命を優先して、司法の執行をいったん中止としたんだ。そういう対応にも、きみは異議を唱えるか？」

「大火とは何のことです？」

「いまのたとえ話を取り消そう。議論するつもりはない」

「ジルキン主任に、杉原をまだ解放していないというなら、身柄をわたしたちに戻すよう、命じてもらうことはできますか？」

「その杉原がどこにいるのか知らない。それにわたしには、第七室に指示する権限もない」

「保安課の一部署かと思っていました」

「あちらは内務省警察部の警備局直属だ。職務に似ている部分はあるし、協力しあうこともあるが」

コルネーエフは腕時計に目をやった。「もう五分経《た》った」

新堂はあわてて言った。

「最後にひとつだけ」

「なんだ？」

「グリゴレンコという人物は何者ですか？」

コルネーエフは視線を新堂に戻した。瞬時、言葉を探した、と見えた。コルネーエフは答えた。

「詮索するな、という答え方で察してくれ」

コルネーエフは横を向いて部下に合図した。

いましがた案内してくれた若い男が、新堂の横に立って言った。

「通用口まで送ります」

部屋を出るしかなかった。

「引き渡しを、待ちます」

コルネーエフが小さくうなずいたように見えた。

吉屋の運転で愛宕署に戻って、新堂は笠木にコルネーエフ大尉とのやりとりを詳細に伝えた。正直なところ事情も背景もわからないままだった。ただ、ジルキンという男がどうやら公安事案であの中通りにいたらしいというところまでは見当がついた。

笠木は聞き終えると言った。

「あの第七室の男も、杉原が何者か、そのグリゴレンコについて何を知っているか、それを確認するという程度の意味で、やつを持っていったということかな」

新堂は自分の感触を口にした。

「警視庁から彼をかばって解放した、というわけではないようでしたし、何か重大な容疑で聴取しているとも受け取れませんでした」

「それだけグリゴレンコという名前は効いたんだ」

吉屋が言った。

「機密情報を握られたかと誤解して、念のために引っ張ったんでしょうか。でも、少し質問をすれば、はったり野郎だということはすぐにわかる」

「ということは」と笠木。「強盗犯など統監府に留め置く意味もない。さっさと統監府から追い出すってことになるか？」

新堂は言った。

「向こうが曲がりなりにも警察組織なら、刑事事件の被疑者とわかっている男をいきなり自由にすることはないでしょう」

「では、明日にでも、身柄を引き渡すという連絡が入るのかな。さっさと引き取れと」

「引き渡しを待つと言い残してきたので、今夜じゅうかもしれません。対応は早いでしょう」

「じゃあ、電話待ちだ。待機しよう」

新堂は壁の時計を見た。午後十時四十五分。

母親はもう眠っているし、起こすには忍びなかった。昨年から多忙になって、本部の地下の仮眠室に泊まることも多くなっている。自分は帰宅せずにここで待機でよかった。


愛宕署の刑事部屋で椅子《いす》を並べ、その上に身体を横たえて外套を毛布がわりに眠った。熟睡はできなかったし、未明から朝方にかけて何度も目覚めた。少し深く眠りに入ったのは、日の出近い時刻だったろう。だから起こされたとき、一瞬自分がどこにいるか混乱した。旅順の塹壕《ざんごう》陣地で眠っている夢を見ていたかもしれない。目覚めた瞬間に、そんな夢を見たかどうかもあやしくなったが。

起こしたのは笠木だった。

「本部の係長からだ」と笠木が電話機を示した。

新堂は電話に飛びつき、受話器を耳に当てた。

「新堂です」

首をめぐらして時計を見た。午前八時十分だ。始業二十分前。ただし、特務巡査であれば、どこの警察署でもこの時刻にはもうすでに出勤して仕事を始めている。

「やっぱり徹夜だったんだな」と、係長の吉岡《よしおか》の声。「そっち、手を離せるか」

完全に目覚めるために、新堂は頭を振った。けっきょく杉原を引き取れという連絡はなかったが、しかし、こちらの捜査はもう被疑者を特定し、公務執行妨害罪でいったんは逮捕するところまで進んだ。応援を終えることはできるだろう。

笠木はもう吉岡からの用件を聞いたのかもしれない。首を縦に振ってくる。かまわないと。

「はい。大丈夫です」

吉岡が言った。

「外神田《そとかんだ》で、今朝、女の変死体が見つかった。外神田署の応援に回れ」

「死体があったのは、外神田のどのあたりですか？」

「神田明神下《かんだみょうじんした》になる。台所町《だいどころまち》だ」

「署に直接行けばいいですか？」

「そうしてくれ。外神田署には、お前が行くと伝えておく。刑事係長は国富《くにとみ》という男だ」

了解です、と答えて、新堂は受話器を戻した。


愛宕署の一階に下りると、玄関口の机のそばに、何種類かの新聞が置いてある。

見出しが目に入った。

「露都、騒擾拡大」

「暴動鎮圧の大命」

「首相辞任か？」

やはりロシア帝国の首都では、日比谷暴動と戒厳令のときのような事件が起こっているのだ。統監府も神経質になる。たぶんロシアは、首都の騒擾が植民地や属国に波及することも恐れている。

いや、と新堂は、新聞の見出しを見ながら思い出した。昨日、保安課が出動していた中通りで見たビラ。あの大きな文字。

「兵士評議会を！」

あのビラは、連行されていった顎鬚の男が酒場で配っていたものなのだろう。受け取る兵士も多かったに違いない。つまりロシア帝国はもうひとつ、軍の反乱も懸念しているのだ。

新聞をもっと読みたかったけれど、まずは指示された現場だ。

## 2

御成門《おなりもん》の停留場で混んだ市電に乗り、いったん小川町《おがわまち》で降りて、浅草橋《あさくさばし》方面行きの市電に乗り換えた。

ちょうど朝の通勤時間帯だから、小川町で乗った市電もかなりの混みようだった。新堂はその市電をふたつ目の万世橋《まんせいばし》停留場で降りた。外神田署に着いたときは、午前八時四十五分だった。電話を受けてから三十五分たっていた。新堂は愛宕署で歯を磨き、顔を水で洗っただけで飛び出してきたのだった。

外神田警察署は、神田川の北、外神田の仲町《なかちょう》にある。御成街道、通称万世橋通りに面しており、庁舎は赤煉瓦の二階建てだ。二階の刑事係の部屋に入って、奥の机に着いている男の前に歩いた。

「警視庁本部から応援を命じられて参りました。特務巡査の新堂です」

短髪に口髭《くちひげ》の男は言った。

「国富だ。ちょうどよかった。いま置き番の特務と引き継いだところだった」

「そのひとは？」

「現場に行った。現場保存だけで、まだ地取りもやっていないんだ。車を出すから、すぐ行ってくれ。こっちは二件、強盗事案を抱えている。本部の応援は助かる」

国富が部下に、新堂を死体発見現場まで送るように指示した。若い特務巡査が運転して送ってくれることになった。

車は明神通りへ出て左折した。明神通りはその先勾配がつき湯島坂《ゆしまざか》となる。湯島坂をほぼ上り切ると、右手に神田明神の表参道がある。

その湯島坂にかかる手前で、車は右に折れた。明神下中通りと呼ばれている小路だ、と運転の巡査が言った。

中通りに入ると、神田明神への参詣客を相手にするのか、小間物屋や蕎麦屋《そばや》などの看板がいくつか見えた。和風の民家や商家造りがほとんどだ。

「まっすぐ行くと、男坂《おとこざか》通りに出ます。この通りよりも賑《にぎ》わってるのはそっちですね」

さらに車は左の小路に折れた。車がやっと通れるだけの細い道だ。突き当たりは、いびつな形の三差路になっていた。

三差路を右に曲がってすぐに、外神田署の若い巡査は車を停めた。

「右が現場です」

空き地にふたりの制服巡査がいて、私服の特務巡査らしい男もひとり。近所の住人らしき男女が四、五人いた。空き地の隅に、筵《むしろ》が広げてある。その下にまだ死体があるのだろう。

新堂は白い手袋をはめながら車を降りた。外神田署のプチロフは発進して行った。

空き地のほうに歩きだすと、ハンチング帽に外套の私服の男が近づいてきた。

「本部のひと?」と訊いてくる。

「新堂です。応援するようにと」

飛田信六《とびたしんろく》、と男は名乗った。外神田署刑事係の特務巡査だ。歳は四十歳くらいか。造作《ぞうさく》の大きな角張った顔だ。

飛田はくるりと身体の向きを変えて、空き地へと歩いた。

空き地には杭《くい》が幾本も立ち、水貫《みずぬき》が張られていた。古い建物の取り壊しが終わって、これから新築工事が始まるというところなのだろう。水貫の内側に古い土台石や土塊《つちくれ》、ゴミなどがまとめられていて、その後ろに筵が広げてある。筵は、道路側の水貫から三メートルほど内側だ。

飛田が言った。

「朝に近所の住人が死体を見つけた。七時十五分だ。筵は近所のひとたちがかけたんだ」

「発見者は？」

「そこの小間物屋の女将《おかみ》だ。店に戻っている」

「被害者の身元は？」

「わかっていない。外套の内側にロシア文字の刺繍《ししゆう》があるが、Mなんとやらだ。おれ、読めないんだ」

新堂は制服巡査に、野次馬を遠ざけるよう頼んでから、脇にしゃがんで、筵を少しだけはがした。女が仰向けに倒れている。目を剥《む》いていた。日本人のようだ。若い。二十代なかばだろう。化粧は厚い。首に毛織の襟巻《えりまき》。きつく巻かれている。自分の襟巻で首を絞められたということか。茶色の外套を着ているが、胸ははだけていた。白い肌着が見える。

外套の左側をめくって、内側の隠しの部分を見た。

金糸でキリル文字の刺繍がある。

M・ミヨシと読めた。

「ミヨシ。三に好む、でしょうか」

「苗字がわかれば、早いな」

新堂は上半身に筵をかけると、下半身側の筵をまくった。革の半長靴《はんちようか》を履いている。外套の裾が少しめくれていた。スカートを穿《は》いていないようだ。

飛田が外套をすっと広げた。腿《もも》の途中までの、洋風の白い下着が見えた。長靴下は穿いていない。

飛田は外套をもとに戻すと、小さな声で言った。

「このとおり、下着の上に、外套をひっかけている」

ということは、娼婦？　それも、いわゆる立ちんぼという種類の。

新堂は飛田に訊いた。

「ここは、そういう町ですか？」

「女が身体を売っているか、という意味か？」

直接的な言葉を使われたが、そういう質問だ。

飛田は首を振った。

「神田明神のすぐ下だぞ。そっちのほうは、もう少し昌平橋《しようへいばし》寄りだ。淡路町《あわじちよう》とか、万世橋駅の裏とか、ロシア人の遊び場に近いほう」

新堂は女の半長靴に手を伸ばして、舌革《したかわ》をめくってみた。短靴下も穿いていなかった。

彼女が娼婦だったとして、と新堂は考えた。昨夜は珍しく暖かい夜だったとはいえ、仕事に立つのに靴下なしでは寒かったろう。娼婦が下着を見せて客を取ろうとしていたわけではないのか？

死体の様子をざっと見ても、これがどういう性格の事件なのか、判断できなかった。襟巻で背後から絞められたのか、正面からかによっても、犯罪の種類は違ってくるが、どちらなのかはまだわからなかった。外套を残しているのだから、強盗とも考えにくい。

新堂が立ち上がると、飛田も並んで立った。

「この近辺、ざっと見て回ろうと思います」

飛田が訊いた。

「こっち、土地勘は？」

「上野の育ちなんで、神田明神は何度か来たことがあります。最近はまったく来ていませんが」

「御大変のあと、このあたりにもロシア風の洋館が建つようになった」

「民家？」

「貸間や、旅館もある」

「ロシア人も多いんですか？」

「いや」飛田は先に立って歩き、空き地の外に出た。「ロシア人たちは、下のほうには住まない」

路地の左右は、小商《こあきな》いの店と民家が並んでいる。西側の民家の裏手は山だ。山の上に神田明神があるはずだった。山の斜面には、葉を落とした広葉樹が密生している。

飛田が路地をどんどん奥に進んでいくので、新堂は大股に追う格好となった。

左手に石段が見えてきた。

飛田が石段を示して言った。

「明神女坂《おんなざか》。上っていくと、神田明神だ」

見上げると、それはけっこう急勾配の長い石段で、途中で右斜め方向に曲がっている。自分にはこの坂の記憶はなかった。子供のころは、裏参道から神田明神の境内に入っていたが、あの裏参道の石段も女坂と呼ばれていなかったろうか。

新堂は訊いた。

「古くからありました？」

「いいや。石段になったのは、たぶん御大変の後だ。昔はたぶん、斜面を下る踏み分け道みたいのだったと思う」
「神田明神の境内に通じるんですか？」
「いや。外だ。上り切ると、茶屋の並んだ小路がある。小路の途中で左に曲がると、明神さまの随神《ずいじん》門《もん》の前に出る」
つまり、深夜でも使える道ということだった。
石段下の脇に、町内図が立っていた。その横の電柱には、何枚か宣伝の書き物や印刷物が貼ってある。
「ロシア人家庭女中
斡旋《あっせん》いたします。
口入　相模屋《さがみや》」
その横にも。
「貸間空きあり
ロシア人向け洋館
白樺荘《しらかばそう》」
「ロシア語教授
帝大生多数在籍
本郷《ほんごう》語学校」
目を留めていると、飛田が説明してくれた。
「石段を上がって、明神さまの先は本郷三丁目だ。ロシア人家庭で働きたいとか、ロシア男とつきあいたいという女が、参詣のついでにそういうことを夢見るんだろう」

新堂はもう一度女坂の石段の上を眺めた。

あらためて意識するまでもなく、この外神田は、本郷台地の上、本郷三丁目のロシア人街と接しているのだ。

あの戦争の後、講和がなって「二帝同盟」が結ばれ、この国は外交権と軍事権をロシア帝国に委ねることとなった。東京にはロシア陸軍の歩兵連隊とアムール・コサックの騎兵連隊が進駐し、霞ケ関《かすみがせき》の司法省を接収して統監府が設置された。後に統監府庁舎は、祝田橋の真正面に新築されている。いまの庁舎だ。

この御大変の後、ロシア人も多く東京に移住してきて、御茶ノ水に前からあったロシア正教会の復活大聖堂の周辺に住むようになった。やがて前田《まえだ》侯爵が東京帝国大学の南側にある自分の洋風邸宅を統監公邸として提供したので、統監府から本郷三丁目までの道路が統監の通勤路として拡張され、整備された。御茶ノ水の神田川には橋があらたに架けられ、復活大聖堂とその対岸の湯島聖堂にちなんで、聖堂橋と名付けられた。この大通りは、あの戦争の英雄であるロシア軍の将軍にちなんで、クロパトキン通りと名付けられている。

そうしてあの御大変から十二年、いま小川町の交差点から御茶ノ水を経て、本郷三丁目、東京帝大前までのクロパトキン通り沿いが、ロシア人街となっている。小川町交差点周辺は、銀行や百貨店など、ロシア企業が集まっていて、御茶ノ水周辺には学校や病院、金持ちのロシア人の屋敷が集中している。神田川にかかる聖堂橋を渡った先、本郷三丁目のクロパトキン通り沿いには、お屋敷のほかにロシア風の集合住宅が並び、通りの裏手側にはいくらかこぢんまりとした個人住宅が多く建っていた。

ロシア軍の連隊付きの将校たちも営外居住なので、御茶ノ水や本郷三丁目に住む。独身の将校の場合は、金持ちの屋敷に下宿することが多いという。

神田明神の女坂を見上げながら、新堂がこの一帯の地理を思い起こしていると、飛田が言った。

「この小路に、あの女はどうもそぐわないよな。ふだん洋装の女がいるような通りじゃない」

新堂も視線を路地の北のほうに向けて同意した。

「下宿屋がある様子でもないですね。貸間があったとしても、あの被害者が住むことはないでしょうし」

「どうしてだ？」

「女は半長靴を履いていた。借りている和風の家の玄関先で、肌着の上に外套を着て、靴紐《くつひも》を結ぶのは無理です」

「そうだな」と飛田がうなずいた。「この路地の住人なら、もう誰か、心当たりがあると出てきてもいいし」

「このあたりも、侠客はいますよね」

「明神下だ。当然だ。さっき若い衆がいたんで、呼びにやった。男坂の向こうの同朋町《どうぼうちょう》だ」飛田はすぐに続けた。「来た」

厚手の半纏《はんてん》を着た、中年の男が急ぎ足でやってくる。やはり半纏姿の若い男が先導していた。

飛田が小さな声で言った。

「三代目明神組組長の辰巳信二郎《たつみしんじろう》。このあたりのあの手の稼業に顔が利《き》く」

つまり、娼家や芸者置屋などの用心棒も引き受けているということだろう。

辰巳が近づきながら言った。

「若い女が死んでいるとか」

飛田が答えた。

「そうなんだ。もしかして、親分が知ってる女じゃないかと思って」

飛田の声に、いくらか敬意がこもっていた。

「有名芸妓《げいこ》ならともかく」

「顔を見るだけでも」

空き地に戻って、飛田が死体のそばまで辰巳をうながし、筵をめくった。

死体の顔が現れたが、辰巳は首を振った。

「こういう洋装で立ってた女なのか？」

「わからない。死んだときは、こういう格好だったというだけだ」

辰巳は、街娼という意味の汚い言葉を口にして続けた。

「台所町とか同朋町には、この手の女はいねえと思うな。うちの若い衆にも訊いておいてやるが」

「頼む」

「彫り物など入れていないのか？」

「まだそこまで見ていないんだ」

「太股《ふともも》をめくってみろ」

飛田は、少し困惑したような声となった。

「これから病院で、きちんと調べてみる。何かあれば、伝える」

「洋装なんだし、露助町《ろすけまち》のほうから流れてきたんじゃねえのか」

ロシア人街から、という意味だ。この「二帝同盟」の世の中を嫌う日本人の中には、ロシア人を露助と呼ぶ者もいる。かなり侮蔑的な響きの言葉だ。ロシア人相手の娼婦のことは、露売《ろばい》だ。

辰巳は、もういいと言うように首を振って言った。

「明神さまの下で、露助に身体売ることもねえだろうに」

新堂は言った。

「まだ身元はわかっていないんです」

「これが何に見える？　当世風の職業婦人か？」

飛田があいだに入った。

「予断を持たずに調べようと思ってまして」

「とにかく、まわりにも訊いておいてやる」

そこに、大きな写真機を首から下げた若い男がやってきた。外神田署の写真係だという。

辰巳は、若い衆と一緒に現場から立ち去っていった。

飛田が写真係に訊いた。

「仏さんの顔写真、いつできる？」

若い写真係は答えた。

「昼までには。これから、検視があるんですよね？」

「順天堂《じゅんてんどう》に運ぶことになっている」

「そっちでも、撮りますんで」

飛田がうなずいた。検視は順天堂医院で行われるのだろう。神田川沿いに西に行った先だ。近い。

飛田が指示した。

「地取り用に顔の写真を何枚か焼いてくれ。それから、署に戻ったら係長に頼んでほしい。お前の写真をもとにした、顔と全身の人相描き、風体《ふうてい》描きも必要だ。いつもの人相描きを手配してくれと」

「写真のほうが正確ですよ」

「わかってる。だけど、立ち姿とか、目を開けた顔立ちとかは、死体の写真からはわからんだろう」

「まあ、そうですが」と、写真係はいくらか不服そうにうなずいた。

そこに、手拭《てぬぐ》いを頭に巻いた男が、水貫をまたいで入ってきた。

「外神田警察署から言いつかってきたんですが」

飛田が男に顔を向けた。

「何だ？」

「仏さんを順天堂に運べと」

その男は馭者《ぎよしや》のようだ。

「馬車か？」

「こっちまで入れなかったんで、中通りで待たしています」

「写真を撮り終えるまで待て」

「はい」

馭者らしき男は、水貫の外に出た。

新堂は飛田に言った。

「少し周辺を歩いてみたいんですが」

「ああ」飛田が小路に出てから言った。「小路の突き当たり、左手に曲がったところにあるのが男坂だ。坂の真下の通りが、東参道」

新堂は飛田について小路を北に進んだ。三差路から入って一町《いつちよう》もないほどの小路だった。

小路の突き当たりに出て、左側が男坂だ。かなりの高さのある石段で、途中に足を休める踊り場が何カ所か設けられている。

「覚えています」と新堂は言った。「やはり自分はたいがい、裏参道の女坂から境内に入って、お参りしたあとはこの石段を下りて上野に帰ったという記憶がありますね」

男坂の反対側の通りに身体を向けた。この通りも、建物の看板は小間物屋や菓子屋、蕎麦屋などが目立つ。参詣客向けの商店街ということだった。

飛田がその商店街の先に目をやりながら言った。

「この通りも、小商いの堅気《かたぎ》の町だ。旅館もない。ああいう女が住むのは無理だな」

「辰巳の親分はどこに?」

「そっちだ」飛田は、男坂のすぐ下を指さした。三差路からずれて、路地の入り口がある。「そっち側が同朋町。親分のうちがある」

「その小路を使うと、妻恋坂《つまごいざか》方向に抜けられます?」

「ああ。妻恋坂に出る。行き止まりってわけじゃない。女坂、男坂を使えば、本郷、クロパトキン通りのほうにも抜けられる」

「このあたりの銭湯は、どこになります?」

「銭湯?」飛田は迷ったような顔となった。「うろ覚えだけど、やっぱりその路地の先にあったはずだ」

同朋町の、辰巳と同じ町内ということになる。

「戻りましょう」

死体発見現場に戻ると、写真係が、ここは終わりましたと合図してくる。飛田が駁者に、死体を順天堂まで運ぶように指示した。駁者は現場を出ていった。運ぶための手伝いも、馬車のそばで待っているのだろう。

新堂は小路の入り口になっている三差路を指さして、飛田に言った。

「そっちの奥も見てみたいんですが」

この小路は三差路の先で、たぶん湯島坂に抜ける路地だ。三差路で左に曲がると、それはさっき通ってきた小路で、すぐに明神下中通りの商店街にぶつかる。

飛田が三差路からその路地に入った。新堂も続いた。

路地は迷路状で、少し雑然としている。民家のあいだには、明神下中通り方向に通じていると思える通路もあった。

飛田が歩きながら言った。

「このあたりは、町の境界が入り組んでいる。昔から何回も焼けたところだし、御大変のあとの中山《なかせん》道《どう》の拡張もあった」

「台所町ではないということですか？」

「境界がどこかはっきり知らんが、古い町の名前が消えて、湯島一丁目も食い込んできているところだ」

「ということは、明神組のシマではない？」

「ああ、そのあたりは連中は律儀だ」

「湯島一丁目の組となると？」

「明神さまの上、湯島四丁目の門川《かどかわ》一家じゃないのかな。ただし、ここは遠回りの端っこだ。あまり頻繁にこのあたりに出張《でば》っては来ていないだろう」

「そこの地回りも、このあたりの住人のことはよくわからないということですね」

「昔からの大店《おおだな》ならともかく」

路地の出口近くに建っているのは、左右とも洋風の二階建て建物だった。右手は白壁に青い窓枠、左手は白壁に緑の窓枠の建物だ。その洋館のあいだを抜けると、もう湯島坂だった。

湯島坂に出たところで、飛田が立ち止まって言った。

「通りの向かい側もここも湯島一丁目。死体の発見現場は、間違いなく外神田署の管轄だ。だけど、いまの路地裏あたりなら、本富士《もとふじ》署だった」

新堂は湯島坂の左右を見渡した。

湯島坂は石畳で、市電が通っている。坂を上っていくと、右手に神田明神の鳥居がある。鳥居をくぐれば表参道だ。飛田の案内がなくても、その程度のことは新堂も知っていた。

湯島坂の向かい側には、大きめの煉瓦造りの建物がふた棟並ぶ。手前が高等師範学校、その並びに女子高等師範学校だ。

左手、坂の下の松住町《まつずみちょう》には、昔ながらの造りの商店が多いが、洋風建築の商店も混じっている。その先一町で昌平橋の北詰めに出る。

湯島坂は、この時刻すでにそこそこの交通量だった。そもそも中山道の一部であるし、坂の上でクロパトキン通りに合流する。市電が通るほどの道路だから、通行人や自動車、馬車も少なくない。荷車も目立つ。そういった荷車を曳《ひ》く車引きたちは、たいがい昌平橋のところで押し手を頼み、この坂を上がっていくのだ。一回五銭ほどの押し賃を受け取る押し手たちは、立ちんぼと呼ばれている。路上で仕事の声がかかるのを待つからだ。さっき飛田が言っていたような種類の娼婦たちと同じ呼称なのだ。

飛田が訊いた。

「同じ道を戻るか？」

新堂は答えた。

「横の通路にも入りながら、現場に戻りましょう」

台所町の奥へと戻り、洋館の先の路地の奥に入ってみた。家の庭先かもしれないとも見える通路を進むと、通路はふたつに分かれている。右手は緑の窓枠の洋館の裏口に通じている。左手に折れて、さらに道なりに進んで行くと、出た先は明神下中通りだった。

中通りに立って左右を見渡していると、飛田が訊いた。

「何か気になることでも？」

新堂は答えた。

「このあたりの住人は、どこの銭湯に行くんでしょうかね」

「男坂下の銭湯は、ちょっと遠いか。行って行けない距離じゃないが」

明神下中通りを湯島坂まで出たところで、新堂はほぼ正面に銭湯があると気づいた。洋風の二階建て建築のように見えるが、たぶんそれは正面だけだ。建物それ自体は昔ながらの和風の造りだろう。正面は左右対称で、中央の出入り口に大きな暖簾《のれん》がかかっている。湯島湯、と読めた。台所町の南の住人は、この銭湯に行くかもしれない。

飛田が訊いた。

「銭湯を気にしているが」

新堂は、ぐるりと身体をひと回りさせて言った。

「地元のつながりの濃そうな町なのに、女の身元を知っているという住人の出て来ないのが不思議なんです。使っている銭湯も違うのかなと」

「よそで客を見つけ、客と一緒にこっちまでやってきたってことも考えられないか？」

飛田も、すでに被害者のことを、辰巳と同じようにみなしているようだ。

新堂は言った。

「地元じゃないなら、靴下は穿いていたように思うんです。被害者がもしその手の女だとしても、あまり遠くまで歩かないでしょう」

「地元を避けて、そこの湯島湯ってのに通っていたか」

新堂は、あえて軽い調子で言った。

「予断を持たずに地取りしましょう。女を娼婦と決めつけずに」

「そうは言っても、あの格好だぞ。肌着に外套を引っかけただけ。客を引いていたんじゃないなら、何だ」

「まだわかりませんが、あの小路で、商売になりますかね。わざわざよそから出向いてくるほど」

新堂たちは、湯島坂を右手に少し歩いてから、また台所町の迷路のような路地に入って現場に戻った。

野次馬の数が少し増えている。路地の反対側から見つめる子供の姿もふたつ三つあった。声をひそめて話している大人たちも数組ある。死体が運ばれていったので、逆にこの空き地の前に来やすくなったのかもしれない。殺人事件の現場という生々しさは薄れている。

新堂は制服巡査のひとりに訊いた。

「仏さんのことで、心当たりがあるという住人は出てきていますか？」

中年の制服巡査は首を振った。

「いや、誰なんです、と訊いてくる野次馬ばかりだ」

「なんて答えています?」

「洋装の若い女と」

新堂は野次馬たちの姿をざっと見渡した。ひとり、視線をそらさずに新堂を見つめてくる中年女がいる。和装で、商店の女将風に見える。

飛田が新堂の視線に気づいて言った。

「小間物屋の女将だ。最初に見つけて、仏さんに筵をかけてくれた。きくやさん」

新堂はその女性に近づいて訊いた。

「警察ですが、最初に見つけてくれたそうですね」

飛田が、きくや、と教えてくれた女性が、あまり思い出したくないという表情で言った。

「そうなの。ゴミの山の向こうに靴が見えたものだから。どきっとして、おそるおそるここに入ってみたら、仏さんだったのさ」

「お店はどこでしたっけ?」

「ここの並び」

きくやの女将は、小路の男坂方向を示した。

「心当たりがない女性なんですね?」

「まじまじと顔を見たわけじゃないけど、知ってるひとならひと目でわかるでしょ。近所のひとにも何人かに見てもらったけど、団子屋のハル姐《ねえ》さんも知らないって言ってた。あのひとが知らなきゃ、この町のひとじゃないね」

「この町というのは、台所町のことですね?」

「この小路のこと。あたしも長いけど、中通りになると、あんまりわかんないし」

「外套には、ミヨシ、と読める刺繍が入っていたんです。ミヨシっていう女性、町内にいませんか？」

「ミヨシ？　知らないなあ。それに、外套なんて、古着を買うこともあるでしょう」

きくやの女将は振り返って、そばにいた町の住人たちに、ミヨシという名前に心当たりがないかを訊いた。みな首を横に振った。

新堂は女将にさらに訊いた。

「昨夜、何かおかしな物音など聞きませんでした？　言い争いとか、悲鳴とか」

「そっちの探偵さんにも言ったけど、何も」

「同じことを何度もすみません」

「この季節、夜は静かなところだしねえ」

きくやの女将の後ろに、男が立った。

小太りの中年男だ。前掛けをつけている。

何か言いたげに見えた。飛田の顔を見ると、初めて話をするという様子だ。

飛田がその前掛けをつけた男に訊いた。

「何か心当たりでも？」

「うん、あたしはこの角の」と前掛けの男は、空き地の隣り、三差路の角の民家を指さした。「蕎麦屋をやってるんだが、昨夜ね、御不浄《ごふじょう》に立ったときに、このあたりで話し声みたいのを聞いたように思うんだ」

新堂はその男の顔を見つめた。話し声？

「あたしは夜中に何度か小便が出るほうで、昨日もいったん床に入ってから、御不浄に立った」

前掛けの男は、こんどは空き地の奥、その蕎麦屋の建物の裏手を指で示した。小さな窓と、臭気抜きの引き戸のあるところが便所だろう。

「そのとき、ぼそぼそ言うのが聞こえたんだよ」

「ひとり？」と飛田。「女の声？」

「男と女の声だ」

「言い争いですか？」

「いいや。そういうふうには聞こえなかった。ふたりとも、声をひそめていた」

「何て言ってました？」

「言葉までは聞き取れない。いや、女のほうは、駄目、とか、でも、とか言っていたな」

「若い女の声でした？」

「そんな声だった。男の声は、もごもごしていた。口論なら聞き耳も立てたんだけど、そうでもなかったんで、あとは気にしなかった。いまになって、何か関係のあることかなと思った」

「男の声は、ロシア語ってことはありませんでしたかね？」

「ううん、わからんなあ。もごもごぼそぼそで、そうかもしれないけど」

「足音などは聞きました？」

「いいや。とくに」

新堂が確かめた。

「ご主人がその声を聞いたのは、おおよそ何時ごろでしょう？」

「いったん布団に入ったのが九時過ぎだから、十時前かなあ。時計を見て立ったわけじゃないんで、正確なところは言えないが」

前掛けの男の後ろでうんうんうなずきながら聞いていた老人が、一歩前に出てきた。やせ型の職人風で、眼鏡をかけている。

「あたし、そこで絵馬を作っているんだが、やっぱり遅い時刻に、話し声を聞いた」

空き地の斜め前、女坂寄りの民家に住んでいる男のようだ。

飛田が、前に来てくれと手招きした。

職人風の男は言った。

「あたしはいつも早めに酒をくらって眠って、いったん遅い時刻に目を覚ます。女房に言わせると、いつもそれが十時前後らしい。暖かい夜だったんで、水を飲みに流しに行ったときに、男と女の声を聞いた」

飛田が訊いた。

「空き地からの声でした?」

「いや、この小路の声に聞こえたな」

「言い争いですか?」

「そういう剣呑《けんのん》な調子には聞こえなかった。女のほうは、どっちかと言えば、気持ちよく酔っているような声だった」

気持ちよく酔っているような声? 相手は親しい男だということか。新堂は訊いた。

「何て言っていました?」

「言葉は聞き取れなかった。それこそ」絵馬の職人は、前掛けの男を指さして言った。「こっちのひとが言ってたように、駄目とか、でも、とかだったかもしれない」

「若い女の声ですか?」

「そうだな。もっともあたしの歳じゃ、三十前の女はみんな若いが」

「男のほうの声は？」

「太い声だ。いや、低い声か。やっぱり言葉は聞き取れなかった」

また飛田が訊いた。

「ロシア語？」

「聞き取れなかったんだ。わからない」

「知っているひとの声でもないんですね？」

「違うね」

新堂が訊いた。

「その男女は、立ち止まって話していたんでしょうか。それとも、歩きながら？」

「歩いていたのかなあ。さほどの長話じゃなかった」

「歩いていたのだとしたら、お宅の前から、男坂下方向へですね？」

「はっきりは言えない」

「十時前後というのは確かですか」

「時計を見たわけじゃないからなあ。だけど、十二時ということはないと思う」絵馬職人は、身体を半分ひねりかけた。「お役に立てたかな？」

飛田が礼を言うと、その職人も、前掛けの男もその場を去っていった。きくやの女将だけは、ほかの証言も聞きたいという様子でその場に立っている。

新堂は野次馬たちを見渡した。あとほかに、何か思い当たることのある住人はいるだろうか。

視線をきくやの女将に戻したとき、彼女はひっつめの髪で和装の三十歳代と見える女と話していた。

野次馬の奥のほうから出てきたのだろう。

女将が言ったのが聞こえた。

「言いなさいよ、それ」

飛田が、その三十歳代の女に言った。

「聞かせてください」

女は少しためらいがちに飛田の前に進み出てきて言った。

「そういう男女を見たわけじゃないんだけど」

「何か気になることでも？」

「あたしの働いてるのは、あの女坂の下のところの飯屋なんだけど、昨日の夜遅くっていう話をいま耳にしたから、思い出して」

「お店はなんと言います？」

「ふじや」

「そのころに何かありました？」

「昨夜はちょっと遅くまで下ごしらえで働いていて、自分の屋根裏部屋に戻ったのはたぶん十一時ごろだと思うんですよ。あたしの部屋は枕元に小さな窓があって、女坂の石段の下のところが見えるんです。あそこ、案内板の脇に街灯が立っているでしょう」

さっき見た場所だ。

ふじやで働いているという女は続けた。

「眠ろうとして、ちょっと窓の外を見たときに、男のひとが石段を上っていくのが見えたんですよ」

「男ひとり？」

「ええ。ひとりだけ。ロシアの軍人さんに見えた」

ロシアの軍人？　新堂はその女性を凝視した。

飛田が訊いた。

「軍服を着ていた、ということかな」

「ええ。鐔《つば》のついた帽子に、外套を着ていた。長靴を履いていて、石段を上っていったの。靴音が少しのあいだ聞こえていた」

「顔は見ました？」

「いいえ。帽子をかぶっていたし、そこまでは明るくない」

「駆け上がっていったんですか？」

「最初のうちは、急ぎ足みたいだった。カッカッカッって、靴音が聞こえて。そのうち、ゆっくりになって、聞こえなくなった」

「はっきりした時間を覚えています？」

「十一時ごろ、というくらいしか。女将さんに、もう上がっていいよと言われたんで、仕事を終えたんですよ。時計は見ていませんけれど、いつもより遅かった」

「ほかに女とかは見ています？　いや、男でも」

「ううん。すぐ眠ってしまったし」

ひっつめ髪の女は、もうそれ以上は伝えることもないようだった。あとじさっていった。

新堂は、覚書を作ろうと手帳を取り出した。いま聞いた話の、微妙な差が気になった。男女の話し声がした時刻。会話の中身。女が立ちんぼだったとして、それは商談したときと、別れるときの会話だったのだろうか。

いや、と考え直した。まだ被害者がそういう女だと決めつけてはいけないのだ。自分はこの現場に着いてから、まだろくに証言を聞いていないのだから。たとえ外神田署の飛田があっさりそうみなしていたとしてもだ。

野次馬たちが離れていった。新堂が取り出した手帳のせいかもしれない。自分の証言が記録されるとなると、巡査に話すことをためらう市民は少なくないのだ。

野次馬たちがみな消えたところに、男が三人やってきた。三人とも大工風で、手拭いを頭に巻いている。

男たちのうち、年配の男が水貫の中の新堂たちの姿を見て、訊いてきた。

「どうしたんだ？　ここで普請引き受けてるんだが」

やはり大工のようだ。

飛田が身分証を見せて言った。

「ここで、仏さんが見つかったんだ」

男は顔をしかめた。

「行き倒れかい？」

「いや、殺されたんじゃないかと思う」

「余計に悪《わり》いや。御祓《おはら》いしなきゃあな。その仏さんは？」

「病院に運んだ」

「ここの片づけなんて、やってもいいかい？」

「ああ。もうかまわない」

新堂は飛田に言った。

「病院に行ってみませんか」

飛田が同意して、その大工風の男に言った。

「もしこの更地《さらち》から、何か妙なものでも見つかったら教えてくれないか。また来る」

「ようがすよ」

新堂は飛田と一緒に女の死体の見つかった空き地を出た。


死体の運ばれた順天堂医院に行くには、神田川沿いに行くのが近い。聖堂橋に向かってゆるい上り坂で、聖堂橋の下をくぐって御茶ノ水橋の北詰めを通りすぎればすぐだ。その道路を地元のひとたちは外堀通りと呼ぶが、市内には同じように呼ばれる道路はほかにもある。クロパトキン通りの宮城前のあたりも、会話の流れ次第では外濠《そとぼり》通りなのだ。

新堂たちは明神下中通りから湯島坂を渡り、松住町の小路を抜けて、その外堀通りに入った。松住町には洋館がわりあい多く建っていて、あの被害者が住んでいてもさほど目立たない地区に見えた。

順天堂医院は、市内で変死体が出た場合、警視庁が検視を依頼する病院のひとつだった。

案内されて解剖実習室の控え室に行ったが、まだ検視中だという。控え室で十五分ほど待つことになった。写真係はすでに撮り終えて帰ったとのことだ。

やがて白衣を着た法医学の教授が、肩でドアを押して控え室に入ってきた。去年の十月、堀留橋《ほりどめばし》近くで見つかった死体のときも担当してもらった、白髪の男性教授だった。ゴムの手袋をしている。

飛田が訊いた。

「終わりました？」

「ええ。所見はまだ書面にしていませんが、お話しすることはできます」

「見せていただいても？」

「もちろんです」

若い助手の指示で靴をスリッパに履き替えて、解剖実習室の中に入った。白衣にマスク姿の男女がひとりずついた。ふたりとも、助手のようだ。女性は、女性の死体の検視ということで、法医が応援を頼んだ女医なのかもしれない。

部屋の中央の台の上に、ゴム引きの帆布をかけられた死体があった。頭頂部だけが見えている。法医が死体の右側に立った。新堂は法医のすぐ横に、飛田は新堂の向かい側に立った。

法医が助手らしき若い男に指示すると、彼がゴム引きのシートをめくった。死体は全裸で台の上に仰向けになっている。髪は肩までの長さだ。染めてはいないと見える黒髪。化粧は拭われていた。眉がくっきりと濃く、目鼻だちのはっきりした顔だちだった。年齢は、もしかすると二十歳そこそこかもしれない。

法医がゴム手袋をつけたままの手で、死体の首のあたりを示した。

「まず死因ですが、縊死《いし》ではなく、扼死《やくし》でもありません」つまり首吊《くび》りや、腕などで絞められて死んだのではないということだ。「絞殺《こうさつ》です」

飛田が確認した。

「殺人ということですね？」

「ええ」と法医。「絞死で自殺というのは、とても難しい。襟巻が巻かれた状態で運ばれてきましたし、襟巻で絞められたのでしょう」

「死亡推定時刻は何時ごろになります？　というか、何日も経った死体とは違いますよね？」

「運ばれてきたときに、死後硬直が最大に達していたと診断できました。つまり死後十二時間前後だったでしょう。前後一時間ぐらい幅はあるかと思いますが」

「ということは？」

「昨夜九時から十一時くらいのあいだです」

新堂は、検視でわかった基本的な事実を頭に入れた。医学的に、まず殺人と断定された。そして死亡推定時刻が、おおよそ明らかになった。台所町の、男女のやりとりが聞こえたというふたつの証言が言う時刻は、この死亡推定時刻の範囲内だ。

新堂は死体に目を向けた。首に、赤い帯状の内出血痕がある。その内出血痕の上に、大きな点状の痕《あと》もあった。

法医が新堂の視線の先に目を向けて言った。

「致命傷ではないのですが、扼頸《やくけい》の痕があります。最初は首を手で絞めたと考えられます」

新堂は訊いた。

「手というのは、腕ということですか？」

「てのひら全体を使って首を押さえ、親指を喉の左右に食いこませたような痕です」

法医は自分の両手で、その格好をして見せてくれた。

「致命傷ではない？」

「短い時間無抵抗となったか失神したので、そのあと襟巻で首を絞めたと推定できます。あと、細い縦の傷が何本かありますが、抵抗して襟巻を緩めようとしたときのものでしょう」

「本人が自分でつけた傷ということですね」

「爪のあいだに、皮膚片が残っていました」

手袋もはめてはいなかった、ということになる。半長靴を素足で履いていた、という事実と同様に、住まいは死体発見現場の近くと推測することができる。もっとも昨日は暖かかったので、遠方住まいを完全に否定する根拠にはならないが。

「殺した犯人の皮膚という可能性はありませんか？」

「いまそこまでは判断できませんが、ありえます」

「襟巻で絞めたような傷は、あまり目立ちませんね」

「紐や縄とは違う傷痕になりますね」

飛田が質問を代わった。

「見つかったとき、襟巻は首にぐるりと巻かれて両方の端が胸の側《がわ》に回っていました。被害者は正面から襟巻で首を絞められたのですね？　後ろからではなく」

「そう想像できますが、襟巻が死んだときの状態のままかどうかはわかりません」

「ほかに外傷は？」

「ありません」

「絞殺の前に殴られたとか、そのような痕もない？」

「見当たりません。着衣も乱れておらず、性的な暴行の痕もありません。もしそういう質問なら」

「彫り物を入れていますかね」

若い助手がシートをすっかりめくって、死体の足元に丸めた。

法医は言った。

「何も」

新堂はさっと死体全体を見た。太ってもおらず、痩《や》せてもいない。日本人女性としては、大柄かもしれない。色白だ。顔や腕も、陽に灼《や》けてはいない。

飛田が言った。

「あまり玄人《くろうと》っぽい身体じゃないな」

新堂は、それを判断できるほど、このような事案の場数を踏んでいなかった。飛田の判断には反応せずに、法医に訊いた。

「身元を知る手がかりになるような、傷とか、痣《あざ》とかはどうでしょう」

「右のうなじに黒子《ほくろ》がありましたが、手がかりになりますかね」

法医は女の首の右側に触れて、髪をよけた。うなじに、わりあい大きめの黒子がある。ただ、家族でなければ、知ることもない黒子だろう。

新堂は女の手の先と指を見た。

法医は続けた。

「歯の治療痕もありません。歯並びはいいほうでしょう」

手は荒れていない。爪も手入れされている。何か特定の職業を推測させるような汚れもなかった。

飛田が言った。

「少し体格がいいな」

「そうですね」と法医は振り返り、そばの机の上から書類挟みを取り上げた。「体重が、五〇キロ。身長は多少誤差があるかもしれませんが、一五八センチ。健康です」

大きいほうだ。その女を正面から襟巻で絞殺できたのだから、加害者もかなりの大柄な男ということになる。

飛田が言った。

「先生、衣類などで、わかったことってありますかね？」

法医は部屋の隅を示した。女性のそばに籐籠《とうかご》があって、その中に衣類が畳まれて入っている。

「死後硬直しているんで、鋏《はさみ》で切り取って脱がしています」

「何か注意すべき点はありましたか？」

「外套には、とくに泥も細かな砂利などもついていません。引きずられたようではありませんでしたね」

ということは、と新堂は空き地の様子を思い起こした。殺害はあの空き地の中で行われたか。それとも死体は抱えられてあのゴミの山の後ろに運ばれたのか。どちらだろう。

新堂は、ずっと黙って立っていた女性に訊いた。

「何か、わかることはありますか？」

女性はこくりとうなずいて、籐籠に視線を落とした。

「医学的な所見は、先生がすべておっしゃっていますが、女性の身元はわかっていないのでしたね？」

「その手がかりが欲しいところです」

「女性の目で気づいたことをつけ加えると、肌着は安物やまがいものではありません。小川町あたりの洋装店で売られていたのじゃないかって思います」

飛田が訊いた。

「厚化粧でしたが、やはり玄人のものでしょうね」

女性助手は、死体の顔にちらりと目をやってから答えた。

「玄人というのが何を指しているのかよくわかりませんが、たしかに眉は引いていますし、口紅もさしていました。でも、白粉《おしろい》や頬紅はつけていませんでした」

「いまひとを食ってきたような唇でしたが」

「口紅ははげかけていました。化粧した直後ではありません。それに、たとえば芸者さんたちの口紅は水紅です。このひとのつけていたのは、油性の紅です」

「油性？」

「ええ。油性だから艶《つや》があります。昼間の光の下だと、少し派手に見えますね」

「日本の口紅ですか？」

「ロシアのものかもしれません」

「こういう化粧をするのは、どういう女性です？」

「夜会などに行くなら、ふつうの女性もこの程度の化粧はするでしょう」

「それって、酒場のような店に出る、ということを言っていますか？」

「いいえ。晩餐会《ばんさんかい》とか、それに演奏会とかに行くような場合も想像して申し上げました」

新堂は、横で思った。自分も化粧は厚いと見たが、女性の目ではさほどでもないということだ。しかし、夜会や演奏会に行く機会のある日本人女性は、やはり東京でも少数派だろう。また、この女性助手の言葉は、飛田の解釈を完全に否定するものでもない。

「ともあれ」飛田が、嘆かわしい、という表情を作って首を振った。「素人《しろうと》がこんな化粧をしてもおかしくないとなれば、御大変はやっぱり大きなものをぶっ壊したものだな」

女性助手は、こんどは反応しなかった。飛田の言葉が質問ではなかったからか。

飛田がさらに訊いた。

「髪については、何かわかります？」

「肩までの断髪ですから、ふだんも洋装で通していたひとなのだと思います。洋装のひと向けの髪結いさんで切ってもらっていたのではないでしょうか」

「服装と髪形、靴で、どういう女性だったのか、想像はつきますか?」

その女性は、ちらりと法医に目を向けた。検視の範囲を超えた質問だ、とでも思ったのかもしれない。法医が黙っているので、彼女は答えた。

「ロシア人が多くいる場所で働いていたひとなのではないかと感じます。洋装に慣れている印象があります」

飛田が訊いた。

「端的に言って、やはりロシア人相手の醜業婦《しゅうぎょうふ》ということですか?」

女性が困惑したのがわかった。

「いいえ、全然そういう意味はありません。外套も肌着も、けっして高価ではありませんが、品《しな》の悪くないものです」

飛田はこんどは法医に訊いた。

「直前に性交があったかどうかはどうでしょう?」

法医が簡潔に答えた。

「ありました」

「あった?」

「ええ。死ぬ一時間以内ぐらいの範囲で」

「妊娠しているかどうかは、わかりますか?」

「これから血液を調べます。その結果でわかります」

飛田が新堂に目を向けてきた。お前はまだ何か質問はあるかと問うている。新堂は首を横に振った。

飛田が法医に言った。

「お手数かけました。所見はあらためていただきに上がります。衣類も、それまで保管しておいてください。血液検査の結果だけは、出たらすぐ電話をいただけると助かります」

妊娠反応のことを言っているのだ。

新堂は、飛田と一緒に法医たちに目礼して解剖実習室を出た。


順天堂医院の玄関脇の自動電話から、飛田が外神田署に電話をかけた。写真の紙焼きはまだ上がっていないという。目新しい通報や目撃証言なども出ていなかった。

新堂は、飛田に提案した。

「クロパトキン通りに上がって、明神さまの山を上から現場に下りてみませんか」

「そのつもりだった」と飛田が言った。

新堂たちは、金花《きんはな》通りの緩い坂道を上ってクロパトキン通りに出た。煉瓦造りの洋館が並ぶ街路だった。市電が走っている。

統監の通勤路として整備されたのが、この石畳のクロパトキン通りだ。このあたりは以前の本郷通りであり、中山道の一部でもある。道幅が拡張され、ロシア正教の復活大聖堂の北に聖堂橋が架けられて、小川町交差点から本郷三丁目までが、ロシア人が多く住む居住区となっている。

日本政府が集住を指示したのではなく、御大変の後のロシア軍の進駐、民間人の大量移住で、自然にこのロシア人街が生まれたのだ。最初は、御茶ノ水の復活大聖堂の近くにロシア人街ができ、やがてクロパトキン通りに沿って延びていったかたちだ。いまは、ロシア人にとっての都心に当たるのが、小川町交差点から御茶ノ水の一帯だ。ロシア人学校や病院が建つし、百貨店やホテルなどの商業施設も集中している。この地区に屋敷を構えるロシア人富豪も多かった。聖堂橋を北に渡った先には、中産階級のロシア人や技師、勤め人などが多く住む。クロパトキン通りの裏手は、職人などの住む集合住宅が多い。

新堂は金花通り上の交差点に立って四方を見渡した。

高さを揃《そろ》えて煉瓦造りの建物が並んでいる。急勾配の屋根には破風《はふ》がつき、集合煙突が立つ。一階には商店とかレストランが入っている建物が多いはずだ。しかし、看板などは目立たない。近くの建物の看板はキリル文字だけのものがほとんどだ。やんわりと、キリル文字の読めない者の入店を拒んでいる。交差点の北西方向、壱岐坂上《いきざかうえ》には、プチロフ東京工場の工場長の邸宅がある。その邸宅は通りには珍しく三階建ての石造りで、ひときわ豪壮だ。毎月一回、盛大な夜会があることでも知られている。

この本郷の一帯は、武蔵野台地《むさしのだいち》を構成する七本の台地のうちのひとつ、本郷台地の南端近くに当たる。クロパトキン通り、つまりかつての本郷通り、そして中山道は、本郷台地の尾根筋にできた道路である。台地の最南端は、神田川の掘削で本郷台地の尾根筋とは分断されているが、御茶ノ水の一帯である。

クロパトキン通りは湯島聖堂の北でほぼ直角に南に曲がって神田川を越え、台地を下って日比谷方面に延びている。そして本郷台地の東端に当たるのが、湯島聖堂と神田明神の山だ。

新堂はクロパトキン通りの通行人に目を向けながら、飛田と並んで歩道を歩いた。当然ながら歩道を行き交うひとも白人が多く、乳母車を押した若いロシア人の母親も目立った。日本の母親なら赤ん坊は背負って散歩するところを、ロシア人たちは乳母車を使うのだ。表通りを散歩するとき以外は、ロシア人の母親も背負うことはあるのかもしれないが。

立ち止まって話をしている母親たちの姿をいく組も見た。奇妙なことに、みな表情が深刻だった。他愛ない世間話に花を咲かせているようではなかった。共通の心配事とか悩み事でもあるような表情なのだ。気がつくと、歩道を歩いている男たちの表情もみな、胃痛でも抱えているかのようだった。陽気な、屈託のない顔のロシア男たちが目に入らない。

ペトログラードの騒ぎのせいか？

新堂はあらためて日比谷暴動のことを思った。死者二十人弱、検挙者二千人を超え、戒厳令が敷かれたという東京の暴動を。もしかすると、新聞で読む以上に、ロシア帝国の首都で起こっている騒擾は規模が大きいのかもしれない。極東の「同盟国」の首都のロシア人たちが、とても七千キロメートル以上離れた場所の騒ぎだと看過できないような大規模な騒動になっているのか？

飛田が、新堂の思いを遮《さえぎ》るように訊いてきた。

「検視の結果をどう思う？」

新堂は我に返って、言葉をまとめてから言った。

「絞殺。正面からの。ほかに外傷なし、とのことでしたから、強盗や物盗りではありませんね。下手人は、知り合いだ、と想像できます」

「所持品が出てきていない。外套を着て外出していたのに、鞄《かばん》を持ち歩かないなんてことはあるか？外套の隠しにも何もなかったんだ」

「加害者が、女の身元を隠すために持ち去った。不自然ではないと思います」

「外套には名前が刺繍してあった」

「男はそれを知らなかった」

飛田の質問は、新堂の読みに対する反論ではなかった。捜査上の疑問を、ひとつひとつつぶしていくための手順だ。お互いが言葉にして認識を共有するための手続き、と言ってもいい。

　飛田がまた言った。

「着ているものが、品のいいものだとも、解剖実習室の女のひとが言っていたな」

「わたしは逆に、品の悪いその手の肌着というのが、想像できないんですが。そういう事案にぶつかったことがない」

「あるんだよ」

「被害者は、娼婦ではないのかもしれません。少なくとも、立ちんぼじゃありませんね」

「見るからに女郎という女よりも、素人っぽい女のほうが好みだという男もいる。そっちに合わせているのかもしれんだろうが」

　目の前の歩道で、中年のロシア人女性がふたり、話している。ちょうど新堂たちをふさぐ格好だった。ひとりはちらりと新堂たちを見たが、道を譲ろうとはしなかった。新堂たちは歩道の端を回って、そのふたりをよけた。

　飛田が言った。

「直前に、女は誰かとつながってる。それから外套を引っかけただけで、外に出た。堅気の、家族のいる女はしないことだ」

「女は、ひとり暮らし」

「いいとこの娘は、そういうひとり暮らしはしない」

「歯の治療痕がなく、歯並びがいいとのことでした。手指も、きつい仕事をした様子はなかった。貧しい家の育ちじゃないんでしょう」

「堅気の家で育って、最近落ちたということはありうるだろう」

「助手らしき女のひとは、ロシア人の中で働いていたのではないかと言っていましたね」

「ロシア人相手の、酒場かミルクホールの女給と言ったのさ」

歩道の正面から、若い女がふたり歩いてきた。日本人だ。外套を着て、毛皮の耳当て帽《ウシャンカ》をかぶっている。ふたりは話に夢中になっていて、新堂たちに気づかなかった。新堂たちはまた歩道の脇によけて、その日本人女性たちをやり過ごした。

女たちが通り過ぎていってから、飛田は振り返り、ふたりを見送りながら言った。

「おれには、ロシアの身なりをした若い女は、みんなふしだらに見えるぞ。あの手の女は、ひと前で口づけするのも平気なんだ」

「ロシア人は、親しければ男同士もしますよね」

「相手の頰を押さえて、熱烈にな」

「飛田さん、娘さんはいるんですか？」

「十六だよ。洋装したいと、いつも母親にせがんでる。おれは許していない」

「娘さんが洋装をしたところで、ふしだらじゃないでしょう。そういう世の中なんだし」

クロパトキン通りの、湯島聖堂前交差点に達した。通りはここで御茶ノ水方面に折れるのだ。交差点の右側にある木造の洋館は教育博物館だ。昨年十月、統監暗殺を企てた一味は、実行部隊のひとつをこの教育博物館に潜ませて、統監の車を襲撃しようとした。統監の乗る自動車がここでは速度を落とすからだ。統監府保安課のコルネーエフ大尉がこの企てを察知、ここに配置されていた部隊を事前に検挙した。

交差点のすべての角に、ロシア兵が立っている。教育博物館の正門の脇には、検問用のバリケードがまとめられていた。かつてはここでは検問はなかったはず。去年の事件以降に、兵が配置されたのだろうか。

ロシア兵がふたり近づいてきた。新堂は何も言われないうちに、外套のボタンを三つ外し、左手で外套を広げて見せたうえで、隠しから身分証を取り出した。

「警察だ。公務中だ」

飛田も新堂にならって身分証を出した。

新堂は兵士に訊いた。

「何かあったのか？」

兵士たちは何も答えず、ふたりの身分証をあらためたうえで、交差点の角へと戻っていった。

飛田が小声で言った。

「ものものしいな。本郷三丁目交差点ならともかく」

本郷三丁目交差点の先には統監公邸がある。本富士署は、交差点に交番を設置し、必要に応じて通行人や自動車に対する検問を実施しているが、きょうはあちらにもロシア軍が出ているかもしれない。

中山道は湯島聖堂前の交差点をそのまま直進し、湯島聖堂の裏手と神田明神の表参道のあいだを下る湯島坂となる。市電もそのまま湯島坂を下る。さっき新堂たちは、下りきったあたりで台所町から湯島坂に出たのだった。交差点の先、右手は湯島聖堂の裏手、左手五、六十メートルほどのところに、神田明神の表参道がある。

新堂は立ち止まって、飛田に訊いた。

「ここは湯島になりますか？」

飛田も立ち止まり、左右をさっと見ながら答えた。

「右側が湯島三丁目。左側が四丁目だ」

新堂は振り返って、いま歩いてきたクロパトキン通りを眺めた。通りは先で右に曲がっているが、煉瓦造りの同じ様式の洋館が整然と並んでいる。交差点の東南側にもいくつか洋館が建つが、おおよそこの交差点で、本郷のロシア人街と日本人の住む外神田、湯島とに分かれることになる。

新堂は、交差点の北側の小路を示して飛田に訊いた。

「こっちに行くと？」

飛田が答えた。

「妻恋坂に出る。少し先でこの小路も下り坂だな。明神さまの山の北側には、谷が入り込んでいるんだ」

「女坂に出るには？」

「この小路を進んで右に曲がるんでもいい。表参道からでもいい」

「この小路を行ってみましょう」

飛田が交差点を渡りだした。新堂も続いた。

小路に入ってすぐのところに、左手に入る中通りがある。

キリル文字の案内が出ていた。

クロパトキン通り東、と読める。ロシア人がこの中通りにつけた名前のようだ。ということは、クロパトキン通りから一本東に入ったこの通りも、ロシア人街ということになる。おそらくは春日《かすが》通り、切通坂《きりとおしざか》のあたりへ延びているのだろう。

新堂はその場で身体を反対側に向けた。こちらにも小路がある。少し緩い上り坂となっている。

飛田が言った。

「明神さまの随神門の前に出る。通り過ぎて突き当たりの路地を右に折れると、女坂の上に出る」

新堂たちはその小路を渡って、神田明神の随神門の前に出た。門の真ん前が、湯島坂に通じる表参道だ。とうぜんながら、このあたりには洋館は一軒もない。

明神さまの境内を覗《のぞ》いたが、このロシア暦二月の末という時期、参詣客の姿はほとんどなかった。神田明神の塀に沿って小路を進み、茶屋の並ぶ小路に出て右に曲がった。神田明神のこの山の上は、眺めがよいことでも有名だ。東京湾を望むことができる。そのための茶屋が境内の外に連なっているのだ。

茶屋を二軒通り越したところに、石段があった。幅は一間《いっけん》ほどだろう。

「女坂だ」と飛田が言った。

新堂は石段の上から下を覗いてみた。かなり急な石段の左右は林で、その林の途中で石段は左手に折れている。さっきまでいた死体発見現場の小路を見ることはできなかった。視線を少し先にやると、外神田の町並みだ。民家や商家の屋根が密集し広がっている。

この明神さまの山は、と新堂は推測した。建物で言うならば、四階、いや五階ほどの高さになるのだろうか。

左手に手すりがある。やはり神田祭の時期などは、年寄りの参詣客なども使うのだろう。新堂は飛田に目で合図して、石段を下り始めた。

石段が折れている場所は、ちょうど坂の真ん中あたりの高さなのだとわかった。その踊り場まで来ると、さっき自分が見上げた小路を見ることができた。

下りきるところで、右にある建物が、ふじやという食い物屋だ。使用人の女性が、ロシアの軍人らしき男を見たと証言していた。その女が覗いたという窓がどれかもわかった。小路の案内板の脇の街灯の明かりが届く範囲で、たぶん石段の下から十段目あたりまでを見ることができたのだろうと想像できた。

飛田も、あの女の証言を吟味していたようだ。石段の下で、彼は女坂の上を見上げ、さらに小路の左右に目をやってから言った。

「女を絞め殺して、あの空き地のゴミ山の後ろに隠したあと、そのロシアの軍人はここを上がって消えたんだ。初めは急ぎ足で、途中からゆっくりと」

新堂も女坂の上に目をやって言った。

「坂には途中に街灯はありませんでした。足元は覚束《おぼつか》なかったでしょう」

「手すりを伝っていけばいい。それまでに何度か使った軍人なら、街灯なしでも上れる。上がり切れば、もうロシア人街まですぐだ。犯人はロシア人街に住んでいる男だ」

新堂は、まだそうとは決めつけられないと思った。

「ロシア人街に逃げるなら、湯島坂を上がっていったほうがいい。街灯もあります」

「上り切ったら、さっきのあの交差点で検問に引っかかる。ひとを殺したばかりなら、それは避けたいんじゃないか？」

新堂はおそらく腑《ふ》に落ちないという顔をしていたのだろう。飛田が説得するように続けた。

「連隊の兵卒や下士官は、営舎居住だ。何かの任務についていない限り、門限には営舎に戻っている。九時過ぎには出歩いていない。となれば十一時前後、長靴を履いて外套姿のロシア軍人ときたら、将校ってことだ。営外居住の将校は、ロシア人街のどこかに住むだろう？　貸間住まいか、下宿かはともかく」

将校の中には、連隊付きではなく、統監府や駐屯軍司令部勤務の者もいる。そうした将校たちも、ロシア人街で起居しているだろう。

飛田の仮説にはたしかに合理性はある。ただ新堂には、仮説を作るには、証言自体の量が圧倒的に少ないように思えた。死体発見から四時間弱、自分がここに着いてから二時間あまりだ。まだまだ虚心に地取りを続ける段階だった。

小路を歩く何人かの男女が、新堂たちに目礼していく。さっきまで野次馬として死体発見現場を見ていた住人なのだろう。

新堂たちは、女坂の下から現場へと歩いた。ゴミの山は片づけられている。大八車でも使ったのだろう。さっき言葉を交わした大工の棟梁《とうりょう》とふたりの大工が、水糸《みずいと》を張っているところだった。

飛田が棟梁に訊いた。

「何か出たかい？」

棟梁が立ち上がり、鉢巻きに手をやってから言った。

「吸殻がふたつ三つ落ちていたくらいだ。危ないことをしやがる」

「その吸殻は？」

「ゴミと一緒に片づけたが、必要だったのか？」

飛田は、失敗したという顔になった。

「何かの手がかりになるかもしれなかった」

「おれはまた、巾着とか手袋とかってものを考えてしまった」

「吸殻も、大事だったんだ。棟梁、昨日はここで仕事したのか？」

「ああ。昨日帰るときにはなかったものだったよ」

「ロシア煙草か？　日本のものか？」

「気にもしなかった」

新堂は訊いた。

「口紅のついた吸殻はありました？」

棟梁は新堂を見て首を横に振った。

「いや。目の前にかざして見たわけじゃないが。それより」

「何だ？」と、飛田。

「少し前に巡査が来て、新堂という特務巡査はどこだと訊いていった。もし戻ってきたら、外神田署にすぐ戻ってくれと」

新堂は言った。

「わたしが新堂だけど、呼ばれたのはわたしだけ？」

「新堂って名前しか聞かなかったぞ」

「外神田署に？」

新堂に対して、本部からの呼び出しなら、外神田に戻れという指示はおかしいが。

新堂は飛田と顔を見合わせた。

飛田が言った。

「おれひとりをここに残して、地取りを続けろという指示のはずもないな。いったんここは切り上げよう。署に何か情報が入っているのかもしれん」

そうすることにした。戻れば、写真ができているかもしれない。台所町の南側で地取りするにも、写真があるほうがいい。

新堂は棟梁に礼を言って、死体発見現場を離れた。

外神田署に戻るため、明神下中通りから明神下交差点に出て、まず昌平橋の北詰めに進んだ。現場から三百メートルほどの距離だろうか。

ここは万世橋駅のいわば裏手、表門に対する通用門の外に当たる場所なので、町の雰囲気は雑然としている。建物は大部分が洋館だが、昔ながらの商家の造りの建物も混じっていた。安宿の看板も多く見えた。

被害者がもし街娼だったとするなら、と新堂は思った。飛田の言うとおり、この近辺が商売の場としては適当に思える。使える宿はいくらでもありそうだ。

昌平橋北詰めあたりのものよりもいくらか格の高い宿は、神田川を渡った先、万世橋駅前の広場に近い一帯にある。また万世橋駅前から小川町交差点にかけてのプーシキン通りには、ロシア人がよく使うホテルも数軒あった。プーシキン通りの一本裏手の小路は、ロシア人客の多い酒場街である。

新堂たちは、神田川沿いに万世橋方向へと進んだ。万世橋の北詰めは、交通量が多い。何系統もの路面電車が走っているし、乗用車、トラック、荷馬車、荷車が行き交い、その隙を縫って歩行者が道を渡っている。街娼が立つには、このあたりは繁華過ぎて逆に商売には向かないだろう。

万世橋通りを北に折れてすぐが、さっき寄った外神田署だった。

## 3

新堂が外神田署の二階、刑事係の部屋に行くと、係長の国富が言った。

「電話が二本入っていた。本部の吉岡係長と、愛宕署の笠木って巡査部長だ。至急電話が欲しいと」

新堂は国富の机の後ろに掛かった電話機に歩き、まず本部の吉岡に電話した。

吉岡が訊いてきた。

「どうだ、そっち、目途《めど》はついたか？」

「まだです」新堂は答えた。「地取り中ですが、被害者の身元もわかっていないんです」

「そうか」吉岡の口調が変わった。「汐留《しおどめ》で、アメリカ人旅行者が死んでいるのが見つかったんだ。刃物で刺されている」

アメリカ人旅行者が殺された？

捜査係の特務巡査としては、少し気になる事案だ。

新堂は、電話機の送話口に顔を近づけて、吉岡に訊いた。

「アメリカ人旅行者とわかっているということは、身元も判明しているんですね？」

吉岡が、電話回線の向こうで答えた。

「アメリカ大使館から、自国民旅行者がひとり行方不明になっているということで、昨日午前中に照会があった。その男だろうと思う。もう確認ができるはずだ」

「行方不明はいつからなんです？」

「一昨日、土曜日の夜からだそうだ」

土曜日に行方不明となり、昨日、日曜日の午前中には警視庁に問い合わせている。そうとうに重要な人物なのか、アメリカ大使館も日本滞在中の動向を注視していた人物ということなのだろう。警視庁は捜査にかなりの人手を割《さ》くことになるのではないか。警視庁も政府も、外国人が東京で、いや日本国内のどこででも、犯罪に巻き込まれることを避けたい。治安が悪いという印象が外国に広まることは絶対に願い下げなのだ。不幸にもすでに外国人が犯罪に巻き込まれた場合は、即座に事件を解決しようとする。盗難事件であれば被害の品を発見して持ち主に返そうとするし、強盗事件であれば犯人たちをすぐにも逮捕して、日本の警察機構の実力を示す。ましてや殺人事件となれば。

「その人物」と新堂が、もう少し情報を求めて言いかけたとき、吉岡が遮った。

「待て、身元がわかった。大使館員が聖路加《せいるか》病院で正式に確認した。アントニー・クラトフスキ。大使館が安否を気にしていた男だった」

苗字はポーランド系に聞こえる。ロシア人にもいないわけではない苗字だろう。アメリカは移民で成り立っている国だ。スラブ系の苗字の国民がいても、まったく不思議はないが。

新堂は訊いた。

「外交官ですか?」

「新聞記者だ。日本経由でロシアに渡る予定であったらしい」

「わたしはどうしましょう?」

この件を担当しろと言われても、喜んで引き受けるつもりになっているが。

吉岡は、いま整理しながら、という口調で言った。

「身元の確認ができた以上、捜査はさして難しくないだろう。昨日午前中の時点で警視庁に照会があったということは、大使館も何かしら情報を持っていたんじゃないかという気がする」

「政治的な背景がある事案、ということでしょうか?」

「言い切ることはできないが、とりあえず外神田署の応援を続けてくれ。そっちのほうの目途がついたところで、お前もこの件に回す」

「わかりました」

いったん電話を切ってから、こんどは愛宕署に電話した。

巡査部長の笠木が電話口に出て言った。

「昨日の件だ。署長は、一応は抗議したいと。杉原某が引き渡されるかどうかはともかく、午後に、警視総監に面会の段取りをつけた」

新堂は言った。

「それがいいと思います。刑事事案にまで、統監府の干渉を受けるいわれはないんですから」

「ロシア人とのやりとり、お前から聞いたことをそのまま署長に伝えたが、よかったよな」

「ええ。警視総監は、抗議することを了解しているんですね？」

「いや、まだだ。署長から報告してもらうが、そこから先のことは決まっていない。お前が一緒に警視総監に面会する時間を取れるか、訊いてくれと言われた。三十分前だ」

「指示があれば、本部に戻りますよ。総監との面会は何時です？」

「零時四十五分だ。午後はもう会議が入っている」

新堂は壁の大時計を確認した。正午十五分前だった。

総監への報告は、午後一時までに終わらせなければならないということだ。となれば、二時間程度、こっちの捜査を中断すればすむ。さいわいに台所町の女性絞殺事案は、次の犯行や犯人の逃走を懸念しなければならないほど緊急性の高いものではない。

新堂は笠木に言った。

「外神田署に了解をもらいます」

「じゃあ、本部で零時四十分に。おれも署長に同行するが、警視総監には署長とお前が会うことになる」

「了解です」

受話器を電話機に戻して、振り返ると、国富と飛田が新堂を見つめていた。新堂は本部の吉岡の用件と、愛宕署の笠木からの電話の中身を伝えた。

国富が言った。

「そういうことなら、車で送る。そっちの用件がすんだら、すぐに戻ってこい」

「助かります」

新堂は飛田に身体を向けた。

「二時間ばかり離れますが、そのあとは大丈夫です。人相描きのほうは、まだあがっていませんか?」

「もうできそうだ。それを写真に焼いてくれるよう頼んである」


警視庁本部庁舎は、クロパトキン通りの宮城前、馬場先門《ばばさきもん》跡よりいくらか南側にある。マカロフ通りとの交差点の北東側にある、という言い方もできる。宮城側に面した、赤煉瓦造りの二階建ての建物だ。

馬場先門跡の前を通過するとき、自動車の窓から、馬場先門跡の土橋の上に通行止めのバリケードがいくつも並べられているのが見えた。制服巡査が十人以上、橋の警備についている。宮城前広場の内側には、騎兵の部隊だ。御大変のあと、講和条約が結ばれて、日本の要所要所の都市や港にはロシア軍が駐屯することになった。東京には、ロシア陸軍の一個連隊のほかに、アムール・コサック軍の騎兵連隊も進駐したのだ。コサック騎兵連隊は、元衛町《もとえちよう》の以前の近衛騎兵連隊の駐屯地を接収している。毎日彼らは宮城前広場に行進し、馬の調練や戦闘の訓練を行う。いま土橋の上の巡査たちの後ろに見えるのは、一個小隊ほどの騎馬部隊だ。

土橋の前を通過するとき、新堂は首をひねってコサック騎兵部隊を眺めた。

講和条約で我が国は軍事権と外交権をロシアに委ね、常備軍を半減することを受け入れた。近衛師団を含めて七個師団だけの保有を認められたのだった。そのうち四個師団が、二帝同盟に基づきロシア西部の戦線に派遣されてドイツやオーストリア・ハンガリー帝国軍と戦っている。しかし戦況は膠《こう》着《ちゃく》し、ロシア勝利の見通しは立っていない。派遣師団に対して兵士の補充は何度も行われたが、いままたあと二個師団の派遣も求められるのではないかと言われている。

外神田署の自動車が警視庁本部の玄関前に着いたのは、零時三十八分だった。

玄関を抜けるとき、門衛の制服巡査に訊いた。

「馬場先門跡が封鎖されているのはどうして？」

巡査は姿勢を崩さないままに答えた。

「統監府が、きょうは宮城前広場を立入禁止にしろと命じてきたそうです。制服巡査が、和田倉門《わだくらもん》や祝田橋、桜田門も通行止めにしています」

市民が多数集まることを警戒しているということだ。去年十月、ヨーロッパ戦線への新たな増派に反対する集会があったときも、統監府は広場の封鎖までは命じていなかった。あれから四カ月、東京市内の反ロシア気運はより高まっているという観測なのだろうか。もし新たな増派が決まれば、抗議と反対の集会がまた宮城前広場で開かれることになるだろう。次は十月のときのような非暴力の集会では終わらないかもしれない。警視庁は当然日比谷焼討事件のような大規模暴動を懸念する。そしてそのときは、警視庁の巡査だけでは暴動を制圧することは不可能だ。再び近衛師団が投入されるか、それともロシア軍が前面に出てくることだろう。流血は必至であり、そのあとに現出する事態はこれまで例になかったほどの深刻なものとなる。戒厳令布告から、二帝同盟の破棄、そしてこの国の完全な植民地化という道筋が見えてくるのだ。

ロビーに入ると、笠木がすぐに近寄ってきた。

「署長はもう控え室にいる」

そのまま立ち止まることなく、ロビー左手にある階段に向けて歩いていく。

新堂は笠木を追いながら訊いた。

「警視総監は、統監に抗議する腹積もりなんですか」

「わからん。報告だけ聞くということかもしれない」

二階に上がり、宮城側に面した警視総監室の控え室に入った。すでに愛宕署の署長、古幡隆司《ふるはたたかし》が、テーブルの端の席に腰掛けている。冬用の警視庁制服姿だった。帽子はテーブルの上だ。難しそうな顔だった。

新堂もハンチング帽を脱いで、古幡に一礼した。連続強盗事案の応援を命じられたときに、すでにあいさつしている。

新堂が椅子に腰掛けようとしたとき、右手のドアが開いた。顔を出したのは、制服姿の巡査だ。

「愛宕署長、お入りください」

笠木が新堂に目で合図してきた。ここからはよろしく頼む、という顔だ。

古幡に続いて警視総監室に入ると、警視総監の別府茂一郎《べっぷもいちろう》は、宮城と統監府庁舎を同時に望むことのできる窓に向いて立っていた。古幡同様にやはり制服姿だ。新堂は間近で総監を見るのは二度目だ。別府は振り返ってきた。カイゼル髭をはやした、押し出しのよさそうな大男だ。目に怒りがあるのがわかった。

新堂と古幡は別府の巨大な机の前に並んで、背を伸ばした。机の右手に、折り畳まれた新聞が何紙か重ねておいてある。

新堂の位置からは上下がさかさまだが、いちばん上にある新聞の大見出しを読むことができた。

「露都騒擾、軍と労働者衝突」

それが朝刊なのか、夕刊の早版なのかはわからなかった。

古幡が別府にあいさつした。

「愛宕署の古幡、参りました」

別府は古幡を睨みつけ、ちらりと新堂にも目を向けてから言った。

「きょう何が起こっているか、わかっているのか？」

怒気をはらんだ声だ。少し震えているようにも聞こえた。

「と言いますと」と古幡が当惑したように訊いた。

「統監府保安課に連続強盗の身柄を持っていかれたことで、統監に抗議しろとの具申だな？」

「そのとおりです。昨夜……」

総監は古幡の言葉を強引に遮った。

「被疑者には、逮捕状も出ていないとか」

「はい。重要参考人として追っていて、公務執行妨害の現行犯で逮捕したところでした」

「どうだっていい。きょう、統監府保安課に持っていけるようなことか、わかっていておれに緊急の面会を要求してきたんだな？」

「要求というわけではけっして」

「新聞を読んでいるか？」

「はい？」面食らったように古幡が言った。「ペトログラードの騒擾の件でしょうか？」

「日比谷焼討の最中に、警視庁がどこかの馬の骨の無銭飲食の被害届けを受け付けられると思うのか？」

「いえ、わたしは連続強盗事案の重要参考人が、法的手続き抜きで保安課に持っていかれたことで」

「うるさい！」と別府は怒鳴った。「おれがきょうその程度のことで保安課長に面会を求めることができるか？　相手は怒鳴り出すぞ」

「ですが」脅《おび》えるように古幡が言った。「わたしは管轄内の刑事事件の処理について責任があります。これを黙って受け入れるわけにはいかないんです」

「それ以上抗弁すると」別府の声が低くなった。「辞表を出させるぞ。この件では、二度とわたしの前で口を開くな。帰っていい」

「しかし」

「聞こえなかったのか。出ていけ！」

古幡は慌てて深々と頭を下げた。

「失礼しました」

新堂も古幡にならった。

控え室の外の廊下に出ると、笠木が待っていた。笠木は、古幡の顔で何があったかを察したようだ。

「どうしましょう？」

古幡は憮然《ぶぜん》として答えた。

「日を改める。お前は、なんとか逮捕状を取れるところまで、詰めておけ」

「はい」と答えてから、笠木は新堂を見つめてきた。

新堂は、仕切り直ししましょうという意味で首を横に振った。


外神田署までの帰り道は、市電を使った。

警視総監の別府の怒りは、ペトログラードの事態に関連していた。古幡に、新聞を読んでいるかとも訊いていた。新堂はきょうはまだ朝刊すらじっくり読んでいなかった。そろそろ万世橋駅前広場の新聞売店には、夕刊の早版が入るころだ。とくに大事件が起こったときは、早めに売店に並ぶ。

新堂は駅前で市電を降りると、広場の新聞売店へ歩いて、目につく夕刊をさっと五紙買った。とくに選ぶことなく、ペトログラードの騒擾を見出しにしている新聞だけをだ。

売店の脇で、ざっと目を通した。

帝都実報新聞《ていとじつぽう》の見出しはこうだ。

「露都、軍発砲　死者百名超か」

「一部連隊、反乱」

東都日日新聞《とうとにちにち》はこうだった。

「露都市民、軍と衝突、死者数百」

「反乱露軍、出動拒否」

あとの三紙も、見出しは似たようなものだった。昨日、つまり露暦の二月二十六日日曜日に、とうとう軍が請願行進に対して銃撃まで加えたのだ。昨日の夕刻から、ペトログラードの騒擾として流れていた情報はこれだったのだ。

外神田署で朝にちらりと目にした朝刊では、軍の発砲や多数の死者については報じていなかったはずだ。

新堂は、ペトログラードと東京の時差を思い起こした。日本時間のほうが、六時間先行している。いま二十七日の午後一時過ぎ、ということは、ペトログラードは二十七日の午前七時過ぎということである。この新聞の見出しは、おそらく今朝方までに東京に届いた情報をもとにしている。つまり現地の夜までに発信されたものだ。

昨日夜に流れていた騒擾の報道は、ペトログラードでは二十六日のお昼前後のことだったということだろう。日本とウラジオストクのあいだには海底に電信線が敷かれている。その先は、シベリア鉄道沿い、東清《とうしん》鉄道沿いに電信線は延びていた。ヨーロッパの大事件については、さして時間の差もなく、少なくとも簡単な事実だけは伝わる。ただ、昨日夕方の段階では、通信社や新聞社も騒擾の規模がわからず、軍の反乱も確認できていなかったのだ。もちろん各国政府機関はペトログラードから正確な情報をいち早くつかんでいたはずだ。

思い出せば、最初の請願行進報道は四日前の二十三日だ。国際婦人日に合わせてペトログラードのヴィボルグ地区で女性労働者が同盟罷業《どうめいひぎょう》に入り、請願行進を行ったという事実を伝えた。「パンをよこせ」が唯一の要求だったとか。これに一般市民も加わって、請願行進は九万人の規模のものとなったと、東京の新聞も報じた。その翌日、翌々日と、罷業と請願行進の規模は膨れていったようだ。「戦争反対」「専制打倒」の叫びも加わっていった、と書いていた新聞もある。そして昨日、日曜日になって、ついに請願行進鎮圧に軍が出動した、ということらしい。

新堂はいまざっと読んだ新聞記事を頭の中で整理した。

昨日起こったことの経緯は、こうだろう。まずペトログラードで請願行進があった。この季節だから、行進は昼間に行われただろう。行進はペトログラードの目抜き通りであるネフスキー通りを進んだ。この大通りの西の端には、ロシア帝室の宮殿、冬宮があるはずである。

この請願行進に対して軍は、解散を命じたのだろうか。しかし行進は止まらず、労働者たちも解散しなかった。そこで軍が発砲した。もっとも少なく伝えている新聞でも死者の数は百以上だ。そして、これに対する抗議なのか、ペトログラードに駐屯する軍の一部が反乱を起こした。反乱が何を意味するのかは、新聞の記事でもよくわからない。行進鎮圧のための出動を拒んだ部隊が出てきたという程度のことか。それとも、軍同士での戦闘まで起こったということか。

昨日の連隊通り近くでの出来事をあらためて思い出した。保安課と憲兵隊が、「兵士評議会を！」と印刷されたビラを回収していた。検挙されていった男は、たぶんあのビラを兵士たちに配ったロシア人だ。昨夜、統監府が自国軍兵士の動向に過敏になる理由はあったのだ。

いずれにせよ、と新堂は思った。あの日比谷焼討事件からの類推で考えてよい規模の騒擾ではないようだ。

すぐに打ち消した。ちがう。記事のどこにも、放火や略奪という言葉、警官隊との衝突といった事実は出ていない。単に電報では詳細が伝えられなかったか、紙面の制約から細部が記されなかっただけかもしれないが、もしかしたら日比谷焼討事件とは質の違う事態が起こっているのかもしれない。

新堂は新聞の売店の並びにある屋台で、揚げたてのピロシキを二個買った。昼飯だ。

紙袋を受け取って振り返ると、目の前に老人がいた。新堂の両肩を押さえてくる。新堂よりも少し背が低く、痩せていて、どてらを着ているが寒そうだ。

「くれないか」と老人は、か細い、しかし切実に聞こえる声で言った。「何日も食べていないんだ」

新堂は紙袋からピロシキをひとつ取り出した。老人は新堂の肩から手を離し、ピロシキを両手でつかんで、かぶりついた。

新堂はその場を離れた。

神田川の西方向から、爆音が聞こえる。ロシア軍の重爆撃機が飛んでくるのだ。イリヤー・ムーロメツ複葉四発機。ロシア軍が日課にしている示威飛行だった。だいたい最近は、午前九時半ごろに市《いち》ケ谷《がや》あたりの上空に姿を現して、神田川沿いに飛び、隅田《すみだ》川から南下する。そのあとは芝離宮《しばりきゆう》のあたりで針路を西に向けて、飛行場のある代々木《よよぎ》の練兵場に戻るのだ。きょうの飛行は、いつもより遅い。何かわけがあるのだろうか。それとも、新堂が気づかないうちにいつもの時刻の飛行は終えて、これがきょう二度目の飛行なのだろうか。ペトログラードの騒擾が大きく報道された日だから、それもありうることかもしれない。

新堂は足を止め、二機のイリヤー・ムーロメッツ重爆撃機が頭上を通り過ぎて行くのを待ってから万世橋を渡った。

外神田署に戻って刑事部屋に入ると、国富が意外そうに言った。

「早かったな」

新堂は答えた。

「警視総監がお忙しそうで、日を改めて出直しです」

「こういう日だものな」国富は、新堂が小脇に抱えた新聞に目をやって言った。「軍が反乱を起こしたとなれば、統監府の空気も張り詰めてるだろう。そうするのが利口だ」

飛田は、部屋の中央のストーブのそばにいた。お茶を飲んでいる。ロシア人が多く住むようになって、東京の生活で変わったありがたいことのひとつは、暖房器具の普及だった。とくに洋館では、真冬、薪《まき》ストーブや石炭ストーブを使う。火鉢か炬燵《こたつ》しか暖房のなかったそれまでと較《くら》べて、格段に冬がしのぎやすいものになった。もし二帝同盟以前の世の中に戻ることがあるとしても、ストーブだけは捨てたくないという東京の市民は多い。いまこの外神田署二階の刑事部屋のストーブの周りにも、六、七人の巡査や特務巡査が集まっている。

新堂はピロシキの紙袋を持って、飛田の横の椅子に腰を下ろし、よかったらと新聞を渡した。

飛田が新聞を受け取って言った。

「写真があがっている。そのピロシキを食ったら、もう一度出るか？」

「ええ。新しい情報などは？」

「とくに何もないが」飛田は新堂が渡した新聞をざっと見てから言った。「さっき、新聞屋《ブンヤ》が来ていたから、死体の件、あらましを教えておいた。夕刊には載るんじゃないか」

「どこの新聞です？」

「東京実報《とうきようじつぽう》。編集部が近い」

「内容は」

「わかってるだけのことさ。肌着に外套をひっかけただけの女の死体、台所町で発見さる。外神田署は殺人事件として捜査を始めた、とか」

飛田が新聞を脇の椅子の上に置いて立ち上がった。

「写真をもらってくる」

飛田が部屋の奥へと歩いていったので、新堂はお茶を湯飲《ゆの》み茶碗《ちやわん》に注いで、紙袋の中にひとつ残ったピロシキを大急ぎで食べた。

食べ終えたところに飛田が戻ってきた。印画紙らしきものを持っている。

「顔と、外套も描いた全身と、二枚だ」

受け取って写真を見た。葉書ほどのサイズの印画紙に、人相描きが鉛筆で描いた死体の絵が焼かれている。顔のほうは、目を開けた状態だった。目の部分は、人相描きが想像で描いたものだろう。目鼻だちは死体を見た印象どおりだ。もう一枚は全身のもので、外套を着て、半長靴を履いた女の姿だった。外套の色について、文字で「明るい茶色」と記されている。半長靴は、絵の隅のほうに拡大されたものも描かれていた。横に「焦げ茶」と記されている。

そのとき、刑事部屋の入り口で制服巡査が呼んだ。

「飛田さん、目撃証言です」

入り口に顔を向けると、巡査の横に綿入れ半纏を着た三十男が立っている。

飛田が、出入り口近くのテーブルを男に勧めて、自分も椅子に腰を下ろした。新堂も飛田の斜向《はすむ》かいの椅子に着いた。

男は大野三木松《おおのみきまつ》と名乗ってから言った。

「毎朝、死体が見つかったという空き地の前を通ってるんだけど、今朝、妙な男を見たんですよ。もしかして関係あることかと思って」

「死体がまだ見つかっていないときですね？」

「うん。何の騒ぎもない」

「どうしてそんな朝早くに」

「豆腐屋で働いているんだ。佐久間町《さくまちよう》の」

「ああ」と飛田が納得したように言った。

地元では有名な豆腐屋のようだ。職人も何人も使っているのだろう。

大野は続けた。

「だから朝の六時ごろにはあそこを通るんだ。昼飯は、うちに帰って食べる。さっき帰ったときにね、女のひとの死体が見つかったと聞いて、今朝のことが気になったんだ」

「空き地に、妙な男がいたとのことでしたね？」

「ああ。ゴミの山の後ろから立ち上がったところのようだった。目が合って、見慣れないひとだなと思った。その男はすっとゴミの山から離れて空き地を出るかのように動いた。立小便でもしていたのかと、おれは通り過ぎた。それだけのことなんだけど」

「どういう風体でした？」

「綿入れ半纏を着ていたな。黒い股引《ももひき》。手拭いの頰《ほ》っかぶりだった」

「歳のころは？」

「ううん。おれよりも少し歳を食ってるかな」

「四十代？」

「ううん、なんとも言えない」

「目が合ったということは、顔も見ているんですね」

「ちょっとだけどね。頰っかぶりしていたし。あまり大きな目じゃなくて、ちょっと奥目っぽかったな」

「日本人？」

「あの風体だし、そうだろうなあ」

「知ってる顔じゃない？」

「違うね」

「その前に、女の悲鳴などは？」

「いや」大野は首を振った。「聞いていないけど」

「助かったよ」と飛田が言った。「住所も聞いておいていいかな」

大野は、飛田が出したわら半紙に名前と住居の所番地を書いて、刑事部屋を出ていった。

飛田がわら半紙をテーブルの上に伏せて置いて、小さな文鎮を載せてから新堂に言った。

「検視の死亡推定時刻が間違いだった可能性はあるかな」

新堂も少し考えた。暑い季節、密閉された空間などに長時間置かれた死体は、死亡推定時刻の判断が難しいとは聞いている。しかし、この季節で、死体発見から数時間での検視。あまり極端な誤差は出ないだろう。

「六時間近く間違えることはないと思います。もしこの情報が重大なものであれば、司法解剖も要請しましょう」

被害者が何時に何を食べていたかがわかると、胃の内容物の消化具合から、死亡推定時刻はかなり狭められたものとなる。被疑者、参考人をより絞ることができる。ただ、このところ捜査技術がずいぶん進歩したとはいえ、変死体がすべて司法解剖されるわけではない。あらためて法医に解剖を依頼するにはそれなりの事由が必要になる。被疑者が数名浮かんでくるとか、死因、殺害の方法について疑問が出てきた場合などだ。

飛田が言った。

「ではその股引の男、死体を見つけてカネ目のものでも漁《あさ》っていたのか。財布も鍵も見つかっていないしな」

とすれば、この股引の男は何か殺害犯につながる物的な証拠を持っていたかもしれないのだ。

飛田が言った。

「とにかく、もう一回現場だ」

新堂は、人相描きの写真二枚を手帳にはさみ、外套の内側の隠しに収めた。

# 4

女坂下に近い三差路から、もう一度台所町の湯島坂寄りの路地に入った。

三差路に近い三、四軒の民家の住人たちは、すでに女の死体が発見されたことは知っていた。現場を覗きに来た者もいた。しかし、女の身元については、心当たりはないという。

路地の先で民家をひとつ回ると、また二方向に分かれていた。午前中に一回歩いてわかっているが、ひとつは湯島坂に抜けられる。路地というよりは、通路とか抜け道と言ったほうが適切と思える細い道だ。もう一本はそれよりは広い路地で、明神下中通りに抜けられる。どちらも、その位置から湯島坂や中通りが見通せるわけではなかった。

角にわりあい新しい小ぶりの二階家があった。間口は二間ほどで、建物の角が直角ではない。狭い不整形の敷地に、無理に建てたような家だ。玄関は開き戸だった。外から中へと押して開く造りだ。原口《はらぐち》と表札が出ている。

飛田が戸を押し開けて言った。

「こんにちは、警察なんですが、原口さん、いらっしゃいますか」

中は洋室だった。小さな三和土《たたき》があって靴を脱ぐようになっているが、部屋の全体は板張りで、テーブルがある。型紙かと見えるものが広げてあった。右手に、ミシンが置かれている。民家ではなく洋裁屋だったたか、と新堂は思った。奥から女の声が聞こえた。

「はあい。いま行きます」

新堂と飛田は三和土に身体を入れて、女が出てくるのを待った。

現れたのは、洋装の女だった。歳は二十代なかばか。厚手の生地のスカートとシャツ、上っ張りのような毛糸編みの服を羽織っている。きょう地取りで会った女の中では、初めての洋装だった。髪は後頭部でまとめているのだろう。広い額をすっかり出している。足元は靴下だった。

女は新堂たちのすぐ前まで進んできて言った。

「もしかして、女のひとが死んでいたって件ですか？」

柔らかくて、少し間延びしたような声。

飛田が言った。

「ご存じでしたか。そのひとが誰か心当たりはないかと、ご近所に聞いて回っているんですが」

「さっき近所のひとと立ち話したけど、とくに心当たりはないのよ。若いひとなんですって？」

「二十代前半ぐらいと見えるんですが」

新堂は隠しから手帳を取り出し、写真を引きだして顔のほうの似顔絵写真を女に見せて言った。

「断髪で、洋装でした」

女は写真に目をやってから、上目づかいに飛田を見上げて言った。

「わからない。でも、きれいなひとなんですね。いまふうの顔」

そういう女自身は、瓜実顔《うりざねがお》で切れ長の目をしていた。和風の美人と言ってよい女性だった。なんとなく注意して見てしまったが、化粧はしていない。

飛田が訊いた。

「ここは洋裁屋さんなんですね？」

女はミシンに目をやって答えた。

「そうなりたくて、いま習っているんです。ロシアの洋裁師さんから」

「まだ仕事をしているわけじゃない？」

「ええ。まだまだ看板を上げるのは無理」

「では、ここは店じゃなくて、お姐さんのうちということかな」

「いまのところは」

「おひとりで？」

　女は微笑して首を横に振った。

「旦那さんが、通ってくる」

　新堂はようやく、この女性が囲われている女性、あるいはお妾《めかけ》さんであると知った。どうりで習いごとをしながら暮らしていける。自分はどうもそのほうには鈍いし、疎《うと》い。

　飛田も微笑して訊いた。

「昨日は？」

「旦那さんの来ない日だった」

「ひとりの夜は、気をつけたほうがいい。案外物騒なところみたいだ」

「このあたり、男衆《おとこしゆ》は気《き》っ風《ぷ》がいいんですよ。明神下だもの。でも、女に手をかけるような男はいないでしょう？」

「じっさいに、ひとりいた」

「この町のひとかどうか」

「夜に、何か気になる物音とか、声を聞いていませんか？」

「ううん。とくに何も。そこの小路からこっちに入ると、静かなものだし」

　新堂は訊いた。

「きのうの夜は、ずっとお宅にいらしたんですね？」

「夕方に明神下の四《よ》つ辻《つじ》の市場に行って、あとは出かけたりはしていない」

「誰か、見慣れないひとを見たりしてはいませんか？　男でも、女でも」

「べつに思い当たることもないけど」

「何か思い出したら、外神田警察署に伝えてください。わたしは新堂といいます」

飛田も名乗った。

「おれは飛田。特務巡査です。どちらにでも」

「ええ。そのときは」

礼を言って、新堂たちは路地に出た。

原口の家の向かい側には、棟割りの民家があった。丹前《たんぜん》をひっかけた中年男が、木製の塵取《ちりと》りから火鉢の灰らしきものを路地に撒《ま》いていた。そこだけ地面が白っぽくなっている。

飛田が男に声をかけた。

「警察なんだけど、ちょっと訊いていいかな」

男は背を起こした。

「ああ、女が死んでたっていう件か？」

「そう。女坂の下のところで、今朝、女の仏さんが見つかったんだ。近所に住んでるひとだと思うんだけど、誰だかわからないんだ」

新堂は似顔絵写真を出して男に見せた。

「知ってる顔じゃありませんか？」

男は二枚の写真を交互に見てから言った。

「知らんな。台所町のひとなのか？」

「近所だと思います」

「若い女とは縁もない。あいさつするような娘もいないよ」

飛田が訊いた。

「昨日の夜はうちにいた？」

「暗くなってからは、ずっと」

「何か変な物音とか、言い合うような声なんて聞いていないかな」

「赤ん坊の泣き声とか、餓鬼《がき》を叱るおっ母《か》さんの声ぐらいだ。それも、夜も早いうちだよ」

「あんたの仕事は？」

「職なしだ。一年前までは馬喰《ばくろう》だったけど、気がついたら仕事はなくなってしまったさ」男は真顔になって飛田に訊いた。「トラックの運転って、難しいんだろうな」

飛田が答えた。

「慣れだ。トラックを持ってる会社に入って、助手をやって覚えるのがいいかもしれん」

「いまさらそういう会社で使ってくれるかなあ。おれは今年厄年《やくどし》だぞ」

新堂は、男が路地に撒いた灰のそばに、紙巻き煙草の吸殻があることに気づいた。そばに寄ってしゃがんで見てみると、吸い口付きだ。まだ多少は喫《す》える長さで、靴で踏みつけられている。

「この吸殻は」と新堂は男を見上げて訊いた。「あんたのかい？」

「いや」男は新堂の示す先を見て答えた。「おれは煙管《キセル》だ」

飛田が新堂の脇にしゃがみ、煙草をつまみあげて言った。

「ロシア煙草みたいだな」

ロシア煙草。日本人にとってはやや高価な嗜好品《しこうひん》だ。金持ちか、見栄っ張りしか喫わない。

新堂はハンカチを取り出してその吸殻を包むと、立ち上がった。

周囲を見渡して、あらためて確認できる。ここは、台所町の奥に住む住人が使う道ではない。この迷路じみた一角に用がある住人しか、ここを通行していないだろう。しかし、見たところ、ロシア煙草を好む金持ちや見栄っ張りが住んでいるようではない。

同じことを飛田も考えたのだろう。立ち上がって言った。

「もしこいつがロシア煙草なら、地元の男が捨てたものじゃないな。入りにくい一角に見えるが、意外によそ者の出入りは多いところなんだ」

同じ路地を、明神下中通りまで四軒訪ねた。人相描きの写真を見せて同じことを訊いたが、被害者を知っているという住民はいなかった。

中通りに出てから、飛田が新堂に言ってきた。

「さっきのあの原口って家の女、いい姐さんだったな。あれで洋装でなければ、完璧だった」

新堂は頰だけゆるめた。

そこに通りかかった中年の女性が、声をかけてきた。

「お巡りさん」

午前中も話を聞いた、きくやの女将だった。近づいてくる。

「誰だったかわかったんですか？」

飛田が答えた。

「まだなんですよ」それから飛田は女将に訊いた。「そこの原口さん、おひとり暮らしなんだそうですね」

「ああ」女将はあの女性を知っている様子だった。「ミエちゃんのことね。ひとり暮らしだけど、旦那さんがいるんだよ。あのうちも、旦那さんがあそこに持っていた土地にさっさっと建てて、ミエちゃんにあげたの」

「豪気なひとだ。何をやっているんです？」

「土建屋さん」

「家の普請もやってるんですね」

「不得手じゃないんでしょうね。花房町《はなぶさちょう》のほうから通ってきてる」

「名前を知っています？」

「タジマってひと。タジマ組って会社を持ってる」

但馬と書くのだと女将は教えてくれた。

飛田がさらに訊いた。

「ミエさんに洋装させてるのは、但馬さんの好みなのかな」

「どうでしょうね。ミエちゃん本人の好みなんじゃない。連れ立って出かけるときは、ふたりとも着物だけどね」

「ああいう色っぽい姐さんが住んでいると、町の若い衆も気になるでしょうね」

女将は豪快に笑った。

必ずしも否定とは取れない笑い方だった。

女将が女坂下のほうへ歩み去っていってから、新堂は飛田に訊いた。

「いまの質問、真意はなんだったんです？」

飛田が、いくらか新堂を哀れむように言った。

「ああいう女がここにいるとなると、男をめぐっての事件かという気もしてきたのさ」

「痴情事件という線は濃厚ですが、殺されたのは女です」

「あのミエ姐さんのところに通う男を女が詰《なじ》って、もつれた、っていうふうにも考えられる」

「言い合いのような声は、いまのところ誰も聞いていませんよ」

「ありうる線のひとつってことだ。ロシア軍将校という線も、残ったままだ」

明神下中通りから、湯島坂に出た。

湯島坂まで出てしまうと、もう台所町とは完全に違う地域という印象になる。住民同士の行き来も少なくなるはずだ。

新堂は、坂の上を見上げながら飛田に言った。

「あのふたつの洋館に行ってみましょう」

右手に、ほとんど同じ造りの洋館が並んで建っている。坂の上側の洋館は下見板張りで、白い塗料が塗られていた。縦長の上げ下げ窓の枠は青だ。切り妻屋根で、妻側を湯島坂に向けている。屋根は緑色だが、銅葺《どうぶ》きではないようだ。トタン板だろう。屋根には煉瓦積みの集合煙突が立っている。坂の下側の洋館は、隣りと双子のような造りで、やはり白い下見板張りだが、窓枠は緑だった。

その洋館のあいだに、台所町から続く路地がある。その路地の出口まで、新堂たちは歩いた。

右手の建物の一階右側が床屋となっている。「露式調髪・鷗堂」という看板が出ていた。かもめ堂、と読むのだろう。チェーホフのお芝居からつけられた名前なのかもしれない。この床屋の出入り口は、建物のものとは別に独立していた。午前中歩いたとき、この建物の裏手には台所町の奥の路地に通じる裏口があったとわかっている。

建物の左手に出入り口がある。立ってみると、ドアの脇にいくつか、表示が出ていた。「浦潮荘《うらじおそう》」

と、小さな板の表札に横書きで建物の名が記されている。キリル文字でも建物の名。ウラジオストク・ホテル。新堂は頰をゆるめた。このロシア語の建物名は住人たちにとって、自分は間借りしているのではなく、ホテルの長期滞在者なのだという気分にさせてくれるのかもしれない。もっとも、東京には同じ名の共同住宅がほかにいくつもありそうだった。

その看板の下に、ロシア語翻訳、ロシア刺繡個人教授、出張写真。日本語だけの表示なので、どれも日本人客を相手にした商売なのだろう。部屋を個人事務所として使っている入居人もいるのだろう。

床屋の出入り口のドアの前に移動し、ガラス戸を押し開けて中に入った。理髪用の椅子が二台ある店だった。三十代なかばかという理髪師が、中年男の髪を切っているところだ。細い口髭を生やした理髪師だった。柔らかそうな長めの髪を、真ん中で分けている。入り口脇の椅子には若い客がひとりいて、新聞を読んでいる。

理髪師が手を止めて新堂たちを見つめてきた。

新堂は言った。

「警察です。三十秒だけ、お時間いただけますか？」

「いいですよ」理髪師は、客にひとことささやいて、鋏を持ったまま出入り口へと歩いてきた。

新堂は人相描きの写真を見せて言った。

「今朝、女坂下で、女性の死んでいるのが見つかったんです。この近所のひとらしいんですが、見覚えありませんか」

理髪師は写真を数秒見つめてから、新堂に言った。

「そっくりってわけじゃないけど、ここに住んでるひとじゃないかな」

「住んでいる？」

「部屋を借りてるひとに、こんな感じのひとがいますよ」

「名前を知っています?」

「ミヨシさん」

突き止めたか、と新堂は軽く高揚を覚えた。

「部屋はどちらなんでしょう?」

「外の左手にこの建物の玄関があります。土足で入っていける廊下の奥。部屋まではわかりませんが」

飛田はもう床屋を出ていく姿勢だ。新堂はもうひとつだけ理髪師に訊いた。

「何をされている方ですかね?」

「詳しくは知りません。昼過ぎから勤めに出ているようですけど」

「朝からではなくて?」

「ぼくがたまたま見かけたのは、だいたい昼過ぎでしたね。よく知りません」

「ここの大家というのは、どこになります?」

「並びの、毛皮の卸屋《おろしや》がそうです。うちも、店子《たなこ》ですよ」

「どうも」

いったん床屋の外に出て、建物左手の玄関のドアを開けて中に入った。入ってすぐ正面に階段があり、右手側から奥へと、板張りの廊下が続いている。壁には、郵便受けが並んでいた。ミヨシの名があった。漢字で三好、キリル文字で「Миёси」と書かれている。五号室だ。部屋は全部で九室あるらしい。二階もおそらく貸間なのだ。

新堂は、昨日のリリ・ホテルの造りを思い出していた。土足で入れるのだし、ホテルとしても使えそうな造りと感じたのだ。

階段の裏手が、流し場となっていた。ガスコンロがふたつある。共同の台所だ。

飛田と並んで廊下の奥へと進んだ。突き当たりにドアがある。外に出られるようだ。突き当たりの左手のドアは、共同便所らしい。五号室は、その便所の斜め向かい側だ。ここのドアにも、紙で名が記されている。漢字とキリル文字。三好。ドアノブは、球形の白磁製だった。

飛田が新堂に目で合図してから、ドアをノックした。

「三好さん、いらっしゃいますか」

返事はない。中にひとがいる気配もなかった。飛田がもう一度ノックして呼びかけたが、やはり何の反応もない。

飛田は手拭いを取り出すと、ドアノブをそっと回そうとした。動かなかった。

廊下に出てから、新堂は奥のドアに近づいて開けた。左手に二階へと続く外階段がある。この外階段がついていることも、昨日のリリ・ホテルと同じだった。

すぐ目の前に民家の壁があるが、隙間を右に歩くと、路地に出た。左に曲がると、あの原口という女性の家の前に出るようだ。右手はすぐに民家の裏手となっている。洋館とその民家とのあいだには隙間があるが、湯島坂に出ようとしてなんとか抜けられないこともないという程度の幅だ。

飛田が後ろで言った。

「被害者は、男と一緒にこの路地を使って、女坂下に出たんだ。下着に外套を引っ掛けただけでも、不審には見られない」

その読みは確かだと思えた。新堂は言った。

「大家に話を聞きましょう」

建物を出て、路地をはさんだ洋館へと歩いた。浦潮獣皮商会という看板が出ている。

警察だと名乗ると、事務所の奥から中年の男がやってきた。禿頭《とくとう》で、太鼓腹だ。この毛皮卸商の社長なのだという。黒滝《くろたき》という名だった。新堂たちは事務所の中へ通された。

「三好って女性ね。はい、部屋を貸してますよ。わりあい最近からですが」

新堂は人相描きの写真を見せた。

「うん、たぶんそうだね。毎月家賃を受け取っていたから、このひとだと思うが」

「確信はありません？」

「だって、絵だし。いや、たぶんそうだよ。どうしたんですか？」

「殺されたようなんです。女坂の下のほうで」

「殺された！　まだ若い身なのに」

「このひとは、ひとり暮らしですか？」

「ああ。同居人はいない」

「近所に身内は？」

「いないと思うよ。静岡から出てきて働いていると聞いている」

飛田が訊いた。

「三好の下の名前はなんていうひとです？」

黒滝はいったん自分のデスクの後ろに戻り、奥の壁の書類入れから書類挟みを手にして戻ってきた。入居の契約書なのだろう。この規模の洋館に住むとなれば、長屋に住むのとは違った書類やらなにやらが必要となる。

「ミヨシマチコ。去年九月に入居ですね」

ということは、ここに住むようになってまだ六カ月ということだ。

三好真知子、と書くのだという。

明治二十九年、一八九六年の生まれだ。ロシア式の数えかたをすると、今年二十一歳ということになる。

連絡先、本籍として、静岡市の住所が書かれている。

また東京市内の連絡先として、ロシア語の新聞社の名が書かれていた。

「トーキョー・ガゼータ」

勤め先ということらしい。日本在住のロシア人のために、週二回発行されている新聞だ。民間のロシア人が編集・発行している。東京ではほかに二紙、似たような新聞が発行されている。中でもトーキョー・ガゼータは、講和条約締結後すぐに東京で創刊された新聞だ。日本のロシア語新聞としてはいちばんの老舗《しにせ》だった。ロシアの軍将校や統監府職員、それに経済人などに多く読者を持っているらしい。

三好真知子は、その新聞社に勤めている？　まさか新聞社が日本人に記事を書かせているとは思えないが、三好真知子は編集の雑務でも担当しているのだろうか。だとしても、そこそこのロシア語の会話能力は必要になる。

床屋の男は、午後に勤めに出ているようだと言っていた。週二回発行の新聞では、職種によっては毎日朝から出る必要はなくて、多忙な曜日だけの手伝いなのかもしれない。そうであれば、あまりロシア語ができなくても、働けるのかもしれないが。

飛田が黒滝に訊いた。

「三好さんの親しい友達とかご存じですか？」

「さあ、そこまでは。うちは保証人も取らないし」

飛田が新堂に言った。

「ふたりが、三好って女だと証言している。部屋を見せてもらおう」

それから黒滝に顔を向けた。

「社長、お手数だけど、この三好さんの部屋のドアを開けてもらえないかな」

「あたしが立ち会ったほうがいいってことかい」

「家主だから。予備の鍵はあるんだろう?」

「ああ」

黒滝が、従業員のひとりに、奥の事務室から浦潮荘の親鍵を持ってくるように言った。従業員は立ち上がって、奥の部屋に入っていった。

新堂は飛田に言った。

「入る前に、鑑識と写真を呼びませんか」

「まずこの三好が、被害者だとはっきりしてからでいい」飛田がまた黒滝に訊いた。「あっちの洋館全体が、貸間なんですか?」

「ああ」と黒滝は少し残念そうに言った。「この社屋を新築するときに、一緒に建てた。六年前だ。最初はホテルにするつもりだったんだ」

「ロシアの設計士とか棟梁に頼んだんですか?」

「いや、洋館を建てた経験のある日本人の棟梁にまかせた。図面も向こうで用意してくれた」

「ホテルとして商売していないのはどうしてです?」

「ホテルは小川町や淡路町のほうにずいぶん増えたしね。こっちはそういう商売には素人だ。競争になったらかなわない。それで日本人向けの貸間にしたのさ。ロシア語の名前だけホテルってつけてるけどね」

「煙突が見えたけど、部屋は全部ストーブ付き？」

「ああ。当時はそうでなければホテルにするのは無理だと思ったから。煉瓦じゃなく木造にしたのに、それでもけっこうカネがかかった」

従業員が親鍵を持って戻ってきた。黒滝が受け取って立ち上がったので、新堂は先に事務所を出た。玄関を出るとき、視線はもう路地をはさんでの浦潮荘の玄関に向いていた。男がちょうど、玄関から中に入ったところだった。股引を穿いた足がすっと消えた。

股引の男？

振り返って、飛田に早口で言った。

「いま股引の男が中に。朝の男かも。五号室に向かったと思います。わたしは裏手に回ります」

飛田はすぐに察して、黒滝に言った。

「ちょっと玄関の外で待っていてくれ」

「ああ」と黒滝。

新堂はふたつの洋館のあいだの小路を進んだ。すぐに原口の家の前に出る路地の入り口に着いた。ここから洋館の裏の出入り口に行ける。

新堂は迷路めいた路地を縫い、浦潮荘の外階段の下にあるドアの前まで急いで、ドアに耳をつけた。廊下を歩くような音はしていない。

すぐに奥のほうから声が聞こえた。

「おい、こら！」飛田の声だ。「警察だ。何をやってる」

跳ねたような靴音がする。このドアに誰かが突進してくる。新堂はドアの真正面で三歩下がった。ドアが内側に開かれ、男が飛び出してきた。奥目の三十男。頬っかぶりはしていない。新堂がいることに気づいて、男は顔に驚愕《きょうがく》を見せた。身体は勢いよく新堂にぶつかってくる。新堂は身体をひねりながら足払いをかけ、男を地面に倒した。すぐに馬乗りになり、右手を後ろ手にして、男の首を地面に押しつけた。男は雑嚢を肩に斜め掛けしていた。

ドアから飛田が身体を出し、しゃがみこんで男の横面に拳《こぶし》を叩《たた》きつけた。男はうめいた。

「大人しくしろ」飛田は男の髪をつかんで自分のほうに顔を向けさせて言った。「住居侵入で逮捕だ」

男が泣くような声を上げた。

「まだ入っていない」

北のほうの訛《なま》りと聞こえた。

「開けていたろう」

「してない。入っていない。空き間があったら借りたいと思っていただけだ」

新堂は飛田に訊いた。

「鍵は」

「挿さってる」と飛田は答えた。

ほんとうに侵入直前？　玄関にちらりと見えた男とこの男が同一人物であれば、侵入はぎりぎりでまだだったかとも思うが。しかし窃盗の常習犯なら手際はいい。十秒で、カネ目のものを見つけることもできるのだ。

遅かったか。

飛田が言った。

「捕縄、持ってるな？」

「ええ」腰に下げてある。特務巡査の標準装備だ。

「縛り上げろ。署に戻って、殺しのほうも吐かせる」

男はこんどは完全に悲鳴を上げた。

「違う！　違います！　殺してなんかねえ」

何の件か理解している。朝に目撃された者がこの男で間違いないようだ。

飛田はまた男の顔を地面に押しつけた。

「目撃者がいる。お前が女を殺して、ここの鍵を盗《と》ったんだ」

「違いますって。殺してない。ほんとだ。ほんとです。たまたまあそこを通りかかったら、靴が見えたんだ」

新堂は男の肩から雑嚢を外すと、彼の両手をその背中できつく縛り、建物の外階段を背にするように胡座《あぐら》をかかせた。

黒滝がドアから顔を出した。

「どうしたんです？」

飛田が答えた。

「住居侵入犯を逮捕です。たぶんひとも殺してる」

「してない！」と男。

飛田は黒滝に言った。

「外神田署に電話して、巡査をここに寄越してもらえませんか。飛田が被疑者の身柄を確保したと」

国富という刑事係の係長に、と飛田はつけ加えた。

黒滝が言った。

「犯人がここで何をやっていたんだ？」

「奪った鍵で、部屋を荒らそうとしていた」

「違う！」と男がまた叫んだ。

新堂は男の雑嚢を地面に置いて、中をあらためた。軍用の毛布がきつく巻かれて、肩帯に結わえられている。飯盒《はんごう》とアルミの匙《さじ》、水筒がまず出てきた。すべて軍の払い下げ品のようだ。その下に襦袢《じゅばん》の着替えと、丸めた下帯《したおび》。着ているものは汚れているし、野宿を続けていたのかもしれない。

女ものの小物入れとか財布、巾着は入っていなかった。身分を証明するような書類もない。地方出身者のようだが、建前上必要とされている東京入市許可証も見当たらない。つまり、東京の不法滞在者という点だけでも、逮捕勾留できる男だった。

新堂が首を振ると、飛田はまた男に顔を近づけた。

「鞄や財布はどこだ？　隠しか？」

「知らない。外套の隠しを探ったら鍵があったんでもらった。ひとが通りかかったんで、すぐにあの場所を離れた。ほかには何にも盗ってないって」

「女とは、どういう関係だ？　情夫か？」

「知らないよ。まったく知らない女だ」

「じゃあ、どうして女の部屋に入ろうとした？　どうして部屋を知っていた？」

「鍵に五号室と札がついていたから。だから近所の洋館に住んでる女だろうと。それでこのあたり歩いて、やっとここだと見当をつけたんだ」

ちらりと飛田が新堂を見てくる。理屈に合うな、と言っている顔だった。たしかに、殺した女と面識があるとか、建物から尾《つ》けて殺したのであれば、部屋には昨夜のうちに侵入していたはずだ。また、財布とか巾着を奪っていたら、その上さらに危険を冒して真っ昼間に部屋も荒らすつもりになるだろうか。殺害の現場からできるだけ急いで離れようとするのが自然だ。

飛田が男に言った。

「まったく死体から盗むなんて、どういう気なんだ。ほかにもまだあるんだよな」

多少口調はやわらいでいる。

男はかぶりを振った。

「初めてだ。死体を見てびっくりしたけど、外套が欲しかった」

「仏からはがしてでもか」

「寒くて寒くて、なんでもよかった。はがす前に隠しに手を入れたら鍵が出てきて、そこにひとが通りかかったんだ」

新堂は訊いた。

「昨夜は、どこにいた？」

男は新堂に目を向けて答えた。

「昌平橋のたもとで眠るつもりだったけど、巡査に追い払われた。しかたなく神田明神のまわりを歩いて、藪《やぶ》の中で寝た。枯れ葉をかき集めると、少し暖かいから」

「藪なんて、どこにある？」

「山の崖だよ。石段の横から、山の中に入っていける」

「女坂のことか？」

「知らない。あの空き地に近い石段だ」

女坂のことだろう。

もしかして、と新堂は思った。こいつは、夜にあの石段を上った者を目撃しているか？

男は逆に訊いた。

「警察署に行くんですか？」

「余罪を調べる」

男はふいに口調を変え、早口に言った。

「思い出したけど、万世橋の駅の近くでときどき物を拝借したことがある。あれって盗んだことになるのかもしれない。時間をかければ、思い出す」

「安心しろ」新堂は男の魂胆を見抜いて言った。「二日は留め置いて食わしてやる」

新堂はさらに男の名と本籍地、現住所を訊いた。古谷留吉《ふるやとめきち》。山形は飽海《あくみ》郡の小作農の家の子だという。東京には二年前、和暦正月が明けたころに仕事を探しにやってきた。御大変のあと、小麦の作付けを増やすように地主は村の役場から指示されていたが、小作農は麦だけでは食べていけなかった。それで四男である留吉が家を出たのだということだった。

新堂たちは古谷を立たせて、玄関まで連れていった。黒滝が玄関で待っていた。古谷が使おうとしていた鍵は、抜いておいたという。

「連れていくのかい？」と黒滝が訊いた。

飛田が答えた。

「いや、巡査に引き渡したら、部屋の中を見せてもらう」

新堂は黒滝に言った。

「郵便受けを見せてもらえますか」

黒滝が五号室の郵便受けの蓋《ふた》を開けてくれた。新堂も覗いたが、郵便物は入っていなかった。ほどなくして、外神田署の制服巡査がふたりやってきた。

飛田が男の身柄を巡査に引き渡し、留置するように指示した。古谷の三好真知子殺害の容疑は薄れたが、確定できたわけではない。いったん留置したあと、取り調べることになる。

## 5

黒滝と一緒に、あらためて新堂たちは五号室へ向かった。

ドアの前まできて、黒滝が親鍵を鍵穴に挿し込み、左へとひねった。カチリと解錠される音がして、黒滝はドアノブを右にひねった。ドアは内側に開いた。

黒滝が鍵を抜いて部屋に入ったので、新堂たちも続いた。

特務巡査の経験から、瞬時に感じ取れたことがある。ここは、荒らされていない。古谷も、自分で言っていたとおり、開けようとしたところだったのだ。中には入っていない。被害者が昨夜部屋を出たあと、ここから何かを盗もうとしたり、何か探したりした者はいなかったと見える。被害者が部屋を最後に出たときのままだ。

奥に細長い部屋だった。広さは六畳間ほどか、板壁に板張りの床で、小さめの絨毯《じゅうたん》が敷いてある。正面に縦長の上げ下げ窓。二重窓ではなかった。カーテンが引かれていた。部屋のやや窓寄りの位置には、円筒形のブリキ製の薪ストーブがあった。煙突が、右手の壁の眼鏡石につながっている。薪ストーブの横には、薪を入れたリンゴ箱。窓の手前に、椅子と小さなテーブルが一脚ずつ。テーブルの上に灰皿。

左手に寝台。ひとり用だ。掛布団と毛布は少し乱れて見えた。寝台の足元部分には、旅行鞄がふたつ置かれていた。古い革のものと、籐のものが、それぞれひとつずつ。

ドアのすぐ脇に作り付けの物入れの戸がある。その向こう側には小さな机だ。上に数冊の本が重ねられている。いちばん上にある本の表紙には、日本語で初級ロシア語教本とある。机の前の椅子の背には、厚手のスカートと見える布地が引っ掛けられていた。机の正面の壁に鏡が取りつけられている。ひとことで言えば、質素なひとり暮らしの女の部屋だった。自堕落であるとか、身を持ち崩しているという雰囲気は薄い。だからといって、何か専門的な技能なり知識とかを持って生きている女性の部屋という様子でもない。

左右の壁から物干し用と見える紐が延びていて、端に手拭いとハンカチがかかっている。洋服が四、五枚、壁の洋服掛けに掛けられていた。冬物の紡毛地の上着の上には、革の小ぶりの肩掛け鞄。

鑑識と写真係を呼んでいないことを意識した。でも、とにかく被害者の特定と、事案の全体像を知りたかった。ざっと見たところで、鑑識と写真係を呼ぶことにしよう。さいわいこういう季節だ。自分も飛田もメリヤス地の手袋をはめている。部屋をそんなに汚すことにはならないだろう。

新堂は肩掛け鞄を手に取って広げた。飛田が横から覗きこんでくる。

ふだん使っている鞄のようだ。がま口があり、小さな巾着もある。がま口を取り出してみた。帯地を使ったらしい、絹のがま口だった。留め金をはずすと、中に畳まれた紙幣。一ルーブル札が二枚。一円札が三枚。

飛田が言った。

「鞄を持っては出なかったんだ。物盗りの線は完全になくなったな」

巾着の中身は化粧道具だった。櫛《くし》に口紅に、脱脂綿など。手帳とか備忘録などないかと探したが、入っていなかった。新堂は鞄をもとの吊り金具に引っ掛け直した。

　飛田が黒滝に訊いた。

「この部屋、ストーブも付いているし、家賃もけっして安くはないんでしょう?」

　黒滝は答えた。

「外神田なら、和室を借りるよりは高い。うちも、建てた費用との兼ね合いで家賃を決めたよ。損はしたくないから」

「だから、いくらなんです?」

「十五円」

　それは、たとえば新堂の住む上野あたりで長屋を借りる家賃よりも高い。新堂は六畳と三畳の部屋を十一円で借りている。

「いい家賃だな」飛田がさらに訊いた。「洋間で、家賃も高いとなれば、借りるひとも限られてきますね」

「だから、小さな事務所にしている住人が多いよ。翻訳とか、西洋刺繍の指南とか。二階は完全に、住むだけのひとたちだね」

「どんなひとたちです?」

「金持ちの学生。統監府で働く日本人雇員。高等師範の先生も、ユダヤ人でヴァイオリンを弾《ひ》く年寄りもいる」

「外国人もいるんだ」

「そのユダヤ人ひとりだけ」

「人気の貸間なんでしょうね」

「それがね」黒滝は渋い顔を作った。「洋館に住みたいっていう日本人は、多少家賃は高かろうと、本郷に住みたいのさ。うちの貸間の案内書きを見て入ってくる客も、ここの町名が湯島一丁目だと知ると、三分の二はそこで住む気が失《う》せてしまう。本郷三丁目の洋館なんて、こんな家賃じゃ借りられないんだよ」

新堂は黒滝に訊いた。

「住人の中で、三好さんと親しかったひとはいます？」

「二階に、もうひとり女性が住んでる。モリシマってひとだ」森島志保《しほ》、と書くのだという。「あのひとなら、女同士多少は親しかったんじゃないかな。淡路町で働いている」

黒滝は町の名しか出さなかったが、飲食店とかナイトクラブでという意味なのだろう。この洋館に住めるだけの稼ぎがあるのだから、働いているといっても、安いペリメニ屋の下働きのことではないはずだ。

飛田がテーブルの上の灰皿に目を留め、近寄って言った。

「吸い口付きの吸殻が、二本。口紅はついていない。昨夜、男がいたんだ」

新堂もテーブルに寄って、灰皿に顔を近づけた。吸殻は自分も気になっていたのだ。

吸殻の銘柄はわからない。でも、ロシア煙草のようだ。

新堂はこの建物の場所と、さっき台所町で吸殻を拾った場所との位置関係を思い起こした。この洋館の裏口を使えば、吸殻を拾った場所に出る。さっき拾ったものと一緒かどうか、調べる必要がある。もう鑑識と写真係を呼ぶべきだった。死体発見現場での基本的な鑑識作業は外神田署がやっているはずだが、ここには本部刑事課の鑑識係を呼んでもらったほうがいいだろう。

新堂は、机の前に歩いた。日めくりの暦がかかっている。ロシア暦の日の数字が大きく、和暦の数字が小さく印刷されている種類のものだ。台紙には松住米穀店の名。所在地が松住町とあるから、近所の店だ。

机の上を調べた。隅に化粧道具を入れた漆塗りの木箱がひとつ。

本はロシア語教本のほかに、ロシア語の辞書、それにロシアの文化や生活について日本人が書いた概説書だった。『露西亜《ロシア》の現在』という書名だ。

引き出しを開けてみた。筆記用具や帳面が入っている。学校のチラシもあった。御茶ノ水ロシア語学校のものだ。

小ぶりの赤い表紙の手帳があった。中を開いてみると、横罫線の紙で、小さな几帳面そうな文字が鉛筆で書かれている。最初の十数ページには、その都度日付が書き込まれた覚書があった。文章ではなく、名詞だけを記したものが大半だった。数字だけの箇所もある。書き込みの最初の日付はほぼ一年前、ユリウス暦つまりロシア暦の一九一六年三月からだった。

書き込みの最後のページは、二月二十八日と日付が記されている。家賃、と書かれていた。明日が、この部屋の家賃を支払う予定日なのだろう。

飛田が横から覗きこんでくる。

「予定だな?」

「ごく簡単に書かれていますが」

「昨日は誰と会っているって?」

「Mとだけ」新堂はその部分を指で示した。二月二十六日という数字の後ろだ。

「人名録なんて書いてないか」

新堂は手帳をぱらぱらとめくっていった。手帳の最後に、十数人の人名と住所らしき書き込みがあった。外国人の名前はない。

最初に書かれているのは、三好寿郎《じゆろう》。父親だろうか。住所は静岡市の鷹匠町《たかじょうまち》。呼、の文字が括弧で囲まれ、その後ろに四桁の数字。電話番号だろう。自宅ではなく、近所とか勤め先の電話の番号ということだ。

飛田が横から言った。

「Mを探せ」

昨日会ったかもしれない誰かの頭文字ということだ。苗字でも名でも、頭文字がMとなる人物の名前はなかった。

黒滝が焦《じ》れったそうな顔をしている。新堂は手帳を引き出しに戻した。

「あとでじっくり見ます」

飛田が、物入れの戸を開けた。下が三段の引き出し、上は洋服掛けとなっている。洋服掛けには、数着の上着やスカート、同じほどの数のシャツが掛かっていた。

引き出しは、開けられていない。空き巣の常習犯であれば、下の段から開けて物色していくが、そうされた形跡はなかった。飛田が床にしゃがんで、下の段の引き出しを開けた。畳まれたシャツの類が入っている。ついで真ん中の段。そこは肌着や下着類だった。最上段は帽子とか手袋の小物が収められていた。

飛田が言った。

「あまり衣裳《いしよう》持ちでもないんだな。着物がないのはわかるとしても」

飛田が引き出しをもとに戻して立ち上がった。

新堂は、旅行鞄を寝台の上に置いて開けた。どちらにも夏物と思える薄手の生地の衣類が入っていた。風呂敷に包んだ下着もある。旅行の支度をしていたと見えないこともなかった。

新堂は次いで、机の脇の壁を見た。木製の状差しが掛かっている。しかし、中には一通の手紙も葉書も差されていなかった。これは状差しではなく、それに似た何かべつのものか？　上から覗いてみたが、やはり状差しにしか見えない。

「どうした？」と、飛田が訊いた。

「この状差し、何も中身が入っていないんです」

「手紙をもらうことなど、少ない女だったんだろう」

「だとしたら、状差しを用意して暮らしません。手紙や葉書の類が、処分されたか、どこかに移されたか」

「殺害犯の手で、と言っているのか？　昨夜、持っていかれたのだと」

「まだわかりませんが」

浦潮獣皮商会の書類では、三好真知子は静岡市鷹匠町の同姓の家を連絡先としていた。もしそこからも手紙類が来ていなかったのだとしたら、実家の誰もが筆無精であったか、手紙のやりとりも必要がないほど頻繁に実家と行き来をしていた、ということになるか。

新堂は、部屋に最初に入った瞬間の印象を思い起こした。部屋は荒らされていない。三好真知子を殺した犯人が、被害者と自分との関係を隠すために手紙を持ち去ったということは、自分のあの印象を信じるなら、ないだろう。

本人が処分したのか？　昨日ではないにしても、最近。旅行鞄のひとつには、夏服や下着類があった。冬のあいだ着ないものだから旅行鞄の中に保管したのかもしれないが、一瞬自分は、旅行の支度かとも感じたのだ。被害者は近々旅行する予定があった？

新堂は机の上をもう一度さっとあらためた。手紙類がまとめられていないか？　本にも何も挟まれてはいない。ではくず籠はどこだ？

机の下に、竹で編んだくず籠があった。丸められた落とし紙と、折り畳んだ西洋紙が見える。

その西洋紙を持ち上げて開くと、印刷された煽動《せんどう》ビラだとわかった。

「兵士評議会を！」とキリル文字。

昨日、あの下士官倶楽部裏の中通りで見たものだ。ロシア軍の憲兵隊と統監府保安課が兵士たちから回収し、その配布者らしき男を拘束していた印刷物。

「なんだ、それ」と飛田が新堂に訊いた。

「ロシア軍が危険視しているビラです。東京の駐屯部隊に対しても、撒かれている」

「やっぱりロシア軍の将校がいたんだ。その証拠になるな」

「将校に配るような中身ではないのですが。現に憲兵隊は回収に躍起になった」

「将校だって、営舎に落ちていれば読む。どっちにせよ、被害者が喜んで読むようなものじゃないよな」

飛田がストーブに近づき、しゃがんで焚口《たきぐち》の蓋を開けた。

「火を焚いた様子がある。紙が何枚か、燃やされているぞ」

新堂もストーブの中を覗きこんだ。たしかに燃えて白っぽい灰となった紙の燃えかすがある。厚さも大きさも違う紙が重ねられ、燃やされたようだ。いま一部は燃える前の紙のかたちが残っているが、手を触れたらたちまち分解して粉塵《ふんじん》となってしまいそうだ。取り出して書面を読むことは無理だろう。

それが手紙類の燃えかすだとして、誰が、どの時点で燃やしたのだろう。燃やした理由は何なのだろう。

新堂は立ち上がって飛田に言った。

「そろそろ本部刑事課の鑑識係を要請しませんか。身元がわかれば被疑者も絞れるかと思っていましたが、慎重にやる必要が出てきましたね」

飛田がうなずいて、黒滝に顔を向けた。

「社長のところのお電話、お借りしていいですか」

「いいですよ」と、ドアの脇に立っていた黒滝が言った。「鍵も渡しておいたほうがいいね。荷物を出してしまうのは、いつになるの?」

「鑑識の作業が終わってから」

「あまり空いたままにしておきたくないんだ。もう貸間の案内を出してもいいかな」

「もう数日待ってくれるとありがたい」


新堂と飛田は浦潮荘の表の玄関を出て、もう一度黒滝の会社の事務所に入った。

最初に電話を使ったのは新堂だ。

本部の吉岡に、被害者の身元がわかったと伝え、住居の検証に刑事課の鑑識係を出すよう要請したのだ。もちろん所轄署の鑑識担当も、きょうも死体発見の一報があったときに特務巡査とともに発見現場に急行し、最低限の鑑識活動はやっている。ただ、所轄の鑑識係では、できるのはごく簡単なことに限られる。

「すぐやる」と吉岡は言った。新堂は被害者の住居、浦潮荘の所番地と貸間の番号を伝えた。

新堂は電話を切る前に訊いた。

「汐留で刺殺されて見つかったアメリカ人新聞記者の件はどうなりました?　クラトフスキという名

前の」

　吉岡が答えた。

「アメリカ大使館の職員からの説明だと、ロシアからの移民だそうだ。アメリカには十数年前に移住、すでにアメリカ市民権を取っている。ロシア領のもとのポーランド出身で、アメリカでもポーランド再独立を目指すグループの活動家だったらしい」

「ロシアに入国しようとしていたということでしたが、ロシア本国で独立運動をするためにということですか？」

「そこまでは言っていなかったそうだ。ただこのクラトフスキは、すでにウラジオストクで入国拒否に遭い、日本に追い返されていたんだ。ロシア本国が危険人物と見ている男ということだ」

　新堂は、昨日の夜に会ったジルキンのことを思い出した。統監府では保安課第七室所属で、コルネーエフ大尉の言葉によれば、保安課第七室とはロシア帝国内務省警察部警備局の直属組織であるらしい。つまり、国内国外を問わず反帝室活動を取り締まる部局だ。あのジルキンは、東京でのクラトフスキを注視する立場にあるのではないか。

「ともかく」と吉岡は言った。「そっちのほう、手が空いたらこれを応援してもらうことになる。愛宕署は、あの連続強盗に加えてこの事案だ。まるっきり手が足りなくなっている」

「クラトフスキの死体が見つかったのは、正確にはどこなんですか？」

「蓬莱橋《ほうらいばし》に近い操車場の中だ。停まっていた貨物列車のあいだで見つかった」

　汐留に近い操車場の中。新橋駅に隣接する操車場の南東端あたりということか。操車場の南には、運河を挟んで浜離宮、東側には逓信省《ていしんしょう》があって、さらに海軍倉庫、海軍大学校など、公的施設が集まっているエリアだ。蓬莱橋自体は、操車場の外周の道路と逓信省のある一角をつないでいる。人通りは多くない。もっとも新橋駅から、人けのない方向をわざわざ選んで歩くとすれば、近いと言える場所だが。

吉岡が言った。

「また区切りのいいところで電話しろ」

通話を終えて、電話機を飛田と代わった。

飛田は国富に被害者がわかったと報告した後、続けて言った。

「写真係をここに寄越してください。部屋の中を撮っておいたほうがいいと思えてきたので」

そのあと、国富が何か飛田に伝えているようだった。

飛田はうなずきながら聞いている。

「はい、はい」

電話を終えてから、飛田が新堂に言った。

「写真係は五分で来るだろう。鑑識は？」

「車で来ますが、それでも十五分くらいかかるかもしれません」

新堂たちは再び浦潮荘の三好真知子の部屋の前に立った。鑑識と写真係が到着するまでは、中はいまのままの状態で保存しておく。

「どう解釈する」と、飛田が煙草の箱を取り出して、一本を口にくわえながら言った。

新堂は両手を外套の隠しに入れて訊いた。

「事件の経緯ですか？」

「ああ。部屋には吸殻があった。客が来ていたんだ。検視でも、情交があったばかりだと言っていただろう。終わって、女は客を裏口から送って女坂の下まで行った。そこで、たぶん支払いをめぐってもめた。客のほうは払うつもりもなかった。払えと詰る女を、客は首を絞めて殺したんだ。ぐったりした女をあの空き地に運んで、ゴミの山の後ろに放った。そのあと客は女坂を上って、本郷三丁目の自分の住んでいる家まで帰った」

「やはりロシア軍将校が犯人と読むんですね？」

「この部屋から女坂まで、つながるだろ。もしおれが何か見落としているようなことがあったら言ってくれ。辻褄《つじつま》が合わないようなことも」

新堂は言った。

「この部屋、自分には、どうしても身体を売っている女のものに見えないのですが。手帳には、父親らしき名前も書かれていた」

「ここは部屋代十五円。どんな女が住める？　電話交換手では無理だ」

電話交換手と言われて、新堂はぎくりとした。飛田は職業婦人の例として挙げただけだろうが、その職業の婦人を自分はひとり知っている。でもそのひととは、浅草寺の初観音のとき以来会っていない。会いたいという連絡もしていなかった。その初観音のときも、ふたりきりで会ったわけではない。そのひとの父親も含めての、三人でのことだった。和暦一月十八日のことだ。その前に会ったのは、去年のあの統監暗殺未遂事件の前後のときになる。そもそも知り合ったのが、その事件の捜査の中でのことだった。その女性の父親が、所轄署の特務巡査だったのだ。

動揺を隠して、新堂は言った。

「勤めているトーキョー・ガゼータの給料がいいのかもしれません」

そんなはずはないと自分でも承知の言葉だった。

飛田が鼻で笑った。

「二十一の小娘だぞ。ロシアの新聞社でも、いくら出す?」

「では、実家の援助があるのかも」

「二十一の女をひとり暮らしさせるために、実家が仕送りしていると?」

「ロシア語学校の教科書らしきものもありましたよ。学校に通っているなら、仕送りはするでしょう」

「仕送りができるほどのいいうちなら、娘にひとり暮らしはさせない。若い女ばかりの下宿屋に住まわせるんじゃないか」

「御大変のあと」つまり日露戦争の講和条約が結ばれ、東京にロシア統監府が置かれて以降のことだ。

「女性をめぐる世の事情は、ずいぶん変わりましたよ。服装が変わっただけじゃなく、生き方も変わった。それを世間も受け入れている。ひとり暮らしだから商売女と、いま決めつけることはありません」

「被害者は大家に、通っている学校の名前を伝えていない」

「連絡先としてトーキョー・ガゼータと書いてあったんです。学校に通いつつ、週に何日かは働いていたのかもしれません。補助仕事かもしれませんが」

「このあと、編集部に行って確認するさ」

飛田が、まだ腑に落ちないという顔で額を揉《も》んだ。

新堂は言った。

「女が娼婦だったという見方で、まだ気になるところがあります。客を部屋に入れて、カネをもらわないまま部屋から出しますか?　それに、言い合いのような声を聞いたという証言は出ていません」

飛田も、考えをまとめるように言った。

「客はカネを先払いした。途中、女の要求で割増しを払うことになった。だけど客は支払いをしぶる。馴染《なじ》みの客だったから、被害者は、あまりきつい調子では求めなかった。送っていったのは、途中で支払わせるためだ」

「馴染みの客だったのなら、そもそも女坂下までついていってカネを求めることもないのでは？」

「ことカネのことになると、馴染みだろうがなんだろうが、豹変《ひょうへん》する女はいるだろう」

「客のほうも、馴染みだったら、多少のカネのことをめぐって相手を殺したりしますか？」

「青臭いことを言うなよ」と、飛田は不機嫌そうな声になった。「いったいどういう事案を扱って、本部配属になったんだ？　世の中、殺人の半分以上は身内によるものだ。内縁とか、近所の知り合いとかを含めれば、殺人のほとんどは親しい者や面識のある者がやってる」

「それは承知していますが、この場合、被害者が娼婦であり、殺害犯が馴染みの客と決めてしまうには、まだ根拠にできるものが少なすぎます」

「二十一歳の女がこんな洋間でひとり暮らしというだけで、身持ちが悪いのははっきりしている。そういう女が、淡路町あたりでもし一見《いちげん》の客を捕まえていたら、あの近所のあいまい宿に行ったろう。自分の部屋に引っ張りこむのは、危なすぎる。昨日来たのは馴染み客だ」

新堂が黙ったままなので、飛田が訊いた。

「ほかにどういうことが考えられる？」

新堂は仮説と呼べるだけの説もまだ考えてはいなかった。被害者の部屋を見たことで見えてきた可能性もある。いったん廊下の突き当たりのドアに目を向けてから言った。

「男は、客ではなくて、愛人だったかもしれません。女坂下まで送っていって、ここに戻るところで強盗が襲ったというのは？」

「財布の入った鞄は、部屋にあった。手ぶらの女を襲う理由がないだろう」

「場所が台所町で、女は外套を着ている。カネを持っていそうに見える」

「悲鳴を聞いた者はいない。気持ちよく酔っているような声だったという証言もあるんだ。甘え声じゃないのか」

「それが被害者の声だったかどうかは、わかりません」

「それに、あの小路に街灯は少ないぞ。身なりがいいかどうかもわかりにくい」

「では、通りがかったごろつきが、カネよりも女が欲しくて襲ったか」

「ごろつきが入ってきて、そんな大胆な犯罪をやれるような町じゃない」

「よそから入れないなら、殺害犯はあの町にいるのかもしれません」

「あんたは」飛田が少しいらだちを見せた。「かもしれない、が多すぎるな」

「反論してくれと言ったじゃありませんか」

「原口の姐さんも言っていたろう。台所町は気っ風のいい若い衆ばかりだって」

「気っ風がいい男って、警察にとってはむしろ困った種類の男たちじゃありませんか。それに、町には若い衆以外の男もいる」

「明神組の親分がにらみをきかせている」飛田は不服そうな顔になった。「どうしてもロシア人客とは認められないんだな」

新堂は目で五号室のドアを示して言った。

「昨夜この部屋を訪ねていたのは、まだロシア軍将校とわかったわけじゃないし」

「ロシア煙草の吸殻があった」

「日本人も喫わないわけじゃありません」

「被害者が、誰か男を引き入れていたことは、あんたも認めるんだろ」

「客として被害者を買った男ではない可能性も排除できません」

「根拠は？」

「部屋の物干し紐。下着はかかっていなかった。ハンカチや手拭いが、紐の端のほうにあるだけでしたよ」

「何を意味しているんだ？」

「男が入る前に、女は下着を片づけていた。被害者が娼婦だとしたら、それを気にしますか？」

「そんな程度のことじゃ、娼婦であることを否定する理由にならない。ただの癖だったか、たまたま取り込んだ直後だったか」飛田は廊下の奥に顔を向けた。視線の先は、便所のドアだ。「ちょっと待て」

飛田は便所のドアを開けて中に入っていった。廊下で便所らしきドアはこれだけだ。男女共用なのだろう。

新堂は、ここまで得られた情報から、事件の様相をなお考えてみようとした。いまの飛田とのやりとりでは、彼の解釈のほうに合理性があるように感じた。ただ、なにぶん証拠も証言も少なすぎるのだ。いまはなんとか反論してみたが、確信を持って飛田の読みを否定したわけではない。捜査班の片割れとして、別の見方を提示しただけだ。

ドアが開いて、飛田が顔を見せた。

「来てみてくれ」

何か気になるものでも見つけたか？

新堂が便所に入ると、ドアのすぐ脇に木製の手洗い桶がある。桶の横の小さな棚に、革の手袋のようなものが載っていた。

新堂は自分も外套の隠しから手袋を取り出してはめ、その革の手袋を持ち上げた。片方だけだ。黒い革製だった。甲の部分に、三本の線が入っている。裏地がついていた。

「たぶん床に落ちていたんだ」と飛田が言った。「きょう朝に便所を使った誰かが、拾い上げてここに置いた。持ち主が持っていけるようにだ。まだここにあるってことは、この浦潮荘の住人のものじゃない」

新堂は、一応は飛田の見方に異議を唱えた。

「誰かが落としたのは、今朝かもしれません。そのすぐあとに入った住人が、ここに置いた」

飛田は革手袋を持ち上げ、自分の左のてのひらを横にかざして言った。

「大きくないか。日本人の手だと、指先が余る」

新堂は革の表面に目をやって言った。

「けっこう使い込まれていますね。表面が剝《は》げている」

「ロシア軍の将校用だろう」

「ロシアの男は、軍人でなくとも革の手袋をはめますよ」

「将校が目撃されているんだ。ややこしく考えることはないさ。浦潮荘に、ロシア軍将校は住んでいるか？」

答えずにいると、飛田は言った。

「客さ。五号室の、三好の。夜に、帰る直前に便所を使った。そのとき落としたのさ」

そこに写真係がやってきた。

「現場はどこです？」

飛田が五号室のドアに向かいながら答えた。

「現場じゃないが、被害者の部屋だ」

「係長から、伝えてくれと言われました。順天堂の検視医からの連絡で、妊娠していた、と」

新堂は飛田と顔を見合わせた。

被害者は妊娠していた。解剖台の上の遺体を凝視したわけではないが、妊婦とは見えなかった。初期なのだろう。被害者はそのことを知っていたのだろうか。もし知っていて、相手が知人だった場合、事件は別の様相を見せてくるかもしれない。

飛田がドアを開け、写真係の先に立って部屋に入った。最後に新堂が続いた。

飛田が写真係に指示していった。

「部屋の全体、寝台、机周り、ストーブの中も」

写真係が訊き返した。

「ストーブの中？」

「いまの状態で、中を触らないようにして」

ドアがノックされた。

新堂がドアを開けると、本部刑事課の鑑識係だった。痩せて、眼鏡をかけていて、中学校の理科の教師のような雰囲気がある。制服巡査であった時期があるとは信じられないくらいに、いまの仕事になじんでいる男だ。瀬戸川《せとがわ》という名だった。

「ここは殺しの現場じゃないんだろ？」と瀬戸川が訊いた。

「違います」新堂は答えた。「被害者の住んでた部屋です。ここに犯人の手がかりがあるかもしれないんです」

「指紋と、あとは何？」

「ストーブの中の燃えかす。何が燃やされたのか知りたいところです。足痕もあれば。ほかにまだ見つけていないものがあると思います」

「けっこう汚してくれてるよな」

飛田が謝った。

「すみません。もう少し単純な事案に見えていたんだ」

「証拠を十分に揃えてから、その判断をすべきだ」

「ごもっともです」飛田はすぐに口調を変えた。「吸殻があるんですが、銘柄はわかります？」

「だいたいわかりますよ」

飛田は便所にあった手袋を瀬戸川に見せて言った。

「これから指紋は取れますかね？」

瀬戸川はちょっと首を傾《かし》げた。

「そっちは、難しいかもしれない」

写真係は飛田と瀬戸川の指示を受けながら部屋の中を移動し、写真を撮った。男が四人動き回るには、部屋は狭かった。新堂はドアを半分開けて、廊下に身体を出して作業を見守っていた。

階段を誰かが下ってくる音がした。新堂は階段のほうに目を向けた。廊下に下りてきたのは、洋装の女だった。女は玄関には向かわず、不思議そうな表情で、廊下を歩いてきた。外套を着て、半長靴を履いている。革の鞄を肩に下げており、毛皮の帽子を左手で持っていた。薄く化粧をしているように見える。

新堂は、黒滝が言っていた間借り人の名を出した。

「森島さんですか？」

女は立ち止まってうなずいた。

「そうだけど、お兄さんは？」

少し甲高い声だった。この森島の年齢は、二十代後半だろうか。

「警察です」新堂は身分証を見せた。「こちらの三好さんが、今朝死体で発見されて、部屋を捜索中です」

「ほんと？」目を大きくみひらいた。まさか、という顔だ。「その部屋の中で？」

「いえ。女坂下のほうで」

「ああ、あっちで」

「三好さんとは、行き来ありました？」

「ううん。たいしては。玄関で会えば会釈《えしやく》するぐらいだけど」

「三好さんは、ロシアの新聞社に勤めていたと聞いていますが、ご存じでした？」

「知らなかった」

「違うお仕事でした？」

「知らないけど、勤めているんだとは思っていなかった」

「何か聞いていました？」

「ううん。夜に玄関でときどき会ったの。遅い時刻に。新聞社って、夜が遅いのはふつう？」

「遅くなることもあるでしょう」

「お酒飲みながら仕事をする？」

「あるかもしれませんが、何かべつの仕事を想像していたんですね？」

「あまりひとさまのことを、想像で言いたくない。でも、なんとなく、接客かなんかの仕事だろうかと思っていた」森島はあわてて付け足した。「だから何だって言っているわけじゃないのよ。あたしもお店で男のひとを相手する仕事だし」

飛田が部屋からドアの外まで出てきた。いまのやりとりを聞いていたのだろう。

飛田はいきなり森島に訊《たず》ねた。

「三好さんは、客を取ってた？」

森島は、ぎくりとしたような表情になった。質問が露骨と感じたせいか、それともずばり言い当てていたということだろうか。

「よくわかりません。ほんとうに」

「言葉で答えなくてもいいよ。うなずくか、首を横に振るだけでいい」

新堂も森島を注視したが、森島は言葉で答えた。

「わからない。ほんとうに」

「この部屋に男が入って行くところなんて、見たことはない？」

「ないわ。本人を見たのだって、四回か五回なんだし」

「つきあっている男のことなんて、話してなかったかい？」

「あいさつする程度だってば」

森島はもうこの場から離れたがっている様子だ。

新堂は飛田の持っている黒の革手袋を示して森島に訊いた。

「森島さんは、この手袋に見覚えはあります？　便所の手洗い場の横に置いてあったんですが」

「ああ、昨日帰ってきたときに便所に落ちてた。誰か住んでるひとのものだろうと拾って、手洗い場の横に置いておいたの」

「帰ってきたのは、何時くらいです？」

「十一時過ぎかな。きちんとは覚えていない」

「帰ってきたとき、誰かと会いました？」

「いえ」

「玄関を使うんですよね？」

「十時過ぎると錠をかけるよう、大家さんから言われてる。だから鍵を使って入った」

「こっちの裏口は、やはり夜は錠がかかっているんですか？」

「夜はこっちは開いていると思う。錠かけるのも、面倒でしょ。夜出入りするひともいるし」

「たとえば？」

森島は小さく微笑した。

「友達が帰るときとか」

飛田が訊いた。

「あんたの客を含めてということか？」

「よしてよ、お巡りさん」森島は不快そうに飛田をにらんだ。「あたし、もう行かなきゃ」

「どこで働いているのか教えてくれ」

「来るの？」

「訊きたいことができたときは」

「淡路町」と森島は答えた。「ヴォルガ・クラブって店。もう行っていいでしょ」

飛田がうなずいた。

写真係が部屋から出てきた。もう撮影は終わったようだ。

先に署に戻ると写真係は言って、玄関へと向かっていった。部屋の中を覗くと、まだ瀬戸川は指紋採取の最中だ。物入れの引き出しの表面を、刷毛《はけ》でなでている。

「あと十五分くらいくれ」と瀬戸川は新堂に顔を向けずに言った。

はいと答えて、新堂はドアを閉じた。

飛田が廊下の流し場横の壁に背を預けて新堂に言った。

「被害者が妊娠していたとなると、ちょっと図柄が変わって見えてきたな。カネとか、ほかの男なり女なりがからんだ、という線だけではすまなくなってきている」

新堂は訊いた。

「妊娠は意外ですか？」

「娼婦は避妊する」

たしかに娼婦であれば、海綿を使うのがふつうだろう。しかし部屋には、それらしきものは見当らなかった。くず籠の中にも。徹底的に検証したわけではないので、どこかにあったのかもしれないが。

飛田が言った。

「便所に落としたか」

しかし、被害者が娼婦だったかどうかは、新堂にはいまや、さほど問題ではない要素と思えてきていた。まだその理由を飛田に整理して伝えることはできないが。

ドアが内側から開いて、瀬戸川が出てきた。

「終わった」

飛田が訊いた。

「指紋は、何人ぶんくらいありました?」

「ここではなんとも言えん。だけど、ふたりじゃないかな」

被害者と、昨夜の来訪者か。

瀬戸川はとがめるように言った。

「その手袋で、あちこちこすってしまっただろう。どうしてわたしを待たなかったんだ?」

新堂は弁解した。

「申し訳ありません。被害者の身元の確認を急いだのです。しかも部屋は、べつの空き巣に荒らされる寸前だった」

「もう少し神経を使ってくれ」

「はい」

飛田が訊いた。

「公判でも使えますね?」

「使えるものはあるだろう。持ち帰って、精査するが」

「何か気になることは?」

「ストーブの中の燃えかすは、どうにもならんかった」

新堂は丸めたハンカチを取り出して、瀬戸川に渡した。さっき外の原口の家の前の路地で拾った煙草の吸殻を包んだものだ。

「これも、銘柄を調べてください」

瀬戸川は肩から下げた鞄を開け、薄いゴムの袋にそのハンカチを入れた。

新堂は訊いた。

「部屋の指紋と、黒の革手袋の指紋が照合できるのはいつになります？」

瀬戸川が答えた。

「それを最優先する。きょうの夜までに」

「電話します」

瀬戸川が待たせてあった警視庁の自動車で帰っていった。新堂たちは黒滝からクラフト紙の封筒をわけてもらい、被害者の赤い手帳を入れて、浦潮荘――ウラジオストク・ホテルをあとにした。

## 6

外神田署に戻って新堂たちが最初にしたことは、手帳に書かれていた人名をあらためて見ていくことだった。

一行目に書かれていた三好寿郎という男は、苗字が一緒だし、父親かごく近い血縁と考えていいだろう。

静岡市内の住所で数人の女性の名は、被害者の友人たちと見ていい。

ロシア名を探したが、なかった。キリル文字でも、カタカナでも書かれていない。

Mの頭文字の名もないことは、さっき浦潮荘で確認済みだ。

東京の住所を探すと、個人名がふたつ、施設・機関の名と読めるものがふたつあった。

個人名は中丸圭作《なかまるけいさく》という人物だ。男性だろう。小石川《こいしかわ》の住所だ。小石川印刷とある。勤め先であり、寮の住所ということかもしれない。呼び出し電話番号が書かれている。番号の前に、勤、という文字が括弧でくくられていた。

どういう関係の男なのか、調べることになるだろう。

個人名のもうひとりは女性の名だ。島田絹子《しまだきぬこ》。住所は京橋だった。電話番号は書かれていない。住所は、呉服店の多い町だと思えた。

それに御茶ノ水ロシア語学校。小川町にある。通っているか、通っていた学校なのだろう。

そしてトーキョー・ガゼータ。所在地はやはり小川町だ。被害者が大家に、連絡先として伝えていたロシア語新聞社。

となると、まず父親だと想像できる三好寿郎という人物に電話することになる。

新堂が電話局を通じて静岡への長距離電話を申し込んだ。つながるまで少し時間がかかった。静岡の電話局が出たところで、交換手に番号を伝えた。

「もしもし」と出たのは、女性だ。

新堂は名乗った。

「東京の警察の者です。警視庁の新堂と言いますが、この電話に、三好寿郎さんを呼んでいただくことはできますか」

女は少し驚いたようだ。

「警察？　東京の？」

「ええ。わたしは警視庁の特務巡査なのですが。失礼ですが、こちらと三好寿郎さんとの関係は？」

「ここは診療所なんです。三好さんはここのお隣りさんで」

「三好さんは、何をされている方です？」

「土地や家作《かさく》をお持ちの地主さんですよ」

新堂は素早くその答を吟味した。三好寿郎という男は、医者ほどの高額所得者ではないが、診療所の電話を呼び出し電話として使える程度には、地元の有力者と言えるということだ。

その女性が訊いた。

「何かありましたか？」

「東京で起こった事件の捜査で、三好さんに協力をいただきたいことがありまして」

「少しお待ちください」

受話器を離して、その女性がそばにいる者に何か指示している声が聞こえた。

新堂は飛田に小声で言った。

「呼んでもらっています」

一分ほどして、別の女の声が受話器から聞こえてきた。

「三好の家内です。三好もいま参ります。何かありましたか？」

夫人が先に出たのなら、彼女に少し明かしてしまうしかないか。

「警視庁の新堂といいます。三好真知子さんという女性のことで、寿郎さんにお話を伺いたくてお電話しました」

「真知子なら、娘です。警察って」相手の口調が不安そうなものに変わった。「真知子が何か？」

新堂もできるだけ沈痛な声で言った。

「お母さまなのですね？」

心の準備をしてもらわねばならない。

「お気の毒なことですが、じつは昨日、娘さんと思われる女性が、事件に巻き込まれ、病院に運ばれたのですが」ひと呼吸置いてから続けた。「亡くなったことが確認されました」

微妙にことの経緯は嘘だが、許される範囲だろう。

女は、新堂の言葉が理解できなかったというように言った。

「娘が死んだ、ということですか？」

「はい。その女性が、三好真知子さんらしいのです。女性の手帳に、三好寿郎さんの名前と住所が書かれていました。娘さんは、東京に住んでいらしたのですね？」

「ええ。あの、ちょっと待っていただけますか。主人が来ました」

寿郎の家内と名乗った女性が、何か言っている。いまの新堂の言葉を繰り返しているのだろう。

いきなり中年男の声がした。

「死んだって？」

咎《とが》める調子がある。

「事件に巻き込まれたようです」新堂は言った。「たぶん娘さんだと思うのですが、まだお身内に確認していただいたわけではないので、確かとも言い切れません。ひとつふたつ……」

質問は遮られた。

「娘はいない」

「は？」わけがわからなくなった。「いま、奥さまとの話では、娘さんの真知子さんのことかと思ったのですが」

「娘はいない。ひとりで勝手に生きてるはずだ。いまはわたしの娘じゃあない」

「その」新堂は戸惑いながらも言った。「ご家庭の事情は別として、三好真知子さんという娘さんがいることは事実でしょうか」

「いたことはある。とうに家を出た。縁は切れた」

「どなたかと結婚されたということでしょうか？」

「違う。結婚はしているのかもしれないが、どうであれ、それは三好家の娘ではない」

「ご遺体は、いま順天堂医院に安置されています。お身内の方に確認していただいて、ご遺体を引き取っていただけるとありがたいのですが」

上京してもらえるなら、その際に被害者の交遊関係についても聞かせてもらうことになる。

三好寿郎は言った。

「警視庁から電話をかけてきたということは、ろくでもない死に方なんだろうな」

「犯罪に巻き込まれたのです」

「殺したのはどんな男だ？」

「誰かはまだわかっていません」

「何があったんだ？」

「まだわかりません。東京の市内で倒れているところを見つかったのです。厳密に言うと、お身内の確認もまだなので、亡くなったのが娘さんかどうかも言い切ることはできないのですが」

「どうしてわたしに電話してくる？」

「住んでいる部屋に手帳があって、三好さまのお名前と住所、この電話番号が書かれていました」

「その死んだという女、どこに住んでいたんだ？」

「湯島一丁目。東京の外神田に近いところです。お心あたりは？」

「東京の地理など知らん。そこにその女はひとりで？」

「ええ」

国富が新堂に顔を向け、自分の腕時計を指さしている。長電話だ、と注意しているようだ。

新堂は訊いた。

「さきほど、結婚という言葉がありましたが、娘さんは結婚される予定があったのですか?」

「自由恋愛するとほざいていた」

「どのような男性と?」

「知らん」

「上京をお願いすることは可能でしょうか。もしお身内のご確認がない場合は、身元不明の犯罪被害者として葬られることになります」

「縁のない女のことだ。わたしがどうこう言うことじゃない」

「どうしてもご無理でしょうか?」

「知らんって」

電話はそこで切れた。新堂はいささか呆気《あっけ》にとられ、回線がもう一度つながらないかと、何度か相手に呼びかけた。しかし切れたままだ。

飛田が、興味深げな顔で見つめてくる。新堂は首を振った。事情がつかめない、と。

新堂が受話器を電話機の吊り具に戻したときだ。ハンチング帽をかぶった若い男が刑事部屋の入り口に姿を見せた。

飛田がその若い男に、迷惑そうに目をやった。この外神田署の特務巡査ではないようだ。大きめの鞄を肩から下げている。

若い男は飛田を認めて部屋に入ってくると、鞄から新聞紙を取り出して差し出した。

「夕刊、出ました。情報を、ありがとうございました」

新聞記者のようだ。

飛田がその新聞を受け取って、机の上に広げた。東京実報だ。

大きな見出しで、こうある。

「神田で半裸女性絞殺死体
賤業婦《せんぎようふ》か　警察は客を追う」

新堂は飛田の顔を見つめた。あなたがこう伝えたのですか？　と訊いたのだ。

飛田は顔をしかめ、首を横に振った。

新堂は新聞記者に顔を向けた。

彼は新堂の視線の意味に気づかないようだ。得意そうに言った。

「大きく出させてもらいましたよ」

飛田が新聞記者に一歩詰め寄って、怒りのこもった声で言った。

「客を追うとは、何のことだ？」

「そういうふうに言ってませんでしたか？」

「もしかしたら、と言ったんだ。もし商売女だとしたら、客と揉めたのかな、という読みは口にしたさ。被害者がその手の女だと、決めつけてはいないぞ」

さっきまでとは少し読みを修正しているようだ。新堂の手前もあるのかもしれないが。

新聞記者は言った。

「ぼくはてっきり、もう目星がついているものかと思ったんですよ」

「死体を見ただけで、そこまでわかるか」

「でも、もう発見から半日近く経ってます。絞り込んで、事情聴取になってるんですよね」

「まだ何も言えない」

「お、否定していないということは、つまり」

「余計なことを書くな。捜査に支障が出るだろう。こんな記事読んでしまうと、目撃者も最初からそういう目で情報を出してくる」

新堂は飛田から視線をそらした。でも飛田は、新堂が死体発見現場に到着したとき、たしかに事件をそう読んでいたのだ。いや、いまでも本心ではまだそう決めてかかったままだろう。

新堂はその新聞記者に言った。

「半裸死体って、何のことだ？　デマだぞ」

新聞記者はにやついた。

「だって、服を着ていなかったと飛田さんが言ったから」

飛田があわてたように言った。

「肌着の上に、外套をひっかけていた、と教えたろうが」

「服を着ていないで間違いじゃありませんよね」

新堂は厳しい口調で言った。

「半裸じゃない。肌を出していないぞ。その区別がついていて書いたのか」

「多少は煽《あお》るのが仕事なんですよ。許される範囲でしょう」

「こんなふうに書かれる親御さんの身にもなってみろ」

「賤業婦ってところでしたら、飛田さんの言葉よりもずっと上品にしたつもりですけどね」

飛田が、腹立たしげに言った。

「もし商売女だとしたら、と言ったんだ」

「うちも、賤業婦かと、断定はしていません。嘘は書いていませんよね。で、女の身元はわかったんですか」

新堂が素早く答えた。

「まだだ。わかっていない」

飛田がちらりと新堂を見てきたが、何も言わなかった。

「ロシア軍の将校という目撃証言が出たとか」

こんどは飛田が答えた。

「出ていない」

「現場にいた巡査が、そう言ってましたよ」

「根拠のない噂《うわさ》を耳にしたんだろう。間違えても、そんなことを書くなよ」

「わかってます。いい加減なことを書いたら、統監府から発行禁止命令ですからね。でも、そういう情報もあるんですよね？」

新堂が答えた。

「ありません。犯人像は、まったくわかっていない」

「まさか」新聞記者は新堂に顔を向けた。「本部の特務巡査さんですよね。もう多少は目途がついているんじゃないですか？　山の中で見つかった死体とは違うんですから」

飛田が威圧した。

「もう邪魔だ。叩き出すぞ」

「あ、すみません」

新聞記者は、ここまでか、とあきらめたような顔となって、刑事部屋を出ていった。

新堂はあらためていま新聞記者が持ってきた新聞に目を落とした。

ペトログラードの記事は、一面の片隅だ。この新聞は、ロシアの政治ニュースよりも、地元の俗な記事という紙面で売っているのだろう。ほかの新聞の早版以上の中身ではなかった。

新堂は壁の時計を見た。午後の四時になろうとしている。ペトログラードは、二月二十七日月曜日の朝十時だ。前日の騒擾の規模はもう、公的機関が正確に把握していることだろう。あらためて各国の大使館、公使館や通信社などが、騒擾の実態について詳しい報告をしつつあるはずだ。明日の朝刊なら、もっと詳しい記事が載るに違いない。

振り返って、飛田を見た。彼はまた新聞に目を落としていた。苦笑いしている。

新堂は飛田に言った。

「トーキョー・ガゼータに行ってみましょう」

編集部は小川町交差点から西に少し歩いた場所にあるようだ。ロシア人街の中のいちばんの繁華街にあるということになる。新堂は刑事部屋に備えつけの東京の地図を開いて、編集部の位置を確認した。

万世橋駅前から小川町交差点を経て南《みなみ》甲賀町《こうがちょう》交差点に延びる街路は、通称プーシキン通りだ。小川町交差点北東角に建つチューリン百貨店に並んで、ロシア語の芝居の専門劇場プーシキン劇場があるためだ。

トーキョー・ガゼータ新聞社は、そのプーシキン通りを行って小川町交差点の少し西、クロパトキン通りの一本裏手付近にあるとわかった。印刷所を併設しているかどうかはわからなかった。週二回発行の新聞だから、印刷所までは自社所有していないかもしれない。

ともあれ、歩いても十五分程度の距離だ。

万世橋駅前から市電に乗っても、ふた駅だ。乗るまでもない。

飛田が心配そうに言った。

「本部から、通訳を呼んだほうがよくないか」

御大変、つまりあの講和条約締結以降、ロシア人が多数東京に住むようになってから、警視庁は本部に特別の部署を作り、何人もの通訳担当の巡査を配置した。統監府との交渉や、ロシア人のからむさまざまな事案に対処するためだ。しかし最近は若い巡査の中にはロシア語を多少話す者が増えてきている。当初、本部総務部に置かれた通訳係の規模は、いまはむしろ縮小している。

新堂は言った。

「簡単な事情聴取ですから、わたしがやります」

「どこで覚えたんだ?」

「復員してから、小さな塾に通ったんです。支給された賑恤《しんじゅつ》金《きん》を使って」

「警視庁に入る前か?」

「ええ。あとは独学。それから警視庁の試験を受けて採用されました。ちょうど統監府が、復員軍人救済令を出したところでしたし」

「そういえば、統監が言ったんだったな。戦争の勝敗にかかわらず、生き残った軍人たちは尊厳をもって戦後を生きるべきだと」

「おかげで、警視庁の採用枠が拡《ひろ》がったんでしょう」

外神田警察署を出てから、新堂は飛田に訊いた。

「取材に来ていたのは、あの東京実報だけだったんですか?」

「ああ。きょうは新聞屋たちは統監府に行ってたんじゃないか。さっきのあいつは、万世橋近くに編集部があるんで、うちの署の管内の事件には敏感なんだ」

「あの煽情的な見出しを見て、ほかの新聞屋も食らいついてきますね」

「勝手に台所町で訊き回り始めるぞ」

「それは止めるわけには行きませんが、東京実報みたいな調子で書かれるのは困ります」

「おれの言葉の意味がわかっていて、あの野郎は半裸って言葉を見出しに使ったんだ」

「読者がどんな事件を想像するか、見当がつきます」

「まったく」

万世橋を渡り、駅の広場を右に見て、プーシキン通りに入った。通りの両側は赤煉瓦造りの洋風建築ばかりだ。やがて小川町交差点のチューリン百貨店と、その西向かいにあるプチロフ東京支社の建物が見えてきた。ふたつとも、木骨の石造り建築だった。

交差点周辺のひとの数が、少なく見えた。チューリン百貨店の前など、いつも買い物客らしきロシア人男女がかなりの数行き交っているが、いまはまばらだ。

交差点の北側、クロパトキン通りをふさぐ形で、ロシア兵が車止めを置き、進入しようとする自動車を検問している。

小川町交差点を西に渡り、ネーフスキー・パラス・ホテルの前を通り過ぎた。ネーフスキー・パラス・ホテルは、格では日比谷公園に面した帝国ホテルに負けるが、ロシア人の金持ち客たちはこちらに泊まることを好む。部屋の内装は、帝国ホテルよりも豪華だという評判だった。

ホテルを通り過ぎた先に、右手に折れる道がある。折れて次の中通りとの交差点に出たところで、左手に看板が目に入った。

キリル文字で、トーキョー・ガゼータとある。

看板が出ているのは、赤煉瓦造りで二階建ての建物だった。玄関の脇に、トラックが停まっている。

ロシア人の男が手押し車を押して玄関から出てきて、紙の束を四つ五つ、荷台に放り込んだ。たしかトーキョー・ガゼータは、月曜日と木曜日の朝に発行されている。これはもしかすると、号外なのかもしれない。どうやら印刷所も、この建物の中にあるようだ。束は紐で括《くく》られており、号外だとしても見出しを読むことはできなかった。トラックは、すぐに発進していった。

新堂は手押し車の男に近づいて身分証を示し、編集部を訪ねたいのだがと伝えた。

男は玄関のほうに顎をしゃくった。編集部は玄関のすぐ内側、一階にあるようだ。

一階ホールの右手にあるドアを、新堂はノックした。返事がなかったので、そのまま押し開けた。

いくつもの机がばらばらに配置された部屋だった。七、八人の男たちが、机に着いて書き物をしている。隅の机には、女性もひとり。書き物をしている男たちの表情は、いくらかいらだっているようにも見える。誰も新堂たちに目を向けてこない。

奥のほうで、大きな声がする。大男が、壁の電話機の受話器を手にして、もう一方の手を振り回している。首都が、軍が、反乱が、といったロシア語が途切れ途切れに聞こえた。彼は編集長なのだろうか。

ドアに近い机に着いている黒髪の若い男が、やっと新堂たちに気づいた。不審げに見つめてくる。黒縁の眼鏡をかけている。

新堂は思いきってその若い男に近づき、また身分証を見せてロシア語で言った。

「警視庁の巡査です。殺人事件の捜査をしているのですが、少しお話を伺えませんか？」

若い男は、部屋の中を見渡した。誰か代わってくれそうな人物を探したのかもしれない。いないとわかったようで、あきらめたように新堂に向き直った。

新堂は、外套の隠しから写真を取り出し、広げて眼鏡の男に見せた。

「これは、被害者の似顔絵です。この新聞社で働いていたようなんですが」

若い男は写真を見つめたが、不審そうだ。

「このひとが、殺されたの？」

「はい。今朝、死体が見つかりました。ここで働いていると、周囲には話していたようです。ミヨシマチコという女性です。ご存じですか？」

「ああ。ミヨシという日本人女性なら、出入りしていたことはあります。でも、その写真のひとかな」

「出入りというのは、どういう意味です？」

「社員ではありません。雑用係として、来てもらっていた。新聞を配ったり、発送作業をしたり、郵便局に行ったりということです。でも、もう来ていない」

奥の机の中年男が立ち上がり、眼鏡の男の後ろに立った。中年男は口髭を生やしている。彼は眼鏡の男の肩ごしに写真を見て言った。

「ミーリャだと思うぞ。彼女の日本名はマチコだった。この写真の絵は、たぶんあの娘だ」

三好真知子は、ミーリャというロシア名で呼ばれていたようだ。

新堂は口髭の中年男に訊いた。

「マチコさんは、いつごろまで、どのくらいの期間、働いていたんでしょう？」

「去年の夏ぐらいから、数カ月。十月くらいまではいたかな」

「そうだ」と眼鏡の男が言った。「ミーリャなら十月まではいたよ。統監暗殺未遂事件の号外を配ってもらった」

「毎日、勤めていたんですね？」

「ああ。ただし、丸一日働いてもらうのは、月曜と木曜の新聞が出る日だけだったはずだ」

　中年男のほうがつけ加えた。

「あとの日は、だいたい日中四時間ぐらいか。その日、どの程度やってもらう仕事があるかで、来ている時間は違ったと思う」

「給料は、いくらでした？」

「日本のカネで、十円もらってると聞いたな」

　小さな飲食店だと、下働きの女性なら一カ月目一杯働いてももらえない額だ。しかし当然ながら、浦潮荘の家賃には足りない。

「辞めてしまった理由はなんですか？」

「あまりそういう仕事を喜んでいなかった。どんな仕事でもいいと言って、うちに来るようになったのだけど、じっさいは記者のような仕事をしたがっていたんだ」

「記事を書けるだけのロシア語の力があったんですね」

　中年男は、質問に驚いたようだった。それを訊くのか、と問い返すような顔となってから、答えた。

「ニエットだ。彼女のロシア語は、日本の女学校でなら教師になれたかもしれないが、新聞記事を書ける水準ではなかった。もちろん、日本人とのあいだに入って雑用をやってもらうには十分だった」

「記者のような仕事をしたがっていた、とおっしゃいませんでしたか？」

「つまり、その、新聞記者は統監夫人に取材できる。大女優にも、ピアニストにも。華やかな式典には、その場にふさわしい服装で取材に行くし、ゴシップ記事を書くために、プチロフ東京支社長の屋敷の夜会にも出向く。たぶん彼女はこの新聞社に、そんな仕事を期待して入ってきた」

「夜会に取材に行ったりしたんですか？」

「まさか。行かせてくれという素振りは見せたことがあったけれど、無理だ。だから働き出してみて、これは自分が夢見た職業生活とは違うと失望したんだろう」

若い眼鏡の男が言った。

「そうだ。そのうち彼女は、自分で名刺を作ってしまった。正式の社員でもないのに、勝手にだ」

「必要だったのですか？」と、新堂は若い男に訊いた。

「彼女の仕事には、まったく必要ない」

「何に使っていたんでしょう？」

「わからないが、見栄かな。新しい勤め口を探すときに、使ったのかもしれない。この新聞社にいることは、転職には有利だったろうし」

「彼女は、ロシア語の力を生かせる仕事を探していたということですね？」

眼鏡の男は、口をつぐんだ。少し待ったが、それ以上何も答えてこない。

新堂は中年男のほうを見た。彼は、新堂の問いには答えずに言った。

「その名刺のこともあって、もう来るなということになった」

彼が視線を動かした先は、電話中の大男だ。彼が管理職として、それを言い渡したということなのだろう。

「それが十月過ぎですね？」

「十一月には、もう来ていなかったと思う」

新堂の後ろで、飛田が小声で言った。

「つきあっている男はいなかったか、訊いてくれ」

新堂たちのやりとりの様子から、三好真知子がこの新聞社で記者として働いていたわけではないことは、飛田もわかったのだろう。新堂は飛田を振り返らずに、口髭の中年男のほうに訊いた。

「彼女は、この新聞社に親しいひとはいましたか？」

「ああ」と中年男が苦笑した。「ロシアの男が疑われているのか」

若い男が、いくらか棘《とげ》のある口調で言った。

「ミーリャは、ロシア男とつきあうことを夢見ていた。積極的で、野心的だった」

あまり聞かない言葉が出た。新堂は若い男を見た。ロシア人には、それは女性を語るときにふつうに使う語彙なのだろうか。

「どういう意味なんでしょう？」

「ミーリャは、ロシアの文化に憧れていた。ロシアの男にもね。でも、この編集部には、彼女と親しかった男はいないと思うよ」

「よそには、ロシア人の恋人がいたということでしょうか？」

「ぼくは知らない」若い男は、中年男のほうに顔を向けた。

中年男も首を横に振った。

「そういう素振りもなかったな」

奥の机に着いていた女性が、そのとき顔を上げてちらりと新堂たちを見たように見えた。一瞬だけだ。表情を読み取る間もなく、彼女はまた机の上に視線を戻した。堅苦しそうな上着を着た、眼鏡をかけた女性だった。スカーフをまとっている。なんとなく女学校の教師ふうの雰囲気がある女性だ。

電話を終えた大男が、電話機の前で身体の向きを変えて大声で言った。

「イーリャ、統監府に行ってくれ。セリョージャが戻ってくる。交代だ」

若い男が立ち上がった。

中年男のほうも、自分の机に戻った。こういう日なのだ。新聞社はいつもよりも忙しかろう。これ以上ここにいると、追い出される。

編集長らしき大男はさらに言った。

「リューダ、修正は終わったか」

いましがたちらりと顔を上げた女性が背を起こして答えた。

「はい」

「見せてくれ」

リューダと呼ばれた女性が立ち上がった。

新堂たちはふたりのロシア人に目礼して、トーキョー・ガゼータの編集部を出た。

建物を出たところで、新堂はいまのやりとりを飛田に伝えた。

「つきあっていた男がいるかどうかはわかりませんでした。なんとなく、あの男ふたり、妙な顔をして黙ってしまったし、奥のリューダと呼ばれていた女性が、ちらりとこちらを気にしていました」

「あの新聞社の中に、男がいたか」

「まだわかりませんが」新堂は飛田に提案した。「御茶ノ水ロシア語学校がこの近くです。行ってみましょう」

「手帳に書いてあった男はどうする？　中丸圭作だったか？」

「勤め先が小石川なので、そのあとで」

プーシキン通りに向かって並んで歩いていると、飛田が言った。

「被害者は、ミーリャと呼ばれていたって？」

「ええ。自分からロシア名を名乗っていたんでしょう。略称ですが、正式な名前はたぶんミラーナ」

飛田は、嘆かわしいというように首を振った。

「なんて風潮なんだろうな」

「ロシアの会社で働くときなどは、どうしても上司や同僚が呼びやすい名前にしなければなりませんからね」

「そのミラーナ嬢さんが雑用係で働くぐらいじゃ、あの部屋の家賃は出せない。かといって、よそで常雇《じょうやと》いになることもできない。もう十分に被害者の生活が見えてきたろう」

「まだ情報が足りません」

いったん南甲賀町交差点に出てから、御茶ノ水橋方向に向かって緩い坂道を上った。本郷台地の南端にあたる御茶ノ水の高台は、ロシア人のお屋敷街になるが、坂の下は錦町《にしきちょう》町同様に学校街という性格もある。交差点の北西側には、中国人や朝鮮人留学生がわりあい固まって暮らしているはずだ。留学生のための日本語学校もあるし、故郷の料理を食べさせる安い留学生向け食堂も多かった。

御茶ノ水ロシア語学校は、交差点から百メートルほどの場所にあった。赤煉瓦造りの二階建ての洋館の二階が学校だった。玄関脇の案内を読むと、昼間が一年制のロシア語学校で、初級から上級まで三クラスある。教室は男女別だ。夜は勤め人や学生のための教室となっているようだ。いまはまだ、一年制の学校の授業が行われているのだろう。

二階に上がると、ロシア語の音読の声が奥から聞こえてくる。新堂たちは事務室のドアをノックして、中に入った。初老の白人男がひとりいたが、日本人の女性もドアのそばの机に着いている。洋装で、年齢は三十歳ぐらいだろうか。つまりあの御大変のときは、この女性は二十歳前だったということだ。事務員で、受付なのだろう。

「はい?」と、その女性は新堂たちを見上げてきた。

「警視庁の者です」と新堂は、ここでも身分証を見せ、定められた通りに身元を明かしてから言った。「こちらの学生だったかもしれないある若い女性のことを調べています。名前を言えば、学生だったかどうかわかりますか?」

「ええと」事務員の女性は面倒くさそうに言った。「今期も昼間だけで、百五十人の学生が通っているんです。女性はそのうちの二割ですが、すぐわかるかどうか」

飛田が言った。

「その若い女性、殺されて見つかったんだ。ここに通っていたと推測できる。放っておくと、新聞屋が何を書くか知れたものじゃないぞ」

ぐずぐず言わずに協力しろという口調だった。

事務員は、少しこわばった顔になって言った。

「名前を教えてください」

新堂は、三好真知子の名を、漢字ではどう書くかも一緒に伝えた。

「もしうちの学生だったとして、いつごろの在籍かわかりますか?」

「去年の夏以前」

昼間通うことができて、それなりにロシア語ができていたのだ。トーキョー・ガゼータに勤め始める以前に、学校は終えていたろう。案内チラシが机の引き出しの中にあったのだから、最近通学を考え始めたと思えなくもない。でも、すでにそこそこロシア語ができていたのなら、なお学校に通う必要もない。

初老の白人男がそばにやってきた。新堂たちがどういう用件なのか気になったのだろう。事務員がそれを伝えると、奥の机に戻っていった。

事務員は、分厚い書類挟みを取り出して、探し始めた。

探しながら事務員が訊いた。

「殺されたって、いつのことなんです？」

「死体が見つかったのは、今朝なんです」

「犯人を探しているんですね」

「ええ。三好さんの交遊関係がわかると、犯人にたどりつけるかもしれないので」

しばらく事務員は書類挟みの中の書類をめくっていた。新堂たちが二分ほど待っていると、彼女が顔を上げた。

「三好真知子さん。たしかにここの学生でした」

「いつごろです？」と新堂は訊いた。

「一昨年の九月、女性中級科の入学です。去年六月に修了。上級科には進まずに学校を終えています」

飛田が、写真を見せた。

「この娘ですかね？」

事務員は少しのあいだ写真を見つめていたが、首を横に振った。

「わかりません」

「活発な娘だったようですが」

「やはり思い出せません」

「この三好って学生は、最後まできちんと通学してましたかね」

「ええ。出席簿を見る限り、数日休んだだけですね」

新堂は訊いた。

「三好さんが、中級クラスに入ったのは、すでにロシア語が多少できたからですか?」

事務員は答えた。

「この三好さんは、高等女学校で五年、ロシア語を学んでいます。ここでは、中級に入学できます」

「成績はどうでした?」

「女性クラス十人中の二番で卒業ですね」

「かなりロシア語ができるということですね?」

「日本の会社で、ときどきロシア語の書類も扱う仕事ができる成績です。ロシア人経営のホテルや百貨店でも働けるでしょう。でも、ロシアの商社や法律事務所で働くのは難しいというところでしょうか。上級科を修了すると、ロシアの統監府で統監の秘書ができます」

それを聞いて、自分は、と新堂は思った。小さな塾で一年学び、そのあとは独学だ。習得したかったのは、読み書きではなく、会話のほうだった。仕事に就くためにと必死だったから、御大変から二年後には、警視庁の採用試験で特技だと言えるだけの力となった。採用されてからは、また夜間、週一回、塾に通ったのだ。

飛田が訊いた。

「こちらの初級修了だと、できることはなんです?」

「ロシア人向けの日本の商店で売り子とか、駅の窓口とか」

「接客商売なら大丈夫なわけだ」

新堂がまた訊いた。

「この学校では、働き口の世話などはするのですか?」

「いいえ。でも教師は、会社や工場から、いい卒業生がいたら紹介してくれと頼まれたりします。うんと成績のいい学生は、教師がそういうところに推薦するでしょうね」

トーキョー・ガゼータの編集部では、三好真知子が自分から売り込みにきたという意味のことを言っていた。教師の眼鏡にかなうほどの学生ではなかったということなのか、それとも三好真知子の望むような働き口は、教師から推薦されなかったのか。

「三好さんは、静岡から上京してこちらの学校に入ったはずなのですが、どこに住んでいたかはわかりますか」

「いいえ」事務員は書類に目を落として言った。「静岡市の鷹匠町というところの住所が書かれているだけですね。入学願書が静岡からのものだったので、こちらに転記されたのだと思いますが」

「こちらには、寮は？」

「ありません」

「同期で、島田絹子という学生はいませんか？」

名簿を見てもらったが、いないとのことだ。

手帳に書いてあったその名は、この学校とは違う関係の知人なのだろう。

「同期の方で、三好さんと親しかったひとはわかりますか？」

「さあ。そこまでは」

「教師ならどうでしょう？」

「わりあい入れ替わりがありますし、昨年の生徒のことはあまり覚えてはいないでしょう」

「同期は十人のクラスでしたね」

「ええ、この学期は」

「その女学生たちの名前を教えていただけますか。連絡先も」

事務員は、うなずくこともなく紙を取り出して、九人の名と連絡先を写して渡してくれた。新堂はもうひとつ頼んだ。

「三好さんの教室の教師の名も教えてください。ひとりではないかもしれませんが」

事務員はこんどはかすかに迷惑げな表情となったが、けっきょくひとり教えてくれた。

オブラソフという男だという。文法と作文を教えているので、中級の生徒とはいちばん接する時間が長いとのことだった。

新堂は訊いた。

「このオブラソフ先生には、いま会えますか？」

「きょうはもうお帰りです」

「明日は先生は、何時に来ています？」

「八時半には」

「三好真知子という学生のことで、警察がどんなことでもいいので教えて欲しいと言っていたと伝えてください」

新堂は、外神田署の電話番号と、自分たちふたりの名を紙に走り書きして事務員に渡した。

学校の外に出たところで、飛田が言った。

「高等女学校を出て、上京してロシア語学校。卒業して一年も経たないうちに、ああいう殺されかただ。父親も、泣くに泣けないよな。親父《おやじ》さんの気持ち、わかるぞ」

新堂も父親に同情するが、たぶん飛田とは違う意味だ。娘を東京のロシア語学校に進ませたことを、父親は後悔する必要はない。

新堂は言った。

「親父さんだって、一度は上京を許し、学費を出したのでしょうに」

「娘のほうは、東京でロシア人を間近に見て、ロシア人街を歩いて、実家に帰る気なんてなくなってしまったんだろう。父親としては、一年だけ許したつもりだったんだろうが」

「どうしてです？」

「上級科に進ませていない」

「本人の希望だったのかもしれません」

「学費を出さないと言われて、やむなく仕事を探したんじゃないのか」

とにかく働きたかったのかもしれないと新堂は思ったが、それを口にはしなかった。

飛田が言った。

「三好真知子があの浦潮荘に入居したのは、去年の九月だ。上京してからそれまでの一年のあいだに、女は変わってしまった。勘当されるくらいにな。ふつう、そこに何を考える？」

「男、ですか？」

「あんたも、そう考えるだろう？」

「いちばん楽な思いつきですから」

新堂は、トーキョー・ガゼータの眼鏡の男の言葉を思い出していた。三好真知子が夜会や式典を取材したいという素振りを見せていた、という言葉。あの口調には少し嘲《あざけ》りがあったし、哀れむような調子も混じっていた。もし三好真知子がそのとおりのことをしていたのだとしても、それをあのロシア人たちから聞くのはいい気持ちではなかった。あのような調子で語って欲しくはなかった。

自分たち敗戦国の貧しい庶民が、戦勝国の、そして宗主国の、文化や生活水準に憧れてしまうのはやむを得ないところなのだ。地方在住であれば、その違い、その差を意識する機会は少ないだろうが、東京に住む者であれば別だ。毎日身近に、豊かな生活を見せつけられる。自分たちの生活の貧しさを意識させられる。服装、住まい、暮らしぶりに、単に文化の違いでは納得することができない大きな格差があると知らされる。

この属国に住むロシア人たちは、本国でも中産階級以上の者が大半だから、生活の差が際立って見えるということはあるだろう。しかし一方で、文選工《ぶんせんこう》とか、仕立屋とか、建築職人とか、収入はさほどでもないロシア人も少なくない。彼ら額に汗して働くロシア人なしでは、東京のロシア人街は成立しえないのだ。日本人が代われるのは、言葉の必要がなく、さして訓練の必要もない雑役の仕事だけだ。

ましてや本国では、ロシア人の誰もが自動車に乗ったり、女中を雇ったり、毎晩豪華な夜会でいい酒を飲んでいるわけではない。じっさい数日前に起こったというペトログラードの労働者の、パンをよこせという請願行進の報道から、あの国の庶民はもしかすると日本の自分たちよりももっと貧しいのかもしれないと想像することはできる。自分たちが東京で目にしているのは、ロシアでも少数の特権的なひとびとの暮らしなのだと。クロパトキン通りの一本裏手には、特権階級の生活を支える、あまり日本人と変わらぬ暮らしぶりのロシア人がいるのだと。

しかし、若い日本人は、そこまで考えることはできない。あるいは意識的に目に入れない。若者、女性や労働者たちが強《し》いられている理不尽さも、宗主国の住人の側に身を寄せてしまえば解決すると思い込んでしまう。自分をロシア人に近づけ、ロシアと関係を持つことで、自由に、あるいは裕福になりたいと願ってしまうのだ。自分はその素朴な期待を、嘲ることはできない。

今朝、死体発見現場近くの台所町で見たいくつかの貼り紙を思い出した。ロシア人家庭での女中の斡旋、ロシア人向けの貸間の案内、ロシア語学校の案内……、どれもロシアへのあまり根拠のない憧れを種にした商売だ。いや、ロシア語を学ぶことについてだけは、新堂自身がそうであったように、仕事を見つけるのにたしかに役に立つものであった。

学校を出て歩道に立ったところで、新堂は空を見上げた。まだ日は落ちていない。被害者の手帳に書かれていた男に事情を訊きに行くか。勤め先は小石川の印刷会社だった。神保町《じんぼうちょう》交差点まで歩いて、市電に乗って春日町で降りればよいはずだ。

新堂は飛田に言った。

「次は中丸という男を訪ねましょう」

「その前に、電話しよう」

交差点に、自動電話の小屋があった。飛田はその小屋に向かっていった。

新堂が小屋の外で待っていると、三分ほどで飛田が出てきた。

「本部の鑑識係から連絡があった。部屋で見つかった指紋は二種類。ひとつは被害者のものだ。手袋からは、指紋は出ていない。公判で使えるほどのものは、という意味だろうが」

新堂は訊いた。

「煙草は何でした?」

「ヴァジヌィヤ。外の路地に落ちていたものもだ」

珍しい銘柄のものではない。統監府保安課のコルネーエフ大尉も喫っているものだ。

あの部屋の鑑識作業では、被疑者を特定する物証は得られなかったということだった。

飛田がつけ加えた。

「署には、新聞屋が何社も来ているそうだ。東京実報に、若い女の半裸死体と抜かれて、慌てているらしい。戻って捜査状況を少し発表しろとよ」

「半裸死体というのは、抜かれたわけじゃないと思いますが」

「いったん戻ろう。新聞屋たちの相手をして、連中がもし持ってるようなら、そっちの情報ももらう。留置した古谷からも話を聞く必要があるし」

被害者の外套から、浦潮荘の部屋の鍵を盗んだ男だ。南甲賀町交差点から市電に乗り、外神田署に戻った。市電の中では、ふたりは無言のままでいた。捜査の内容を市民に聞かれるわけにはいかないということもあるが、トーキョー・ガゼータと御茶ノ水ロシア語学校で得た情報を整理し、解釈しなければならなかった。

万世橋を渡って外神田警察署に戻り、二階の刑事部屋に上がると、入り口近くの机の周りに五人の男がいた。年齢はさまざまだが、どことなく身体がかもしだす雰囲気は似ている。ひと目で新聞記者とわかる連中だった。特務巡査にとっては面倒くさく、ときには仕事を妨害してくる連中だ。だから飛田のように、新聞屋、とかなり侮蔑的に呼ぶ者も少なくない。

新堂が飛田と一緒に部屋に入っていくと、その五人がわっと立ち上がった。みな手帳と鉛筆を手にしている。

「飛田さん」と、呼びかける者もあった。

飛田は新聞記者たちを椅子に腰掛けさせてから言った。

「ちょっと待て」

それから係長の国富の机に向かった。新堂も続いて国富の前まで歩き、飛田の報告を横で聞いた。

国富は聞き終えてから、難しい顔で言った。

「周囲の人間からも、身元はまだ断定はできないのか」

飛田が言った。

「似顔絵はいい出来と思うんですが、新聞社のロシア人や通っていた語学校の事務員に絵を見せても断定はできないようでした」

新堂は言った。

「手帳に名前のあった知人に遺体を見てもらって、身元確認ができると思います。明日は、ロシア語学校の教師や同級生に会うつもりです。それで私生活がもう少し見えてくるでしょう」

「難事件になるようなら、もうひとりやりくりしてみるか」

「そのときは」

国富への報告を終えたところで、新堂は本部の吉岡に電話した。上司である吉岡にも、新堂から捜査の状況を報告しておかねばならない。

簡単に報告をすると、吉岡は言った。

「きょうは戻らなくていい。明日朝、いったんこっちに出てこい」

「アメリカ人新聞記者の事件はどうなりました?」

「その件だ。少し大ごとになっている」

「というと?」

「アメリカ大使館は、クラトフスキというその新聞記者が行方不明になった時点で、総監官房に、ロシア統監府が関わっているようだと伝えていたというんだ。刑事事件としてすぐに対応してくれ、という意味だったんだろう。それが、官房長にも総監にも伝わっていなかった」

よく理解できないままに、新堂は訊いた。

「クラトフスキという人物は、保安課かどこかに拉致されて殺されたということですか?」

「ああ。検視の結果も、それを裏付けてる。最初、刃物で刺されての失血死かと思われていたんだが、刃物傷は死んでからつけられたものだった」

「死んでから？」

「強盗か何かに襲われた、という工作だ。幼稚だが、半日ほどの時間は稼げる」

吉岡は少し饒舌《じょうぜつ》になっている。彼自身も困った立場に追い込まれているのだろう。去年十月、統監暗殺未遂事件で吉岡の窮地を新堂が救ったことで、彼はあまり権高には振る舞わなくなっていた。ときどきは、新堂を立てているとさえ感じるときもある。

新堂は訊いた。

「何があったのでしょう？」

「内出血が何カ所もあったが、たぶん拷問だ。厳しく尋問されていたんだ」

昨日のあの統監府保安課第七室の私服の男が思い出された。ジルキンと名乗っていた。反ロシア軍的な煽動家の摘発、逮捕の現場にいて、連続強盗容疑の杉原某の身柄を奪っていった。コルネーエフ大尉は、彼はロシア警察部の警備局直属の部署に所属していると言っていた。つまり、彼は秘密警察ということだ。

吉岡が言った。

「とにかく政治的な背景のある事案だ。アメリカ大使館の書記官が、さっき警視総監に面会していった。対応を詰っていったのだろう」

「総監官房の担当者は、単に行方不明の届けを受理した程度のつもりだったのでしょうか」

「そうだろう。警視庁は、アメリカとも厄介ごとを抱えたことになった。とにかく明日の朝、本部に」

電話を切ってから、新堂は飛田と一緒に新聞記者たちの囲む机の前に向かった。

質問攻めになりそうなところを、飛田が制して言った。

「あんたら、東京実報の女の半裸死体って見出しに食らいついたんだろうが、あれはデマだぞ。半裸なんかじゃない」

その場の最年長と見える新聞記者が訊いた。

「じゃあ、どんな格好で見つかったんです？」

「外套を着ていた。ただしその下は肌着。襟巻。そういうことだ」

「洋装なんですね？」

「そうだ」

「死んだのは、昨夜の何時くらいか、わかっていますか？」

「夜九時くらいから十一時くらいのあいだだ」

「死体発見現場は？」

「神田明神下、台所町の空き地。女坂下だ」

「そこが殺害現場ですか？」

「たぶんな」

「絞殺ですね？」

「襟巻で首を絞められた」

「強盗じゃなく、痴情事件ですね？」

「まだ、わからん」

「被害者の身元は？」

「わかっていない」

被害者が三好真知子だという確認は取れていない。飛田の答で嘘はない。

べつの新聞記者が手を挙げた。中年の、無精髭を生やした男だ。

「被害者は立ちんぼだって情報があるけど」

「そういう情報は耳にしていないが、どこから聞いたんだ？」

「いや、なんとなく」

「新聞屋たちのあいだの解釈だろう」

「被害者の住所は？」

「死体発見現場の近所だろう」

「ロシア軍将校が現場で目撃されているって？」

「それらしい風体の男を見た、という証言はある。ほんとにロシア軍将校かどうか、確認できていない。目撃時刻もあいまいだ。事件との関連はわかっていない」

若い新聞記者が質問した。

「被害者が立ちんぼでなかったとしても、客は取っていたんですよね。ロシアの将兵を相手に」

「どこからそんな話を聞き込んできたんだ？」

「違うんですか？」

「臆測で書くな。まだ被害者の身元もはっきりしていないんだぞ」

「深夜、肌着の上に外套をひっかけただけで出歩いていた女なんでしょう？　飛田さんの読みは？」

「まだ白紙だ。何もない」

新堂は飛田の横で笑みをこらえた。新堂に対してはもう事件の構図を決めつけて話しているのに、さすがに新聞記者に対しては、逃げている。

無精髭の記者がまた訊いた。

「検視で、何かわかったことはあるかい？　身元の解明につながるような特徴があれば、書くよ」

「何もない」

「彫り物とか」

「ない」

「それは、素人女だという意味かい？」

「ただ彫り物をしていなかったというだけだ。おしまいだ」

飛田が机を離れようとした。何人かの記者が、もう少しと食い下がったが、飛田は無視して廊下へと出た。新堂も飛田を追った。

階段を下りながら、飛田が言った。

「留置してあるあの古谷から話を聞く」


一階の奥に、一室だけ鉄格子のはまった留置室がある。留置されているのはふたりで、古谷留吉は一番と留置番号がつけられていた。

内勤の巡査が留置室の鉄格子を解錠したところで、飛田が古谷に声をかけた。

「一番、出てこい」

古谷は素直に、少し腰を屈《かが》めて留置室から出てきた。

「釈放ですか？」

「話を聞く」

新堂が古谷の腰に捕縄をつけ、飛田とはさむようにして巡査部屋に向かった。

隅の机の椅子に腰掛けさせ、飛田が煙草を渡した。

古谷はうまそうに一服してから言った。

「犯人は捕まったんですか？」

「まだだ」と飛田が言った。「昨日のことを聞かせろ。夜、お前は明神さまのまわりを歩いて、女坂の脇の藪の中で眠ったと言っていたな」

「石段の横から、崖の藪の中に入って行ける。平たくなっている場所に枯れ葉を集めて、その上で眠ったんだ」

「何時ごろだ？」

「昌平橋で巡査に追い払われたのは九時過ぎだったと思う。その少し前に、駅前の大時計を見ている。それから小一時間歩いたけど、十時近くにはなっていたんだろうか」

「明神さまのまわりを歩いているとき、不審な人物を見なかったか。あの殺された女でもいい」

「できるだけひと目を避けて歩いた。ひとがきたら、暗がりに隠れたよ」

「どんなひとと出くわしたんだ？」

「地元のひとだろう。とくに妙な素振りもなかったし」

「ひとりだけ？」

「いや。明神さまの境内の横でも、何人か見た」

「あの女は見ていないのか？」

「見てない」

新堂が訊いた。

「小一時間明神さまのまわりを歩いて、やっと暗い中でその藪の中に寝場所を見つけたのか？」

「いや」古谷はまた一服した。「前に昼間通ったこともあって、様子は知っていた。ほんとうは屋根があるところがいいんだ。だけど昨日は、いい寝場所がどうしても見つからなかった。それであそこに行くことにした。雨も降りそうになかったし」

「そこから石段を上り下りするひとは見えたか？」

「いや。石段からはずれて、十歩以上入った藪の中だ。真っ暗で、何も見えない」

「靴音は聞こえたか？」

「そういえば聞いた。靴音で目が覚めたのかな」

「どんな靴音だ？」

「男の、革靴だ。長靴じゃないのかな。カツ、カツって、大男が階段を上ってきたように聞こえた」

「姿は見ていない？」

「見ていない。見つからないように、横になってじっと目をつぶっていたし」

「上っていったのは、そのひとりだけ？」

「夜聞いた靴音は、それだけだよ」

「靴音は、早足だったかい？　それともゆっくり？」

「あ、そういえば」

新堂が首を傾げると、古谷は言った。

「あの石段、明かりもなくて足元も覚束ないだろうに、わりあいカツカツと早足で上っていくように聞こえたな」

飛田が訊いた。

「あの石段に慣れている様子だったということか？」

「靴音だけ聞けばね」

新堂は飛田を見た。いい情報だ、という顔をしている。

新堂はまた古谷に訊いた。

「枯れ葉とあの毛布だけで、眠れたのかい？」

「横になるとやっぱり寒くて、ぐっすり眠り込んではいないね。眠ったり、うとうとしたりだ」それから古谷は、少し頭を下げ、上目づかいに言った。「飯、食わせてもらえるんですよね」

飛田が言った。

「浮浪していると、いろいろよからぬ連中のことも耳にするだろう。そういう話をしていくか？」

「なんでも」

「こっちの質問に合わせる必要はないぞ」

「はい、わかってます」

飛田がいったん席をはずし、数分で戻ってきて新堂に言った。

「蕎麦を頼んだ。このあと、べつの特務巡査が、この男の余罪やら耳にした話などを聞き取る」

古谷がまた飛田に言った。

「煙草、もう一本もらえませんか」

飛田が箱を取り出し、煙草を一本、古谷に取らせた。

その特務巡査が来たところで、新堂たちは立ち上がった。いったん刑事部屋に戻るのだ。

階段を上りながら、飛田が言った。

「靴音を聞いてるのがもうひとり出てきた。ロシア軍の将校の線、固まってきたとは思わないか？」

新堂は言った。

「まだ被害者との接点がわかりません」

「浦潮荘の革手袋」

「指紋が出たわけではないし、軍用だとわかったわけでもない。民間人でも使いそうな、ごく当たり前の革手袋ですよ」

飛田は新堂の言葉を聞いていなかったようだ。

「女坂を上ったあたり、本郷台の近いところに住むロシア軍将校って、どのくらいいるかな。どこに行けば、わかるかな」

二階の刑事部屋に上がったとき、ちょうど国富が自分の机の後ろの電話機の前に立っていた。受話器を手にしている。国富は部屋に入ってきた新堂たちを見て、大声で言った。

「新堂さん、静岡から長距離電話だ」

静岡から？　三好真知子の父親からか？　さっきは、取りつく島もないような対応だったが。

新堂は電話機まで歩いて、受話器を受け取った。

「警視庁の新堂です」名乗ると、回線の向こうから聞こえてきたのは女性の声だった。

「三好キクといいます。三好の家内です。さきほど主人に電話をいただいたお巡りさんでしょうか？」

動揺が感じ取れる口調で、少し早口だ。

「そうです。娘さんの件でしょうか？」

「はい。主人は、真知子とは親子の縁を切ったと言って、どんなことも聞く耳を持ちません。それでいまわたしが、電話局まで来てお電話した次第です。殺されたということでしたが、どういうことが起こったんでしょう？」

　三好寿郎に伝えたことは繰り返さなくてもいいだろう。新堂はその部分を省略して言った。

「三好さんの娘さんらしき若い女性が、借りている貸間の近くで、他殺死体で見つかったんです。誰が殺したのかを、いま警察が調べているところです」

　三好キクと名乗った女からの反応がなかった。耳を澄ましていると、小さく嗚咽《おえつ》が聞こえた。三好寿郎から話を聞いたあと、この電話をかけるまで、悲しむこともこらえていたのかもしれない。新堂は、そのまま続けた。

「お身内の方に、ご遺体と対面していただいて、間違いなく真知子さんだと確認していただけるとありがたいのですが」

　三好キクが、声を出した。

「なんとか、わたしが行くか、真知子の兄を東京にやろうと思います」

「お母さまは、真知子さんの身体の特徴などをご存じですよね。医師が検視しているのですが、こうであれば間違いないということなどありませんか？」

「身体の特徴と言っても、少し大柄だということぐらいでしょうか」ひとつ思い出したというように三好キクが言った。「右のうなじに、わりあい大きな黒子があります」

　うなじの黒子で、どうやら身元を確定できる。

「娘さんで、間違いないようです」

「ああ」と、三好キクはこんどは大きく声にして嘆息した。「そういうことになってしまったんですね。主人は真知子が東京に出ることに反対していて、いっときは許したのですが、殺されてしまうなんて」

「娘さんは、去年六月にロシア語学校を優秀な成績で修了しています。そのあと、住まいを移って、ロシアの新聞社で働くようになっていたようですが、そのようなことはお母さまもご存じでしたか？」

「手紙で簡単には知らされていました。自分のロシア語を生かす仕事につけてうれしいと書いていましたが」

　去年の十一月にはもうその新聞社を辞めていたことは知らないようだ。

　三好キクは続けた。

「学校を終えたら、静岡に戻ってくることになっていました。静岡の県庁がロシア語を話す職員が必要だと、真知子を待っていたんです。でも、東京で働きたいと言い出して。わたしも、それにはあまり賛成できなかったんですが」

「東京では、女性が働くにしても安月給です。生活は楽じゃありませんものね」

「ええ。主人には内緒で、わたしが援助していました。何度もおカネを送っています。あの子の生き方を応援するということじゃなくて、もう少しだけ夢を見ていいからという思いでした」

　母親の援助があった。ということは、収入と生活の乖離《かいり》の不思議さは、解決したということになるのだろうか。

　新堂はもうひとつの疑問について訊いた。

「娘さんは、おつきあいしていた男性がいますね？」

「え」と、三好キクは驚いた声を出した。「どうして、そんなふうに訊くんです？」

　知らないのか？　では、妊娠していた件は、いま伝えないほうがよいか。しかしその事実を知らなければ、娘の男関係については正直に答えてもらえないかもしれない。

新堂は訊き直した。

「この事件、娘さんと親しい男性が、事情をよく知っているのではないかと思えるのです」

妊娠していた件は、それを伝えるもっと適切な時機がこのあとまたあるだろう。

三好キクは、途方に暮れているような声となった。

「そういうひとは知りません。真知子は、男性と深い仲になっていた、という意味でおっしゃっているんですよね？」

「いいえ、娘さんの私生活は、ぜんぜんわかっていません。でもこのような事件の場合、親しい異性に事情を訊くというのは、警察の仕事の常道なんです」

「そういうことは、耳にしたこともありません」

「娘さんが東京で親しかった同性のお友達は、ご存じですか？」

「東京にはひとり、高等女学校の同級生がいます。卒業して、静岡出身の方のところにお嫁に行ったのですが」

「島田絹子さんという方でしょうか？」

「はい。旧姓は染谷《そめや》で。その娘さんとは、東京でもときどきは会っていたようです」

「娘さんは、学校に通っているときは、どこに住んでいらしたんです？」

「わたしかたの親戚のうちに下宿していました。両国《りょうごく》にうちがあるんです。夏までは、そこに」

新堂は、三好キクが言うその住所と家の主人の名を書き留めた。

少し長電話になってしまったかと思ったときに、三好キクは言った。

「遺体の引き取りというのは、いつまでにしたらいいのでしょうか？」

「ご葬儀もあるでしょう。二、三日のうちがよいかと思います」

遺体はいま順天堂医院に安置されていると伝え、上京の前に自分に連絡をもらえるとありがたいとつけ加えた。

電話を切ってから、国富と飛田にやりとりの中身を伝えた。

飛田は、まだ疑わしげに言った。

「娘にそんな暮らしをさせるために、亭主の目を盗んで女房がどれだけ出せるっていうんだ？　着物一枚送るのがせいぜいだろう」

「地主の家ですよ」

「電話も引いていないうちだろう？」

「地方ですし、電話のあるなしじゃ、資産は計れないと思いますよ」

「新堂さん、あんた、母親が援助したという仕送りの額も、確かめるべきだったぞ」

訊くに忍びなかった、とは弁解しなかった。あの母親だって、娘が殺された理由についていろいろ想像もしているだろうし、訊けばいよいよ悪いことを想像してしまうだろうから。それを訊くのは、もう少しあとでいい。

国富が言った。

「男がいたかどうかを知っているのは、両国のその下宿していた親戚の家じゃないだろうな。被害者の同級生のところに行ってこい。きょうはそこまでやってくれ」

島田絹子が住んでいるのは、京橋区の南伝馬町《みなみてんまちよう》だった。グリッペンベルク通りに面しているようだ。グリッペンベルク通りは、万世橋駅前から日本橋《にほんばし》を通って新橋へと延びる東京の大通りの一本で、東京市内随一の商店街、繁華街とも言える街路だった。三好キクが教えてくれた所番地を考えると、たぶん何か商売をしている家だろう。市電一本で行ける場所だった。

新堂は、飛田と一緒にまた外神田署の刑事部屋を出た。

壁の大時計の針は、午後六時になろうとしていた。

島田商会は、南伝馬町のグリッペンベルク通りに面していた。舶来洋品・島田商会と吊り看板が出ていた。赤煉瓦造りの、間口の狭い三階建ての建物だ。

グリッペンベルク通りは、すでに街灯に灯《ひ》が入っている。この通りは、東京市内でガスの街灯が設置されたのも早かったが、電気の街灯に変わったのも早かった。もう閉店時刻を過ぎた商店も多かったが、街灯や、建物から漏れてくる灯のおかげで通りは明るく、そこそこひと通りもあった。

店の建物の一、二階の窓には明かりは入っておらず、三階に小さく明かりの漏れる窓がある。新堂は、通用口を探した。三好真知子の手帳には、ここの所番地が書いてあった。たぶんこの建物の三階が、居住部分だ。

飛田が、店のドアの脇に呼び鈴を見つけた。金具の真ん中に丸い真鍮《しんちゆう》のボタンがある。

「この時間、店も家も一緒だろう」と、飛田がボタンを押した。

鈴の鳴った音は聞こえなかった。十秒以上待っていると、ドアの内側に足音が聞こえ、ドアが内側に開いた。

洋装の、若い男が立っている。

「きょうはもう店は……」

飛田がみなまで言わせずに、身分証を見せて言った。

「警視庁です。若奥さんの絹子さんに会えませんか。お友達が不慮の事故で、少し聞いて回っているんです」

「警視庁？」と男が訊き返した。「不慮の事故？」

新堂もつけ加えた。

「若奥さんの静岡高等女学校《こうじょ》時代のお友達なんです。そのお友達の様子を、若奥さんなら知っているとよそで聞いたものですから。いらっしゃいます？」

「はい。これから社長さんのうちは食事ですけど、ええと、中に入ります？」

話を聞くのに、他人の耳はないほうがいい。

「お店の片隅でも貸していただけますか。せいぜい十分くらいです」

「ちょっとこのまま待っていていただけますか？」

一分後に、新堂たちは店の中に入れてもらうことができた。案内されたのは、帳場の脇の接客用のテーブル席だった。

それからさらに五分後、島田絹子が店の奥のドアから姿を見せた。

「申し訳ありません」と、洋装の島田絹子は、何度も頭を下げながら、新堂たちのいるそのテーブルに歩いてきた。「赤ん坊の世話で、ひと前に出られる格好じゃなくって」

髪をざっと後頭部でまとめ、毛糸で編んだ上っ張りにスカートという服装だった。不安そうな表情だった。

新堂たちはあらためて名乗ってから、椅子に腰掛け直した。絹子も新堂たちの向かい側の椅子に腰掛け、両手を膝の上に並べて置いた。

「真知子さんが事故ですって？」

飛田が答えた。

「そうなんです。島田絹子さんの名前が三好真知子さんの手帳に書かれていたもので、やってきた次第です。お友達ですよね」

「ええ。静岡高女からの友達です。ふたりとも東京に来ているので、手紙を何度かやりとりしました」

「手紙？　会ってはいないのですか？」

「卒業して会ったのは、二度だけです。わたしは高女を出るとすぐこちらに嫁いで、すぐにお腹《なか》に子供ができて、外出はしにくかったんです。真知子さんはロシア語の専門学校に通っていましたが。でも事故って？」

「今朝、亡くなった姿で発見されました」

「それって」絹子はいっそう不安げな表情となった。「殺されたということなのでしょうか？」

「そのようです。神田明神近くで」

「住んでいるホテルで、ですか？」

絹子は、三好真知子の住所を知っているのだ。

「いえ」と飛田。「浦潮荘の外で」

「誰にです？」絹子は飛田と新堂を交互に見て言った。「犯人は、もう捕まったんですか？」

「残念ながら。まだ手がかりが少ないのですが、真知子さんの知り合い、もっと言うと、真知子さんがつきあっていた男性に事情を訊いてみたいと思っています」

絹子は戸惑った表情となった。瞬《まばた》きしている。飛田の言葉が想像外のものだったのだろうか。飛田が、男の存在を前提としているかのように話したせいかもしれない。

新堂は訊いた。

「三好真知子さんがつきあっていた男性のことを、ご存じですか？」

「いえ、知りません」

「いちばん最近様子を聞いたのは、いつごろです？」

「去年の暮れかな。簡単な手紙をもらっています。引っ越すかもしれないと書いてありました」

飛田が訊いた。

「いちばん最近会ったのは、いつになります？」

絹子は飛田に顔を向けた。

「婚礼の披露のときです。真知子さんは、三好家を代表して出てくれました。一昨年の十月ですが」

また新堂は訊いた。

「引っ越すかもしれないというのは、浦潮荘から、ということですか？」

「そうだと思います。その前にもらった手紙で、浦潮荘に引っ越したということを書いていましたから。それが去年の秋口の手紙だったと思います」

「引っ越す理由と、引っ越し先については何と？」

「何も。そういえば、ちょっと素っ気ない書き方で、詮索しないでねとでも言っているような調子でした」

「手紙を見せてもらうことはできますか？」

「ええと」

絹子は、当惑を見せた。面倒くさいのか、それとも絹子にとって都合の悪い文面でもあったか。

新堂は訊き直した。

「どういうふうに書いてありました」

「東京で女が働くのはなかなかたいへんです、と書いてあって、だから、というわけではありませんでしたけど、引っ越すかもしれない、という文章だったと思います。家賃が高すぎるということなのかなと思いました」

「お勤めのことは、聞いていますか？」

「ええ。秋口の手紙に、ロシア語学校を出たあと、ロシア人向けの新聞社に入ったと書いてきました。手紙には、名刺が入ってました」

飛田が訊いた。

「その引っ越しの件、男のところに行くという意味に取れませんでしたか？」

「いいえ」と、絹子はまた飛田に顔を向けて言った。「それはわたしも一応想像というか、そうかもしれないと思って何度も読み返しましたけど、わかりませんでした」

「わからないというのは、その含みもある、と受け取れたということですね」

「いいえ、含みがあるのかどうかも、わからなかったんです。わたしに伝えられるほど、はっきりした気持ちではなかったんでしょう」

新堂は訊いた。

「真知子さんは、あまり物事をきっぱり言うほうではなかったんですか？」

「いいえ、むしろ思ったことを遠慮なしに、率直に言うほうでしたね。そう言われるとたしかに手紙はなんとなく、お手本をなぞったみたいな、あまり打ち解けて書いてはいない感じがしました」

「いままで真知子さんは、好きな男性のこととか結婚などのことについて、奥さんと話題にしたりしたことはなかったんですか？」

「高女時代は、子供っぽい恋愛の話とか、もちろん結婚のこととかは、全然現実的なことじゃなくて、夢みたいなことを話したりはしてたんですけどね」それから絹子は思い至ったという表情になった。

「そうですね。何かはっきりしたことが起こっているから、手紙はあんな調子に、何か遠回しな、ほのめかすような調子になったのかもしれない」

「高女時代は、真知子さんは具体的な恋愛などまったくなかったんでしょうか？」

「地方の女学校ですから。静岡中学の生徒がどうとか、冗談みたいな話はあったけど、他愛のない話ですよ」

また飛田が訊いた。

「真知子さんは親父さんとうまく行っていなかったらしいけど、それは男のことが関係していないですかね」

首を横に振ってから、絹子が逆に訊いた。

「もしかして、誰かつきあっている男のひとが、真知子さんを殺したということなんですか？」

「殺された様子から、そこをまず調べてみようと」

「それはその、その男のひととは深いつきあいだったという意味ですよね」

「まだ断定できていません。いなかった、とはっきりすれば、それはそれで捜査の方向も絞られてきます」

「そういう質問であれば、わたしもいないとは言い切れません。しばらく会っていなかったので、聞いていないというだけです」

「東京で真知子さんと親しくしていたひとはほかに誰か知りませんか？」

「聞いていないです」

「手紙なり、婚礼のときの話で、奥さんは真知子さんの東京での生活のことを、どう感じていました？」

「どうって？」

「厄介ごとなどなしに、楽しくやっているようだとか、それとも悩みがありそうだとか」

「そうですね」少し考えをまとめるような表情を見せてから、絹子が答えた。「去年暮れ近くの手紙では、もう夢から覚めてもいいいんじゃないかとは感じてました。静岡に帰ることも考えたらと思いましたよ」

「それは、真知子さんにも伝えた？」

「手紙の返事で、そういう意味のことを書きました。やっぱり真知子さんの夢見るような、東京での職業婦人の暮らしって、じっさいには無理だと思っていましたから」

「それについての返信は？」

「ありません」

飛田が、新堂に目を向けてきた。これで十分だという顔だ。

奥に通じるドアが少し開いた。新堂たちを窺う気配がする。家か店の者が、話が長引いていると気にして様子を見に来たようだ。

絹子も気づいて振り返ると、大声で言った。

「サイトウ、もう終わるから」

「はい」と声が返り、ドアはすぐに閉じられた。

絹子が口の両端を上げて新堂を見つめてきた。

新堂は、これで終わりですという調子で訊ねた。

「中丸圭作という人物を知っていますか？」

「どなたです？」

「ご存じない？」

「初めて聞く名前です。真知子さんがつきあっていた男性なんですか？」

「わかりません。やはり手帳に名前が書かれていたので、知り合いだと想像するんですが」

「どんなお仕事のひとです？　名前は聞いていなくても、何をやっているひととか、どこのひととか、話していたか、手紙にあったかもしれない」

「小石川に勤め先があるようなんですが」

少し間を置いて絹子が答えた。

「思い当たりません」

新堂は飛田に目で合図して、絹子に礼を言い立ち上がった。

店の外に出ると、新堂たちは歩道を京橋方向に向かって歩きだした。ふたりともまた無言となった。興味を引く情報は出てこなかったが、被害者が引っ越しを考えていたことは確認できた。その引っ越しは、殺害される理由となっているかもしれない。生活が苦しいから、安い家賃の部屋に移る、という解釈が自然だろうが、誰かから逃げようとしていたのかもしれない。あるいは、誰かと一緒に暮らすことを考えていたか。

また、被害者と島田絹子との間柄は、さほど親しいものではなかったとわかった。たまたま同窓で同じように東京に住んでいるから多少のやりとりもあったが、親友同士と呼んでいいのかどうかは難しいところだ。それどころか、絹子はむしろ真知子の生き方を好ましいものとは思っていなかったのではないか。静岡に帰ったらどうかとさえ助言していたとのことだった。

真知子も、帰郷を勧めるその助言はこたえたことだろう。それ以前から真知子のほうも、この同窓生とは胸を開いては接することができないと感じていたかもしれない。だからあたりさわりのない近況しか伝えていなかったのだろう。

真知子は絹子の婚礼には三好家を代表して出た、とのことだった。それを聞いたときは、真知子は上京が難しい両親の事情を冗談めかして言ったのかと受け取った。しかしいまは、じっさいに親に指示されて義理で婚礼の披露に出たのだと思える。

それにしても、と新堂は三好真知子の部屋の様子を思い起こした。絹子が被害者に何通か送ったはずの手紙は、真知子の部屋の状差しにはなかった。そのことに何か意味はあるだろうか。

京橋の市電停留場に近づいたところで、飛田が少し歩調をゆるめた。話したいことがあるようだ。新堂も飛田に歩調を合わせた。

やがて飛田が、新堂の顔をちらりと見てから言った。

「島田絹子は、三好真知子とはさほど親しくはなかったんだな。結婚して主婦になってしまうと、あんなものかな」

飛田も新堂と同じような印象を受けていたわけだ。新堂は言った。

「どこか素っ気ない印象がありましたね。同級生の中でたまたま東京に住んでいるというだけで、さほど親しくはなかったのでしょう。お互いの夢についても、たいして共通点はなかった」

「引っ越すかもしれない、という話をどう思う？　去年の暮れの手紙。そうとうに追い詰められていたんだろうが」

「母親は、生活費を援助していた。十分だったかどうかはともかく」

「島田絹子は、それを知らなかったぞ」

「そのことは父親にも友達にも、正直には伝えにくいことでしょうから。とくに女友達には、東京で満ち足りた職業婦人生活を送っているように見せたい」

「じゃあ、引っ越す理由は?」

「家賃が一番の理由だったのではないとしたら、誰かのもとに行く、誰かから逃げる、でしょうか」

「男が理由か」

「男かどうかはともかく、部屋を見たときに感じましたが、彼女は引っ越しの準備を始めていたのかもしれません。片づいていると感じましたから」

「大家の黒滝は、何も言っていなかったぞ」

「引き払う日取りが決まっていなかったか。島田絹子とも手紙のやりとりがあったのに、手紙はありませんでしたね」

「どこかに隠してあるのか、おれたちが見落としたか」

「物入れの引き出しの中は、わたしたちはあまりていねいには見ていない」

「むしろ、鑑識係が調べただろうな。確認しよう」

「ストーブの中に、紙の燃えさしがありました。何か理由があって、身の回りの品の処分を始めていた」

「たいがいの人間は、手紙は大事に取っておく。引っ越し先にだって持っていけるんだ」

「それが不快な中身の手紙だったら? たとえば父親や島田絹子が、いまの三好真知子の生き方を手紙で詰ったりしていれば、処分したくなってもおかしくはない」

飛田が足を止めた。市電の京橋停留場の真横まで来ている。新堂はグリッペンベルク通りの前方へ目をやった。市電が一両、近づいてくるところだった。万世橋経由かどうかはわからないが、その後ろにも間をおかずに一両ある。

飛田が言った。

「きょうはもう係長は帰ったろう。きょうの地取りを整理して、そこで切り上げよう。あんたは、朝は本部だったよな？」

「出るように指示があったんで、いったんあっちに行きます」

「報告は明日の朝、おれがしておく」

近づいてきた市電は、万世橋北詰め経由の南千住《みなみせんじゅ》行きだった。新堂たちはグリッペンベルク通りの車道を渡って、停留場に向かった。

万世橋駅前を通過するとき、駅前の広場の西側に、ロシア軍のトラックが二両停まっているのが見えた。新堂はまた去年十月の統監暗殺未遂事件を思い出した。あのときは統監府保安課は帝国陸軍内部の反露組織の動きをつかみ、この万世橋駅で名古屋の第三師団の狙撃手を身柄拘束しようとしていたのだった。狙撃手は発見されなかったが、軍とは別の反露運動に加わる教員が、駅から逃げようとして列車に撥《は》ねられ死んだのだった。

きょうも反露運動を警戒してか、あるいは具体的に誰か反露活動家の検挙のために保安課が出動しているのだろうか。昨日のあの下士官倶楽部裏手のものものしい様子を思い起こせば、今夜も似た摘発なり捜索があってもおかしくはないのだが。

外神田署に戻って二階の刑事部屋に上がると、やはり係長の国富は退庁していた。

飛田が部屋にいる同僚に、何か新しい情報でも入っていないか訊ねたが、何もないとのことだった。

飛田が自分の机の椅子に腰掛けて、わら半紙を目の前に置いて、鉛筆を手に取った。

「きょうわかったことはいくつもないな」

飛田が、声を出しながら、要点を書いていった。

一九一七年二月二十七日（大正六年三月十二日）、午前七時十五分、台所町の空き地で、女性の死体を町の住人のきくやの女将が発見する。別の住人某が外神田署へ通報。当直の特務巡査、巡査が駆けつけて現場を保存。

午前八時三十五分、特務巡査・飛田信六が現場到着。住人たちから聞き込みを始める。午前九時前、警視庁本部刑事課捜査係特務巡査・新堂裕作が応援で現場到着。共同捜査開始。

午前十時過ぎ、検視のため、死体を荷馬車で順天堂医院へ送る。

死体は、襟巻による絞殺。死亡推定時刻は前夜二月二十六日午後九時から十一時ごろ。殺害される直前に性行為の痕跡。女は妊娠していた。

被害者は、三好真知子。静岡県静岡市出身。二十一歳。母親が電話で身体特徴を確認して同定。

住所は湯島一丁目。湯島坂に面した貸間・浦潮荘五号室。一九一六年（大正五年）九月に入居。

一九一六年夏から十月末ごろまで、ロシア語新聞社トーキョー・ガゼータで雑用雇員。以降の職は不明。

男関係は判明していない。同窓の東京の知人島田絹子は、男の存在を聞いていないと証言。

被害者の手帳に、中丸圭作の名。小石川。二十八日に訪問予定。

死亡推定時刻の前後に、台所町で男女が会話していたという証言が複数あり。被害者のものかどうかは不明。また台所町の女坂で、ロシア軍将校の目撃証言あり。これとは別に、長靴で坂を上る音を聞いたという証言あり。

被害者の部屋にロシア製煙草の吸殻が残されていた。ヴァジヌィヤ。同貸間共同便所で、男物黒革手袋（左手）が発見される。持ち主は不明。

新堂が、その覚書を読み終えると、飛田が言った。

「何か書き落としていることはあるか？」

新堂はきょうの地取りを思い起こしてから言った。

「ヴァジヌィヤの吸殻は、浦潮荘の裏手の路地でも見つかっていました」

「そうだったな」

飛田がわら半紙にそのことを書き込んで言った。

「それじゃ、明日また」

壁の時計が、八時三十五分を指すところだった。

新堂は飛田に頭を下げて刑事部屋を出た。

署を出る前に、古谷の様子を見ようと、一階奥の留置室を覗いた。古谷は、狭い房の隅の寝床の上で、毛布にくるまって横になっている。熟睡しているようだった。

そのまま下谷《したや》車坂《くるまざか》の家に帰るつもりだったが、外神田署を出たところで気持ちが変わった。夜の台所町を歩いてみよう。女坂も上ってみたほうがいいだろう。被害者の死亡推定時刻よりはいくぶん早いが、それでも昨日の殺害時の様子を類推する手がかりにはなるだろう。

行き交うひとや自動車の多い明神下交差点から、湯島坂に通じる道を少し歩き、明神下中通りに入った。この中通りにも、街灯がある。さほど暗くはない。商店はすべて戸を閉じていたし、開いている飲食店もなかったが、歩いているひとの姿がある。万世橋駅の雑踏から、男坂下通り方面、さらに妻恋坂をつなぐ抜け道として使われているのかもしれない。

中通りから小路を左手に折れて、台所町の中に入った。すぐに突き当たりだ。右手に曲がると、一軒おいて死体がみつかった空き地、左手に行けば、浦潮荘と浦潮獣皮商会のあいだの路地となる。この通りは暗かった。街灯は女坂下にひとつあるだけだ。通りの奥、男坂下通りへの出口のあたりがぼんやりと明るかった。あちらの通りに設置されている街灯の灯なのだろう。この通りもすでに商店や飲食店は閉まっている。提灯《ちょうちん》の看板もひとつもない。ひと通りはなかった。

この小路は、どこかに通り抜けて行くためには使われていないのだ。神田明神の表参道や妻恋坂につながっているが、そこに行くためにに、わざわざ選んで通るひとは少ないはずだ。通るひとがいたとしても、地元の人間だけだろう。

女坂下まで歩き、ゆっくりと石段を上った。新堂の靴でも、音はけっこう響くように感じた。石段のせいでもあり、まわりが静かだからということもあるだろう。ただ、この石段を長靴で上ったとき、それが長靴の立てる靴音だと確信できるだろうか。古谷も長靴の音だと証言していたが、彼はカッツと早足で上る靴音の印象から、長靴だと言っていたようにも受け取れるのだ。

途中で石段は折れている。もうここまで上がってくると、石段は完全に真っ暗だ。足元もよく見えない。新堂はマッチを取り出し、一本擦ってから、慎重に残りの段を上った。上がりきるまで、ひとりの通行人ともすれ違わなかった。

神田明神の表参道には、街灯があった。ひと通りこそなかったけれど、明るい。新堂は表参道を湯島坂に抜け、万世橋北詰めの交差点へ向かって坂を下った。

夜の台所町を歩いたことで、確信できた。昼間、自分と飛田が立てた仮説は、さほど的外れでもなかったようだ。あの小路と女坂は、闇に自分を紛れ込ませたい者には使える。

坂を下りながら、思った。

母はまだ起きているだろう。今朝出るときは、遅くなるとは言ってきていない。たぶん夕食は用意されている。

万世橋北詰めの停留場で五分ほど待ったところで、上野停車場経由浅草方面行きの市電がきた。新堂は後ろの乗降口からその市電車両に飛び乗った。

やはり食事をすませるべきかとも思った。この時刻の帰宅では、母親はたぶん七輪の火をおこしなおして夕飯の汁を温め直す。その手間をかけさせるのは申し訳なかった。新堂は上野停車場前の市電停留場で降りて、ピロシキ屋に寄り、四個注文して持ち帰ることにした。きょうは昼飯として買ったピロシキをひとつ、腹を空かせていた浮浪者ふうの男にやってしまったのだ。なんとなく昼飯が中途半端だった。

下谷車坂の小路の奥、父親が健在だったころから住んでいる貸間に帰ると、母はまだ起きていた。母が言った。

「お帰り。御飯は?」

「ピロシキを買ってきた。母さんの分もだ」

「手紙が来ていたよ。多和田《たわだ》さんから。西神田警察署のひとだったっけ」

昨年十月の、堀留橋近くに浮かんだ死体の捜査で組んだ特務の巡査部長だ。そのときの捜査で彼は爆弾の爆風を受けて肋骨《ろっこつ》を折る怪我をしていた。また、捜査の妨害をはかる反露組織が、彼の娘を誘拐しようともした。あの捜査のときに、わりあい親しくなっていた。

見ると、卓の上に封筒がある。楷書で、新堂裕作様、と宛て名が書かれていた。わざわざ私宅に手紙を出してきたのだ。内容は警察の仕事に関わる件ではない。私的なことだ。

新堂は外套を脱ぎ、背広を浴衣に着替えて、多和田からの手紙をざっと読んだ。

ていねいな時候のあいさつのあとに、近況が書かれている。肋骨の怪我はもう完治したようだ。あの事案のあとは、受け持つ事案のどれもこれもが退屈でしかたがないとある。そして本題として、桜の咲くころに花見をしないかと書かれていた。三人の休みを合わせて、少しのんびりしようと。

三人、というのは、多和田の娘のユキも一緒にということだ。離婚して実家に戻り、いまは中央電話局の交換手として働いている。断髪で、活発な印象の女性だった。反露組織による誘拐から守るために、新堂はあのとき多少奮闘し、親しくなった。

ただ、いまはユキを救おうと後先考えずに行動したことが、大失策であったかとさえ考えないではない。自分は三十三歳になろうとする戦地帰りで、戦傷はまだ回復していなかった。妻を迎える資格はない。彼女の好意を得たいとはひそかに、悩ましくも願うが、それ以上を望むことは非現実的だった。多和田やユキに、ほんのわずかでもその将来を期待させたことは、罪だった。

母が、何の手紙なのかと訊きたそうに新堂を見つめている。

「熱いうちに食べて」と、新堂は便箋を封筒に戻しながら言った。「銭湯に行く」

手紙を自分用の状差しに入れ、ピロシキをふたつ手早く食べると、新堂は手桶に手拭いと石鹸を用意した。銭湯までは二町ばかり。さっと行って、湯冷めしないようにさっと帰ってこよう。

丹前を着込んでから、ふと思い出した。

夕方以降、ペトログラードについての新しい情報は入っているのだろうか。首都駐屯軍が鎮圧出動を拒んで、そのあとはどうなっているのだろう。

## 7

駅前広場の奥、上野停車場の壁の大時計は、八時五分だった。

上野停車場前まで歩き、新聞の売店で朝刊を三紙買った。

ペトログラードの記事は、やはり一面の一番の記事となっている。

「露都騒然　議会、市民に呼応」

「職工兵士合流　評議会樹立」

「戦争反対　専制廃止要求も」

「評議会　全都掌握目指す」

新堂は、ペトログラードとの時差を考えた。

いま東京が二月二十八日の午前八時過ぎ。ペトログラードは二十八日の午前二時過ぎということになる。昨日月曜日のうちに、事態はずいぶん進んだように感じる。請願行進の「パンと平和」の要求から、もっと具体的な目標が出てきているのだ。

ロシア帝国にも、ドゥーマと呼ばれる議会がある。アメリカ合衆国やイギリスで言うならば、下院に当たる機関だ。この議員は、選挙によって選出されてきているはず。その議員からなる議会が市民に呼応したということは、政府と帝室は中産階級の国民からも、もちろん労働者兵士たちからも、完全に支持を失ったということではないのだろうか。

それとも、新聞の見出しはかなり大袈裟《おおげさ》なものなのか。日本の新聞の中には、遠回しな日本政府非難の意味で記事を載せたり、誇張した見出しをつけたりする。じっさいのペトログラードの様子は、もっと穏やかなものの可能性もある。東京で発行されているすべての新聞が同じ調子なら、かなり事実に近いと考えてもいいが。

「評議会」という言葉が気になった。ロシア語の「ソヴィエト」の訳だが、このソヴィエトという言葉は、一昨日の下士官倶楽部裏手の捕り物のときに見た煽動ビラにも記されていた。

「兵士評議会を！」と、そのビラには大書されていたのだ。あのビラを撒いていたらしき男は、一昨日昨日のこうしたペトログラードの動きを見通したうえであのビラを作成し、撒いていたのだろうか。それともペトログラードと東京で同じようにソヴィエト（評議会）という言葉が登場してきたのは、偶然に過ぎないのか？

偶然のはずはない、と朝刊の一面にざっと目を通してから、新堂は思った。ロシア帝国の民主化を求める運動は、以前から同じような理念、同じような戦略のもとで進められていたということだ。首都だけではなく、帝国の版図《はんと》の隅々でもだ。ポーランドやウクライナ、バルト三国といった属国でも、駐屯ロシア軍に対して同じような宣伝や組織化活動が行われているのだろう。統監府統治下の東京では、日本人には、いや、首都警察の巡査の自分には、感じ取れないことであったが。

市電のチンチンという音に顔を上げると、目の前の停留場にクロパトキン通りを南に下る電車が入ってきたところだった。新堂は新聞を丸めると、広場から車道を渡って停留場へ歩いた。

市電の中では、三好真知子の事案についての記事を探した。帝都実報が短く記事にしていた。見出しはこうだ。

「神田明神下で美人女性殺害

台所町住民恐慌」

記事の中身は、昨夕外神田署で発表した範囲のものに収まっていた。さほど煽情的な記事ではなかった。

東京実録新報《とうきようじつろくしんぽう》の見出しはこうだ。

「台所町に洋装女性死体

襟巻で絞殺

痴情のもつれか　警察は明言を避ける」

こちらは臆測で書いている。しかも、まるで警察がその見方を否定していないかのような文言だ。しかし、でたらめでもない。飛田がいずれ、気に入らねえ、という程度の感想は記者に伝えるかもしれないが。

どちらの新聞も、ロシア軍将校目撃証言については触れていなかった。あの程度の情報で事件に関係ありげな記事を掲載すれば、ロシア帝国陸軍を侮辱するものだと、統監府が編集主幹を呼びつけることになってもおかしくない。下手をすれば発行禁止である。編集部も、その事態は避けるだろう。

統監府は、政治的問題であれば、新聞に対してはわりあい寛容だ。欧州戦線への師団派遣反対を主張するぐらいまでは許している。しかしロシア帝室とロシア軍の名誉を毀損《きそん》する記事には神経質なのだ。一年ほど前だったか、イギリスあたりの黄色新聞の受け売りで、ある新聞がロシア皇后とラスプーチンという正教の僧侶との関係について下司《げす》なほのめかし記事を出した。その新聞は、翌日には二週間の発行禁止処分をくらっている。掲載記事に追随する新聞はなかったが、ラスプーチンという名が東京に知れ渡った一件だった。

東都日日新聞の中身を見ると、市内版社会面に、小さな記事が載っていた。

「米人旅行者、殺害さる

強盗か　刃物で滅多刺し」

これはクラトフスキというポーランド系アメリカ人の事件のことだろうか。昨日吉岡は、刃物傷はついていたが工作のために死後つけられたものだったという意味のことを言っていた。どこかに拉致されて拷問を受けたようだということではなかったろうか。

新堂はもう一度帝都実報の三面を開いてみた。

同じような記事が掲載されている。その検視結果が発表される前の記事か？

「汐留で強盗殺人
米人死体で発見」

昨日の吉岡の話しぶりから、警視庁はすでに統監府の秘密警察なりべつの部署による殺人と断定したものと受け取っていたのだが、強盗？

朝刊にこの見出しのような記事が出る理由がわからなかった。

市電はクロパトキン通りに入った。

新堂は読んでいた新聞を畳んで脇にはさむと、窓の外、宮城側に目をやった。

すぐに馬場先門跡の土橋の手前の停留場に達した。新堂は、市電がその馬場先門跡の北側の停留場で停まったところで、電車を降りた。

土橋には車止めが並び、その前を制服巡査の一隊が固めている。統監府からの指示で、宮城前広場は昨日から閉鎖されたのだ。統監府は、ペトログラードの騒擾が東京にも飛び火しないかを心配している。閉鎖は、まだ数日は続くのだろう。

赤煉瓦造りの警視庁の正面玄関から入って、一階の刑事課捜査係の部屋を目指した。なんとなく、庁舎内の空気がざわついているように感じた。ペトログラードの情勢次第では、また帝国陸軍の一部が動くかもしれず、市民の動きも警戒しなければならないのだ。

警視総監官房に所属する高等警察の佐浦《さうら》が階段を下りてくるのに出会った。若い私服の巡査が一緒だった。あまり感情を顔に表さない男だが、きょうは少し高ぶっているようにも見えた。目が合うと、小さく会釈してきた。

誰かの逮捕に向かうのだろうか、と新堂は想像した。

ペトログラードがあの情勢だ。高等警察も忙しくなって当然だった。

あの御大変の後、ロシアに留学したり、派遣されたりした学生や公務員の数は少なくない。その留学生や派遣組の中にも、ロシアの民主化運動とか、社会民主主義の運動に影響を受けた者がいるだろう。自分はそちらの理念や団体については疎いが、今度もし東京で反露運動が起こるとしたら、それは去年十月の危機のときとは違って、社会主義的な性格を持ったものにもなるのではないだろうか。つまり反ロシア帝国運動は反大日本帝国運動としても拡大するのではないか。

新堂が想像する程度のことは、当然高等警察も警視庁の上層部も政府も、見通すだろう。高等警察は、先手を打ってまた反露、反政府分子の摘発と検挙に出るかもしれなかった。やはり去年十月のときとは違って、こんどは摘発の中心は国粋主義者たちではなく、いわゆる左翼や無政府主義者になるのではないだろうか。

ふと、去年の捜査の途中で見かけた男のことを思い出した。東京帝大の近く、菊坂《きくざか》のミルクホールにいた、目の大きな、精力的な印象の男。高名な無政府主義者で、若い女と一緒だった。

さっきの佐浦からは、その無政府主義者は女性関係が派手過ぎて、周囲からの信頼を失っているとも聞いた。しかし、まだまだ思想家煽動家としての影響力は大きいという見方もある。世間的な評判はともあれ、憲兵隊と高等警察が、危険分子名簿の一番上に記しているのは、彼だろう。じっさい目撃したときだって、同じミルクホールには密行中の高等警察がいたのだ。

彼は新堂が目撃した後、十一月に入ってからだったか、逗子《ずし》だか葉山《はやま》だかで愛人に刺されて大怪我をしている。あのときは、新聞は彼をめぐる四角関係を連日大きく記事にしていた。つまりあの男はそのような有名人であり、醜聞さえも楽しまれる人気者であるとも言えるのだった。彼はその後、傷から回復したのだろうか。彼はいま、毎日ペトログラードからのニュースに接して、何を考えているだろう。

廊下を進んで捜査係の部屋に入ると、係長の吉岡は机に着いていなかった。いま、朝の幹部会議に出ているとのことだ。新堂は自分の席で新聞の続きを読んだ。

吉岡が会議から戻ってきたところで、新堂は吉岡の前へと進んだ。

「被害者が特定できました」と、新堂は吉岡に言った。「静岡出身の、一時はロシア語新聞社に勤めていた女です。いまは無職だったようで、きょうは交遊関係を当たります」

ざっと昨日午後の地取りの中身を報告した。

ひととおり聞き終えると、吉岡が訊いた。

「娼婦ではないと、はっきりしたのか？」

「暮らしぶりからはそうは見えないのですが、まだ断定はできません」

「目撃されているというロシア軍将校の線はどうなっている？」

「被害者との接点が明確じゃありません。部屋にロシア煙草の吸殻があったというだけで、落ちていた黒い革の手袋も、軍用かどうかははっきりしません」

「吸殻では、証拠にもならん。手袋には、連隊の番号とか略号とかは？」

「ありませんでした。指紋も採取できなかったそうです」

「ロシア軍将校が被害者の男か客だとして浮かんできた場合でも、そうとうの証拠を揃えた上でなければ、事情聴取はできないぞ」

「承知しています。きょうは交遊関係を当たって、身近にいた男を洗い出すつもりです。ロシア軍将校の可能性も排除することなく」

吉岡がうなずくだけなので、新堂は逆に訊いた。

「アメリカ人の殺害事件はその後は？　刃物傷は死後つけられたとのことでしたが？」

吉岡が答えた。

「愛宕署が、当たっている。お前さんを応援にやった連続強盗の件は、いったん中断だ。統監府から身柄を返してもらえば、すべてすぐに解決するだろうから」

「アメリカ大使館が、統監府が関わっていることだと通報した件は？　通報の意味が正確には伝わらなかったようですが」

「総監官房から朝会議で説明があった。べつに誤解などないとのことだ。官房は、同盟国かアメリカか、利益が相反した場合、やることは決まっている」

一瞬意味がわからなかったので、新堂は確認した。

「大使館の通報を無視するよう、上が判断したということですか？」

吉岡が、ぎろりと新堂を見つめてきた。理解できなかったのか、と訊き返しているかのような目だった。

新堂は言った。

「でも、愛宕署が捜査に当たるんですよね？」

「死体がひとつ出た以上は、どうしたって処理に書類手続きがいる。そっちのことは、もう気にしなくていい」

それ以上、指示が出る様子もなかった。新堂は一礼して吉岡の机の前から離れ、捜査係の部屋を出た。

廊下に、愛宕署の笠木がいた。新堂が出てくるのを待っていたようだ。気がつかなかったが、新堂が庁舎に入ったときホールにいたのだろうか。目が吊り上がっている。顔も赤い。いまこの直前に、憤激するようなことがあったのかもしれない。

笠木が言った。

「戻るところだったんだけど、あんたが来たのが見えたんで」

新堂は言った。

「クラトフスキの件の処理をまかされたとか」

「ああ」不服があるという顔をしている。「係長から聞いたのか？」

「書類手続きがいる、とのことでした。書類手続きだけ済めばいい、と聞こえましたが」

「検視報告書、書き直しということになった」

「書き直しって？」

笠木は左右を見ながら言った。

「時間あるか？　連続強盗の件でも、あんたの耳に入れておきたい情報があるぞ」

「電話をさせてもらっていいですか？」

新堂は笠木と一緒に一階ホールの自動電話に向かった。吉岡の机の後ろの電話を使いたくなかった。外神田署につないでもらい、捜査係の飛田を呼び出してもらった。

「どうした」と、ぶっきらぼうな声で飛田が訊いた。

「愛宕署でとっかかりだった事案があるんですが」

「連続強盗の件か」

それは雑談の中でもう飛田に話していた。

「そうです。ちょっとだけ、こちらも応援します。二時間くらい、遅れてもかまいませんか」

飛田が了解したので、新堂は受話器を戻して笠木を見た。

笠木が、また周囲を気にしながら小声で言った。

「クラトフスキの件は、刃物で刺されて殺されたということで、本部は押し通すと決めたんだ」

新堂は訊いた。

「検視報告書の書き直しというのは？」

「最初は、愛宕町の慈恵医院医学校で検視だった。新しいものは、麴町《こうじまち》の東京衛戍《えいじゅ》病院で書いてもらうことになったんだ」

東京衛戍病院は、陸軍省が管轄する、軍人とその関係者の専用病院だ。御大変の前は東京第一衛戍病院という名だった。二帝同盟により常備軍が半分に縮小されたことに伴い、施設名から「第一」の文字が消えたのだ。しかし、陸軍省と帝国陸軍の意向が利く医療施設であることに変わりはない。

新堂は言った。

「どちらで検視しても、報告書に大差はないでしょう」

「衛戍病院は、二帝同盟最優先という我が国の立場を理解している」

そうか。新堂は、この件でのあの新聞記事を思い起こし、警視庁の最高幹部たちが何を決めたかを理解した。政府はクラトフスキ殺害の事案をあくまでも強盗殺人事件として処理し、アメリカ大使館による警視庁と統監府への抗議を突っぱねるということだ。もしじっさいに統監府が関わった事案だったとしても、累《るい》が及ばぬように、という腹なのだろう。

「もうひとつ」と笠木が言った。「あの杉原某。名前がわかった」

杉原辰三《たつぞう》だという。水戸《みと》の出で、あの戦争には歩兵第二連隊の伍長《ごちょう》として従軍していた。五、六年前に郷里を出て、東京のほうぼうで、小さな犯罪を続けていたらしい。

新堂は言った。

「そういう年齢でしたか。もう少し若いのかと思っていましたが」

「チンピラ顔のせいだな」と、笠木が同意した。

その杉原は、一年ほど前からは、御大変のあと汐留操車場近くにできた新興の寄せ場で、ほかの犯罪者たちから声をかけられるのを待ち、その仕事を手伝うようになった。窃盗の見張り役をやったり、脅しや詐欺の走り使いというようなことだ。そのうち手口を覚え、大胆にもなって、ひとりで侵入強盗や路上強盗を働くようになったというのが、この半年ばかりのことなのだという。

新堂は数日前から愛宕署の応援に入っていたが、強盗の被害に遭ったグリッペンベルク通りの時計店周辺で聞き込みをしているうちに、不審人物として杉原が浮かんだのだった。下見しているような男がいたのだ。連れの女から、スギハラ、と呼ばれていた。漢字では「杉原」と書くのだろう。このときもその苗字しかわからず、連続強盗の背景さえもたどれなかったのだが、あの夜、愛宕署に杉原の所在を通報する密告電話があった。女の声だった。それで下士官倶楽部裏手のあの小路に、笠木たちと駆けつけたのだった。逮捕状はまだ取っていなかったから、とりあえず事情聴取のためだった。

笠木が言った。

「昨日、あんたがいないあいだに、やつの宿がわかり、よく行っている場所もわかってきた」

「どのあたりでした?」

「常宿は汐留。酒をくらっているのも、寄せ場周辺だ。きょう、これからそっちに聞き込みに行くつもりだ。相棒か共犯が出てくるかもしれないし、ほかの事案の情報が出てくるかもしれない。統監府が身柄を押さえているあいだに、送検できるだけの証拠は十分以上に揃えてやる」

「お手伝いします」

新堂たちは警視庁本部庁舎を出て、クロパトキン通りを南下する市電に乗るため、馬場先門停留場まで歩いた。

乗った市電がマカロフ通りを渡るときに、交差点の統監府庁舎寄りに警備のロシア兵の姿が見えた。宮城前広場が立入禁止となっているから、統監府庁舎正面の祝田橋も閉鎖されているはずである。きょうの警備の態勢で、もし東京の市民による騒擾が起こった場合は、統監府に通じる道路はすべて閉鎖する構えなのだとわかった。

電車は日比谷公園南東端近くまできた。連隊通りとの交差点がすぐだ。連隊通りとの交差点のロシア軍営舎寄りにも、警備のロシア軍兵士の姿があった。新堂たちは、桜田本郷町《さくらだほんごうちょう》で市電を乗り換え、芝口《しばぐち》の停留場で降りた。

汐留操車場の北西端の外の空き地が、寄せ場となっていた。御大変後の、東京の山の手方面の道路建設や建物の工事のために、労働者を集める場所が東京のこの方面にも必要となって生まれたのだ。毎朝、手配師や組の小頭《こがしら》たちがトラックや荷馬車でやってくる。労賃や条件が折り合えば、労働者たちはそのトラックや荷馬車に乗って、工事の現場に向かう。ただし、寄せ場としての規模は、浅草区山谷《さんや》通りの寄せ場よりもずっと小さい。

汐留操車場の敷地沿い、鉄道軌道とのあいだには、簡易宿泊所が並んでいる。空き地の周囲には一杯飯屋もあるし、安酒屋も多かった。仕事にあぶれた男たちを相手に、酒屋は朝から酒を飲ませているのだ。

新堂は笠木と並んで空き地を横切った。あちこちに、ドラム缶を半分に切断した屋外用のストーブが置かれている。中で端材《はざい》が燃やされていた。そのドラム缶を、数人ずつ男たちが囲んでいる。仕事にありつけなかった労働者なのだろう。

この寄せ場には、工事現場から戻ってくる男を目当てに、夜には娼婦たちも集まってきた。統監府に近いのに帝都の体面が保てぬと、警視庁は年に一度は娼婦取締りを行う。しかし汐留の寄せ場周辺から娼婦が消えるのは、せいぜい一週間だった。

笠木がまっすぐに向かったのは、飯屋と酒場を兼ねた、わりあい大きな店だった。客が出入りしている。こんな時間帯だが、商いはしているのだ。中に入ると、椅子代わりの木箱に腰掛けた男たちが十人ばかりいた。

厚手木綿の前掛けをかけ、頭に手拭いを喧嘩《けんか》かぶりした中年男が、迷惑げに新堂たちを見つめてきた。特務巡査だとひと目で見抜かれたようだ。客の中からも、ふたりがすっと立ち上がって店を出ていった。

新堂たちが喧嘩かぶりの男の前に進むと、その男は笠木に言った。

「お巡りさんですね」

店の中全体に聞こえるような大きな声だった。客に、用心しろと言ったのかもしれない。新堂は振り返って店内を見渡した。残っている客はみな、むしろ興味が湧いたという顔で新堂たちに目を向けている。

笠木が言った。

「愛宕警察署だ」

「いつもご苦労さまです」

「ここに、杉原辰三という男がよく来ていたはずだが」

笠木がカマをかけたのか、ほんとうにその事実を知っていたのかどうか、わからなかった。

喧嘩かぶりの男が苦笑して言った。

「いちいちここで客の名前など聞いていませんよ」

「噂ぐらいは聞いているだろう」

笠木が一歩前に出た。また目が吊り上がっている。クラトフスキの死体の処理をめぐる鬱憤《うつぷん》を、ここで晴らしかねない。新堂は右手で笠木を制した。

笠木は鼻で荒く息をついてから、言い直した。

「杉原は、水戸の第二連隊出身。まともな現場仕事はやらずに、危ない話にばかり飛びついている男だ。最近は羽振りもよくなっていた男」

店の客の何人かが、息を呑んだのがわかった。新堂は、その客たちが笠木の言葉のどの部分に反応したのか、見極められなかった。まともな現場仕事をせずに危ない話にばかり飛びつく、という部分だったか？　それとも最近は羽振りがいい、というところか？

笠木が、店の奥を示して言った。

「もう少し、聞かせてくれ。あっちで」

客たちから少し距離を取ったところで、笠木がまた訊いた。

「現場の仕事を断っていれば、寄せ場では目立っていたはずだ。そういう男のことは、耳に入るだろう？　杉原辰三。馴染み客だってことはわかっている」

喧嘩かぶりの男は無言だ。否定していない。

知っていると答えたかのように、笠木が質問を重ねた。

「どういう連中とよく飲んでいたか、組んでいたか、つるんでいたか、覚えていないか？」

新堂たちが見つめていると、喧嘩かぶりの男が逆に笠木に訊いた。

「杉原辰三の相棒は誰かってことかい？」

知らない、と、すでに顔に書いてある。

笠木が答えた。

「いや、仕事をやらせていた兄貴分とか、まずいことを頼んでいた親分とか、そういうのがいただろう」

「この店で、堂々とそういう話をすると思うかい」

「声はひそめて話していたかもしれないが」

「あの男は、戦地帰りを自慢していた。半町の距離で露助と撃ち合ったんだってね。とくにいい身体をしてるわけでもないけど、危ないことも平気でやってのけそうな男に見える。なんとなく、やくざ者《もん》も一目置《いちもく》くようなところがあった」

「焦れったいぞ。おれたちがねちねちとこの店で粘ってもいいのか?」

喧嘩かぶりの男は真顔になった。

「たしかに、見るからに荒くれで性悪《しょうわる》そうな男が、ときどき近づいていた。洋装の、悪くない身なりの中年男が、近づいていたこともあった」

「そんな男、このあたりをうろつけば身ぐるみはがれるだろう」

「いくらなんでも、そこまで柄の悪い場所じゃない」

「洋装の中年男というのは、役人とか、何か勤め人ってことか?」

「いいや、ロシア人街にいそうな、細く口髭を生やした、調子のよさそうな男だ。そいつが杉原と少し話をして、ふたりで店を出ていった。おれは、気になったんで、思わず店の外まで出てみたくらいさ」

「ふたりは、どうした?」

「道の向こう側に、ロシア人が立っていた。ふたりはその男のそばに歩いていったよ。だから、その口髭の日本人は、通訳にもなるロシア人の使いっ走りなんだろうと思った」

「どんなロシア人だ？」

「中年で、外套にソフト帽だった。ロシアにも極道がいるとしたら、そういう男だと思ったな」

「どうしてだ？」

「堅気も極道も、まとってる空気は万国共通だろう。わかるよ」

「顔は覚えているか？」

「夕方だし、ロシア人だというだけだ。こいつも口髭を生やしていた」

「白人だからロシア人だ、と思い込んだってわけじゃないだろう？」

「南金六町《みなみきんろくちょう》のほうで、よく飲む男らしい。あとで店の客とその日本人と白人のことがちょっと話題になったとき、それはロシア人だと教えてもらった」

言ったのは、羽振りのいい手配師だという。そのとき飲んでいて、やはりその日本人が杉原に話しかけているのを見て、気になって外に出たふたりを見ていたのだ。

笠木が、首を傾げた。

「手配師が気にするほど、そいつらは異様だったのか？」

喧嘩かぶりの男は言った。

「ロシア人が何かうまい話を持ってきた、と思ったんじゃないのか。でなけりゃ、労働者をごっそり持って行かれると心配したか」

「そのロシア人が行くのは、南金六町のなんていう酒場だ？」

「知らない」

汐留に近い南金六町には、昔ながらの料亭も多いが、恵比寿ビヤホールほか、レストランや欧風の酒場も少なくない。ロシアふうの飲食店には行きたいが、ロシア人街の店は気が引けるという日本人客のための、ロシア人経営の店も数軒あった。そうした店のどれかということだろうか。

新堂が訊いた。

「杉原は、ロシア人と一緒に行ってしまったんですか？」

喧嘩かぶりの男は、新堂に顔を向けて答えた。

「少しして、戻ってきた」

「何もなかったということですか？」

「知らんが、持ちかけられた話には乗れなかったということじゃないのか。酒の続きを飲んで、すっと消えていったよ」

「それはいつごろの話です？」

「いまのことは、一月だよ」

「いまのことというのは？」

「その洋装の中年男は、最近、もう一度姿を見せた。先週だ」

「杉原を探しに？」

「いや、違うと思う。だけど、仕事を頼めそうな男を探しにきたんだ」

「どうしてわかる？」

「力を貸そうかと、自分から売り込みにかかった男がいた。その洋装の男は、売り込んだ男とふたことみこと話し、じっくり見てから、いらないと言ったそうだ。その男をいちおうは値踏みしたんだから、ひとを探しに来たんだろう」

「正確には、先週のいつです？」

「木曜かな。いや、金曜か」喧嘩かぶりの男は途方に暮れたような顔となった。「わからない」

隠したという様子ではなかった。

笠木が、新堂に顔を向けてくる。十分だな、と訊いていた。

新堂たちは、その店を出た。


店の外に出てから、笠木が立ち止まって言った。

「日曜日、杉原がロシア人の名前を口にしていたな」

新堂も同じことを思い出していた。

杉原の身柄を統監府保安課第七室のジルキンという男に奪われたとき、その直前に杉原が口にしたのだった。ロシア人と思《おぼ》しき誰かの名だ。

「ステパン・グリゴレンコ、と言ったように聞こえましたね」

あのとき杉原は、それをジルキンに聞かせたら、事態が変わるとでも思っているかのような調子だった。じっさい、警視庁による刑事犯の逮捕劇などには何の関心もなかったかのように見えたあの第七室のジルキンという男は、怪訝そうな、微妙に不安げな表情を見せてから、杉原の身柄を連行していったのだった。警視庁にそのまま逮捕されては、何かまずいことが起こるとでも恐れたかのように、有無を言わさずにだ。

その日の夜遅くに、新堂は統監府保安課のコルネーエフ大尉を訪ね、刑事犯の身柄が正式な手続きなしに統監府によって連れ去られたことに抗議したが、抗議は突っぱねられた。統監府にはその権利があるということだった。

歯嚙《はが》みする思いでコルネーエフ大尉の前から引き下がるときに確認した。杉原が口にしたグリゴレンコという男は、何者なのかと。もし協力者であり、杉原も統監府に協力していた日本人であった場合は、刑事事件の参考人としての追及は後回しにせざるを得ない。警視庁の特務巡査として、新堂は不本意ではあるが、それを受け入れる。コルネーエフ大尉の答は、詮索するな、だった。

しかしいまの酒場の主人の目撃談を聞くと、堅気には見えぬそのロシア人は、やはり秘密警察が使っている協力者なのだと思えてきた。杉原自身はグリゴレンコの「仕事」は引き受けなかったようだが、でもグリゴレンコの正体は見抜いていたのだ。

ではは杉原がグリゴレンコの話に乗らなかった理由は何だ？　危険過ぎる話だったか？　あるいは、危ない割には提示された報酬が少なかったか。

笠木が新橋駅前の停留場方向に向かって歩きだした。笠木は、並んで歩く新堂に言った。

「杉原と、一月にここにやってきたロシア人、そしてポーランド系アメリカ人」

「クラトフスキですね」

「何かつながりがあるように思えてきた」

「南金六町に行ってみますか？」

「まだ昼前だ。多少は当たりをつけてから行こう。南金六町でそのロシア人の居場所がわかれば、そっちに向かう。あんた、夕方は？」

「きょうの聞き込みと、外神田署の相方次第です」

「ロシア人が相手じゃ、おれは質問もできない。応援してくれ。係長にきちんと頼んだほうがいいのか？」

自分が了解をもらうと新堂は答えた。こっちはこっちで、気になる事案になってきているのだ。できるだけ関わっていきたい。

夕方に愛宕署に行くと言って、新堂は笠木と別れ、市電の停留場へ向かった。新橋駅前から、万世橋駅前まで、グリッペンベルク通りを走る電車で一本だ。

外神田署の刑事部屋に入ると、飛田と国富が話をしているところだった。ふたりの表情からは、とくに捜査に進展があったようではなかった。

新堂は国富に、クラトフスキというポーランド系アメリカ人の殺害の件を伝え、夕方数時間、聞き込みの応援を申請した。いいだろうと、国富が了解した。

国富の机を離れてから、新堂は飛田に訊いた。

「何かありましたか？」

「ああ」と飛田は答えた。「中丸の勤め先、小石川印刷。場所はどこなのか電話してみた」

ひやりとした。飛田は、参考人の事情聴取をするときのような調子で、相手と話したのではないだろうか。相手を怖がらせる。もし相手が被疑者だとしたなら、逃走をうながしかねない。

飛田が言った。

「中丸は、印刷工だ。小石川の印刷工場で住み込みで働いている。工場と寮は同じ敷地の中だ。電話番号は、その工場のものだった」

「本人が出たんですか？」

「いや、中年の男が出たんで、外神田署だと名乗って、中丸って男がいるかどうかを訊いたんだ」

相手は、小石川印刷の社長だった。中丸圭作は自分の工場の工員だという。二十三、四の若い男とのことだった。社長が、いま、ちょっと手が離せないというんで、飛田は、訪ねると告げた。社長は、どういう用件か心配そうに訊いてきたという。飛田は、いま捜査している事件で何か耳にしていないか訊くだけだ、と答えたとのことだった。

飛田は、言葉をいったん切ってから、不思議そうに訊いてきた。

「何かおれがまずいことをしたか？」

「いえ、違うんです」新堂は首を振った。「東京の数少ない知り合いのひとりが、若い印刷工だというのが、少し意外でした。なんとなく工員を想像してはいませんでした」

「たしかに、どういう間柄なのかな」飛田は口調を変えた。「被害者の母親と兄が、遺体の引き取りに上京することになった。電話があった。午後五時二分に東京駅着。外神田署に一回来てくれと言っておいた。こっちで火葬していくそうだ」

「五時二分。ちょうどその時間はいないんですが」

「遺体確認のあと、少し署で待ってもらうか。七時なら？」

「遅くなるようなら、電話をします」

飛田は、本部の鑑識係にも手紙や手帳などの遺留品を見つけていなかったか、確認したという。なかった、とのことだった。

やはり、片づけをしていた、という印象は強まる。

飛田が言った。

「じゃ、小石川に行こう。千川《せんかわ》通りだ」

壁の時計を見た。午前十一時になるところだった。

神保町から東水道橋《ひがしすいどうばし》通りを北上する市電に乗り、春日町の停留場で降りて、千川通りに入った。会社は、こんにゃく閻魔《えんま》の北の並びにあるという。このあたり、小石川の千川通り沿いは、東京の中でも印刷所が多く集まっている地域だ。

小石川印刷は、社屋の前に立って見たところ、さほどの規模の印刷工場とは見えなかった。社屋自体、木造の二階家だ。千川通りに面した一階が事務所で、裏手に工場があるようだ。住み込みの工員のための寮はその工場のさらに裏手だろうか。

事務所には、初老の男性事務員がひとりと、中年の男がいるだけだった。中年の男が社長なのだろう。すぐに入り口に近寄ってきた。

「外神田警察署の方ですね?」

飛田が答えた。

「特務巡査の飛田だ。さっき電話した」

男は、この印刷工場の社長だと名乗った。蜂谷《はちや》という苗字だった。

蜂谷は言った。

「中丸はいま、手を離せる仕事に回してあります。呼びます」

「何か言ってたか?」

「へえ、何だろうと。何なんです?」

「あとで本人から聞いてくれ。話のできる場所、あるかい?」

ほかの人間には聞かれずに、という意味だ。

蜂谷が言った。

「奥に工員たちの休憩室があります。そこで待っていてください」

事務所から廊下に出た。奥のほうから、ガシャンガシャンという機械の音が聞こえてくる。印刷機が動いているのだろう。

蜂谷に示されたドアを開けて、その休憩室に入った。テーブルが三つあって、十人ぐらいが同時にお茶を飲んだり、食事をしたりできそうだった。標語やら日めくりの暦やら、一枚ものの暦やら、ロシア製のウオツカのポスターやら、壁にはぎっしりと印刷物が貼られている。この工場で刷られたものかもしれない。部屋の隅には、余ったものなのか、印刷物の束が無造作に積み上げられている。新堂はロシア語のビラがないか探した。見当たらなかった。

すぐに休憩室のドアが開いて、若い男が姿を見せた。丸刈りに近い髪で、背は高いほうだ。灰色の洋服仕立ての作業服に、前掛け姿だった。インクで汚れた帽子を手に持ち、足元はズック靴だ。

「中丸です」と、青年は飛田と新堂を交互に見ながら言った。少し緊張しているように見える。「社長が、行ってこいと」

飛田が、中丸と名乗った青年に部屋のテーブルに着くように言った。中丸が椅子に腰を下ろしたところで、正面の椅子に飛田が腰掛け、新堂は中丸の右横に着いた。

中丸が言った。

「ぼくに訊きたいことがあるとか？」

少し訛りがある。北関東？ いや、東北の南部の出身だろうか。

「そうなんだ」と飛田は、中丸を遠慮のない目で見つめて言った。「三好真知子って女性、知ってる？」

「三好さん」中丸は厚い瞼《まぶた》の下の目を丸くしてからうなずいた。「ええ、知ってるひとです」

「どういう知り合い？」

「ええと、友達というか、ロシア語学校で知り合ったひとです」

「御茶ノ水ロシア語学校？」

「ええ」

「あんたは、通ってるの？」

「はい。夜学のほうですけど」

「三好さんは、昼間の初級コースだ」

「中級でしたよ。去年の六月に修了してますけど。三好さんがどうかしたんですか？」

飛田は中丸の質問には答えずに、さらに訊いた。

「昼の女子学生の三好さんと、どうやって知り合ったんだ？　夜学は、何時から？」

「七時です。週に一回だけですが」

「昼間の学生は、五時には終わりだろう？」

中丸は、瞬きしてから言った。

「学校で知り合ったというのは、正確じゃないですね。学校の行事で、日曜日にニコライ堂に行ったことがあったんです」

御茶ノ水に建つ復活大聖堂のことだ。日本人は、日本で正教を広めた修道士の名前からニコライ堂と呼ぶほうがふつうだ。中流以上のロシア市民と、将校以上のロシア軍人のための正教の聖堂である。

中丸は続けた。

「希望者だけ、お坊さんに正教の話を聞くっていう行事でした」

「外国語学校で、そういうこともやるのか？」

「あ」中丸は言い直した。「学校の行事ではないですね。ぼくの教室の先生が、学生に声をかけたんです。昼間のほうでも授業を持っている先生で、三好さんもたぶんそれでニコライ堂に来ていた」

「あんたは、正教徒？」

「いえ。好奇心で、そういうロシアの文化を知るのも面白いなと思って行ったんです」

「三好さんとは、そこで知り合って、つきあうようになった？」

「つきあってはいませんよ。そこで顔見知りになり、そのうち日曜日に、ほかの学生なんかと一緒にロシア人街を歩いたりするようになったくらいで」

「ふたりきりで会うことはなかった？」

「ええ」

「手紙はやりとりしていたのか？」

「ええ。三好さんが学校を修了するとき、住所を教えてもらったんで、何度か手紙も書きました」

「住所まで教えてもらって、手紙のやりとりがあったんだから、それってつきあいがあったってことじゃないのかい？」

「そうですか？　いや、手紙だって、三回出したかな。というか、ぼくは手紙書くのが好きなんで、一方的に故郷《くに》の友達なんかに書いて出しているんですよ」中丸が飛田に訊いた。「三好さんに、何かあったんですね？」

飛田はちらりと新堂を見てから答えた。

「じつを言うと、三好さんは一昨日の夜に殺されたんだ。浦潮荘の近くで死体で見つかった」

中丸が声を上げた。

「殺された？　ほんとに？」

「ほんとうだ」

「どうして、殺されたりしたんです？」

「それを調べている」

「誰が殺したんですか？」

「それを調べているんだって。あんたは、三好さんが最近どういう暮らしをしていたか、知っているか？」

「ロシア語の新聞社に勤めているんじゃないんですか？」

「去年のうちに辞めていた。知らなかった？」

「知りませんでした」

「最近、今年になってからは何をしていたか、聞いていない？」

「会っていませんでしたし」

「三好さんと、最後に会ったのはいつになる？」

飛田の質問は、ほとんど取り調べの調子になってきていた。中丸はまた顔に緊張を見せている。新堂は、飛田に代わるべきかどうか迷いつつ、そのままやりとりを聞いた。

「去年ですけど」

「いつ？」

「十月かな」

「どういう用件で？」

「学校の近くで、偶然会ったんです。三好さんが働いていた新聞社、近いところなんです。それで、ペリメニ屋に入ってちょっと話をして。他愛のない人生の話なんかして別れましたよ」

「三好さんには、深くつきあっていた男がいたかい？」

中丸は口を開きかけたが、何か言葉を呑み込み、ひと呼吸おいてから言った。

「聞いていません」

「積極的な女性だったという評判だけど、社交生活も、華やかだったんじゃないのか？」

「積極的というのは、たしかかと思いますけど」

「けど？」

「いえ、静岡の高女を出てから上京して、ロシア語を勉強して、ひとり暮らしを始めて、ロシア語の新聞社に入って。とても当世ふうの女性だなって感じます。刑事さんが言っているのはそういうことですよね？」

「東京でひとり暮らしだし、いろいろ男性とのつきあいもあったんじゃないのか？」

「ぼくは知りません」

「遠回しに、男がいることを匂わせたりはしていなかったか？」

「聞いた覚えはないですね。少なくとも去年の十月に会ったときには」

「ロシア人の屋敷の夜会なんかにも行っていたんじゃないのか？」

「わかりません」

「そういうことに、憧れているような女性だったろう？」

「ロシアのことはいろいろ知りたがっていたと思いますよ」

「誰と行っていた？」

「さあ。じっさいに行っていたんですか？」

「あんたは、三好さんに誘われたりしていなかった？」

「ぼくは」中丸は苦笑した。「このとおりの印刷工です。夜会なんて、縁がありませんよ」

「三好さんは、あんたのことを、他愛ない話をする相手以上に思っていたようだけど」

中丸が驚きを見せた。うれしげにも、はにかんだようにも見えた。

「そうなんですか？」

「手紙を出す仲だろう？」

「あんなことを書いてしまったのに」

「どのことを言っている？」

飛田がカマをかけた。すでに中丸が出した手紙をすべて読んだという調子で言っている。

中丸が答えた。

「落ち着いて、あまり思い詰めないで、なんて生意気な助言をしてしまったんですよ。御茶ノ水で会ったあと、何か助言したくて」

「思い詰めていたというのは、仕事の件だったか？」

「まあ、仕事のこととか、生活のこととか、そういう話をしたんです」

中丸の口が、どことなく重くなってきたようだ。

「仕事を変えるとか、そういうことか？」

「それも含めてだと思いましたが、何がどうとか、はっきり言っていたわけじゃないです。ただ、なんとなく、悩みがあるんだろうなと感じたんです」

答えてから、中丸は飛田の目を凝視している。自分が何を質問されているのか、自分の答え方でよかったのかどうか、理解しかねている表情とも見えた。

そして去年十月といえば、三好真知子があのロシア語新聞社を辞める直前ということになる。悩んでいたのはたしかだろうが。

「そうか」と、飛田が新堂を見てきた。

新堂は質問を交代して中丸に訊いた。

「中丸さんは、いつから御茶ノ水ロシア語学校に通っているんです？」

「ぼくは、一昨年の九月に入学しました。夜間で、一週間に一日だけです。いま二年目です」

「印刷工場で働きながら、ロシア語の勉強とはたいへんでしょう？」

「正直なところ、授業中に眠ってしまいたくなることがあります。社長が、通っていることを気づかってくれて、週一回だけはなんとか通えていますが」

「故郷はどこだった？」

「郡山《こおりやま》ですけど」

「東京には、いつから？」

尋常高等小学校を出たあとだ、と中丸は答えた。十五歳のときに、やはり住み込みで小さな印刷工場に勤めた。この工場は、二つ目、四年になるという。

「ニコライ堂で三好さんと知り合ったのは、正確にはいつでしたっけ？」

「入学してひと月目くらいでした。十月の日曜日です」

「誘ってくれた先生は、オブラソフさんかな」

「いえ、その先生は知りません。ドミトリー・カターエフという先生です」

「じっさいに行ったのは、何人くらいの学生だったんだろう？」

「十二、三人かな。ぼく以外はみな昼間の学生でした」

「ほかに男性の学生はいました？」

「ええ。もうひとり」

「昼間の女子中級科には、学生が何人いるんでしたっけ」

「たぶん十人ぐらい。中級科の女子学生は半分ぐらいが来たのじゃないかな」

「夜間には、女子学生はいないんでしたか？」

「ええ。夜間は女子教室はありません」

「ニコライ堂に来たもうひとりの男の学生の名前を覚えていますか？」

町村伸吾《まちむらしんご》という学生だ、と中丸が答えた。中学を卒業して、あの学校に入ってきたという。

新堂は手帳を取り出し、その名前を書き留めた。

「その学生はいまは？」

「去年修了して、故郷、新潟に帰ったはずです」

「その日以外にも、ロシア人街をみなさんで歩いたりしたとのことでしたけど、それは学生さんたちだけで？」

「先生が呼びかけてくれて、ロシア人街の喫茶店に行ったりしたことがあります。ロシアの軍楽隊の演奏と合唱を聴きに行ったこともありました。日比谷公園の、聖ソフィア聖堂の横の広場に」

「いつも同じ顔ぶれというわけではなかったのですか」

「違いますね。そのつど、興味のあるひとが来ていたんです」

町村という学生以外にも、何度か昼間の男子学生が参加したことがあったが、その男子学生たちの名前を、中丸は覚えていないという。

飛田が訊いた。

「その軍楽隊の演奏のとき、ロシアの軍人とあんたたちは親しくなったのか？」

「さあ。その日は軍人さんも、ふつうのロシアの市民もたくさん聴きに来ていたけど、とくに親しくなるようなことはありませんでしたよ。たぶん」

「たぶんというのは？」

「中には話しかける学生もいたのかもしれない。見知らぬロシア人に話しかけてもいい雰囲気の日曜日でしたから」

「それはいつだって？」

「去年の五月」

やはり学校の教師カターエフが、音楽に興味があればと声をかけてくれた。聴いたあとは、そのまま日比谷公園で解散した。中丸は、そのままみなと別れ、ひとりでこの工場の寮に戻った。

新堂がまた質問した。

「三好さんの交遊関係のこととか私生活について、学校の学生か誰かで、このひとなら知っていると思えるひとはいますか？」

「さあ。勤めた新聞社のひととか、学校のそのカターエフ先生とかですかね。ぼくよりは、知っていたんじゃないかと思います」

新堂は手帳を畳んで上着の隠しに収めて、飛田に目で合図した。

飛田が、仕事中なのに助かった、と言って立ち上がった。

中丸も帽子をかぶりながら椅子から立った。

新堂は中丸に訊いた。

「ロシア語を覚えると、いいことがありますか？」

聞かずもがなのことだったが。

中丸が答えた。

「ロシア人と話のできる外回りと、ロシア語の文選工がいれば、この工場の仕事も増えます。どっちかをやれないかと思ったんですが」

「中丸さんは、どっちをやりたいんです？」

「習い始めてわかりましたが、文選工は無理ですね。文章の意味が取れて、筆記体が読めないと、文選はできない」

たしかに、キリル文字の筆記体は読みにくい。日本人でも、草書はなかなか読めないのと同じようなものだ。

「夜間に週一回では、ものになるのに何年かかるのか、最近は途方に暮れるところがあります」

廊下に出ると、中丸は印刷機の稼働音のする奥へと歩いていった。新堂たちは、事務所に戻った。

社長の蜂谷が訊いてきた。

「中丸は、協力できたかい？」

飛田が答えた。

「ええ。助かりましたよ。仕事中にすみませんでした」

新堂たちは工場の社屋を出ると、千川通りを渡った。

歩きながら、飛田が言った。

「もう一度御茶ノ水ロシア語学校に行くのでいいか」

「ええ」そう答えてから、新堂は飛田に訊いた。「厳しく質問していましたけど、何か理由がありました？」

「厳しかった？　そんなつもりはないけど」

「何か勘づいたことがあったかと思ったくらいでしたよ」

「いや、印刷工の分際でロシア語の夜学に通ってどうするんだ、という思いがあったかな。何がロシア文化を知りたいだ」

「分不相応だということですか？」

「あいつにロシア語は必要ないだろ」

いずれ転職するかもしれない。そのときは、ロシア語を多少使えるなら、有利になるとは考えているだろう。もっとも飛田にしてみれば、印刷工が夜学に通って転職を夢見るということ自体が、生意気なのかもしれないが。

黙っていると、飛田が言った。

「あの中丸って野郎、三好に片思いしてたんだろうな」

「そうなんでしょうね」新堂は、飛田の見方に同意した。「思い切って入った学校で、なにごとにも積極的な若い女に出会った。ちょっとのぼせたのかもしれない」

「女のほうは、静岡のいいうちの娘で、高女卒業。あいつ自身が承知していたように、ちょっと釣り合いが取れない。三好真知子がつきあっていたのは、別の男だ」

「でも三好真知子にしてみれば、自分の生き方を認めてくれる数少ない味方のひとりでもある」

「中丸が、味方か?」

「三好真知子の生き方を賛嘆していたように感じましたよ。大げさにいえば、崇拝者」

「島田絹子と並べて考えれば、たしかに味方か」

「だから、中丸には住所も教えていたんです」

「手紙がなかったのは、お節介なことを書いたからだろうな。たぶん燃やされてしまったんだ」

新堂は、その見方を補強してみた。

「うるさい青年でも、次に何か相談することもあるかと、勤め先の電話番号は消さずにおいたのか」

飛田は立ち止まって煙草を取り出し、火をつけた。

御茶ノ水ロシア語学校の女性事務員によると、ちょうどオブラソフは教員室にいるという。正午前の、運良く彼が授業を持っていない時間帯だったのだ。

新堂は訊いた。

「カターエフ先生という方は、いまどうですか？」

女性事務員が答えた。

「きょうは午後からと、夜の教室なので、まだいらしていませんね」

廊下の並びのドアがその教員室とのことだった。

向かおうとすると、女性事務員が言った。

「先生は、日本語はできませんよ」

新堂は言った。

「ややこしい話になったら、通訳をお願いします」

女性事務員は顔をしかめ、返事をしなかった。

教員室は、二十ばかりの机の入った、広い部屋だった。ふたりの男がいる。縁無しの眼鏡の中年男と、禿頭の年配の男だ。年配のほうがオブラソフだろう。机の上で本を開き、手元の紙に何かしきりに書いている。

新堂たちが入っていくと、ふたりとも顔を向けてきた。

「オブラソフ先生？」と、新堂は目が合った年配の男に訊いた。

「わたしだ」と年配の男。「警察かな？　話は聞いた」

「少し伺わせてください」

新堂たちはオブラソフの机に向かって歩いた。眼鏡の中年男は、新堂たちから視線を外すと、椅子の上で伸びをした。

新堂は身分証を見せて名乗ってから、オブラソフに訊いた。

「三好真知子という女子学生のことを、覚えていますか？　去年六月、二番の成績で中級科の女子クラスを修了しています」

オブラソフは、少し警戒ぎみの顔で答えた。

「その三好という女学生のことは、思い出した。ミーリャというロシアふうの名で呼ばれていた」

「どんな学生でした？　成績のことは聞いています。性格とか、授業態度とかですが」

「活発だったな。よくいい質問をしたし、日本人の若い女性には珍しいと思うが、はきはきしていた」

「真面目でした？」

「授業態度は真剣だった」

「ちょっと気になったんですが、男子学生は、同じ学校に女性がいて、気が散ったりはしないものですか？」

「多少はあるだろう。本国だって、年頃の男女となれば、学校も分けるのがふつうだ。日本でも、娘を男と一緒に学ばせるのはいやだという親がほとんどだろう？」

「かなり心配するでしょう」

「だけど外国語を学ぶことは、花嫁学校にいくこととは違う。この国では、ロシア語は実学だ。男のいる職場で、ロシア語を使って働くための学校だ」

「勉学に集中しろということですね。それでこの学校での、三好真知子の交遊関係とか、私生活のことはご存じでしょうか？」

「学生同士の、ということを言っているのか？」

「学生同士、教室は別でも、多少親しくなるのは自然でしょうから」

「あいにく、わたしは学生の間のそういうことを意識したことはない」

「三好真知子に限って言うと、どうでしょう？」

「上級の教室になると、学生たちはかなり聞く力もつく。プーシキン劇場とか、もっと小さな劇場にロシア語の芝居を観に連れていくこともある。学生同士が親しくなってもおかしくはない」

「彼女の私生活のことは、ご存じですか？」

「富士山が近くに見える町の出身とは聞いたが」

新堂はいったん質問をやめて、飛田にさっとやりとりの概略を伝えた。

飛田がとくに、質問の指示をしてこなかったので、新堂はまたオブラソフに訊いた。

「彼女は学校修了後、トーキョー・ガゼータという新聞社に勤めたのですが、このことはご存じでしょうか？」

オブラソフは目を丸くした。

「ほんとうに？　何をやっていたんだ？」

「記者になりたかったようですが、残念ながら語学力不足で、数カ月で退職しています」

オブラソフは苦笑した。

「上級まで通うべきだったな」

オブラソフが視線を新堂の肩ごしに入り口のほうに向けた。

「ちょうどいい。カターエフだ。彼も女子中級のひと課目を受け持っていた」

新堂が振り返ると、外套のボタンを外しながら、若いロシア人男性が入ってきたところだった。

「ジーマ」とオブラソフが呼びかけた。中丸はドミトリー・カターエフと言っていたが、ジーマはドミトリーの略称だ。「去年の中級科にいた、ミーリャのことを覚えているか」

「ミーリャ？」と、ジーマと呼びかけられた男が近づいてきた。長めの灰色の髪に口髭、灰色の目。二十代後半くらいだろうか。

「こっちは」とオブラソフ。「警視庁の刑事さんたちだ。ミーリャが殺されたんだそうだ。彼女の交遊関係を知っていれば教えてくれないかと」

ジーマと呼ばれたその男が、外套を脱がぬまま、新堂たちの横に来て、空いている椅子に腰を下ろした。

好奇心を露《あらわ》に、彼は新堂に訊いてきた。

「ミーリャ、覚えていますよ。日本の名前は何というのでしたっけ？」

「三好真知子です」

「彼女が、殺された？」

「ええ。昨日、死体が見つかったんですが、彼女が親しくしていた男性が何か事情を知っていないか、訊いて回っているところです」

「どんなふうに殺されたの？」

「詳しくは話せないのですが。三好真知子は先生が呼びかける校外行事などに、ほかの男子学生とよく一緒に参加していたようですね」

「ああ。ぼくはそういうことを企画するほうだ。ロシア人の生活とかロシアの文化に触れてもらいたくて」

「彼女が学校の誰と親しかったか、覚えていますか？」

「恋人、という意味ですか?」

「いえ、親しく見えていた、というだけでもいいんですが」

「そこまではわからないな。マーカと呼ばれていた学生は、校外行事にもだいたい一緒に来ていたかな」

「マーカ?」

「日本語の苗字の頭が、マ、だった」

「町村でしょうか」

「そうだ。ただ、恋人かどうかは知らない。ふたりきりでいるわけでもなかったし、手をつないでいるのを見たこともない」

「中丸という学生を覚えていますか? 夜間の教室ですが」

「ああ。印刷工場で働いている青年だね。ときどき日曜日の行事に来ていた。彼がどうしたの?」

「彼と三好真知子は、親しげでしたか?」

「校外行事でも、とくにそんなようには見えなかったな」

飛田が横から小声で言った。

「軍楽隊の演奏会のことを訊いてくれ」

飛田も、ここまでのやりとりはおおよそわかったのだろう。声の調子と、お互いの表情から、見当がつく。

新堂はカターエフに訊いた。

「先生は、ロシアの軍楽隊の演奏を、学生たちと聴きにいっていますね?」

「ああ。たまには軍楽隊の吹奏楽を聴くのもいいかなと思って。残念ながら東京にはまだロシア人の交響楽団がないし。そのときはチャイコフスキーというロシアの作曲家の、『大序曲一八一二年』という作品が、最後に演奏されたんだ」

「そのときは、ロシアの軍人さんとも交流はあったのですか？」

「日比谷での野外演奏会だったから、連隊本部も近いし、ロシア軍の将兵がかなり聴きに来ていた。連れていった学生たちも、多少ロシア語を話す。その場にいたロシア人の聴衆とは親しくひとときを過ごせたと思う」

「三好真知子は、そのとき誰かロシアの軍人と知り合ったりしていませんか」

カターエフは大きくかぶりを振った。

「そこまで見ていられるものか。あのときは、三十人以上の学生が行ったんだよ」

「そういうことがある可能性はどうでしょう？」

「ないわけじゃないだろうが」それからカターエフは何か思い出したように、微笑を見せた。「将校も兵隊も、日本の娘さんとは知り合いになりたがる。女子学生に声をかけた男はいたかもしれない」

飛田がまた横から訊いた。

「何だって？」

新堂は小声で答えた。

「ロシアの将校と、演奏会のときに知り合った可能性はありそうです」それからまたカターエフに訊いた。「校外行事で、ほかにロシアの軍人と近づく機会などはありますか？」

「復活大聖堂のミサに連れていったこともある。あそこには将校が来る。あとは何かな。何であれ、日曜日のロシア人のいるところであれば、どこであろうとロシアの軍人もいる」カターエフのほうからも訊いてきた。「ミーリャを殺したのは、ロシアの軍人なんですか？」

「まだ何もわかっていません」

「でも、きっと彼女のそばに、ロシアの軍人の影があるんでしょうね」

「なんとも言えません」

新堂は飛田の顔を見て、首を振った。収穫はなしです、と言ったつもりだった。飛田がうなずいて、椅子から立ち上がった。

新堂は、オブラソフとカタ－エフに礼を言い、警視庁の電話番号も記された名刺を差し出した。

「何か気になることを思い出したら、ぜひこの番号に。短く伝えていただければ、わたしがすぐにこちらに来ますので」

教員室の出入り口のドアへと向かおうとしたとき、中年の眼鏡の教員がカタ－エフに言ったのが聞こえた。

「ペトログラードは、ああいう状態だ。それでも予定どおりかい？」

カタ－エフが答えた。

「ちょっと様子を見たほうがいいでしょうね。延期です」

新堂たちは、御茶ノ水ロシア語学校の教員室を出た。

学校の外に出ると、歩道に立って新堂はあらためてオブラソフとカタ－エフのふたりの言葉を伝えた。

飛田が残念そうに首を振った。

「あとは、三好真知子と同級の女子学生を聞いていくしかないか。それとも、両国の親戚のところか」

いったん外神田署に戻ることにして、新堂たちは南甲賀町交差点の市電停留場に向かい歩きだした。

# 8

外神田署二階の刑事部屋で、新堂は、飛田と一緒に、出前の蕎麦を食べ終えた。

自分たちの前の机の上には、三好真知子の部屋とアパートで見つけた、いくつかの品を並べている。手帳、革手袋、ロシア煙草の吸殻。

それに、引き札、いわゆるビラが一枚。キリル文字で書かれたものだ。

「兵士評議会を！」

探したが、鑑識係も発見できなかったものがある。海綿、あるいは御簾紙《みすがみ》だ。

昼食を食べ終えて丼を片づけると、飛田が机の上の品々を眺めながら言った。

「親しい男の影は出てこない。だけど、情交の痕跡、部屋の煙草の吸殻。この二点だけで、三好真知子は殺される直前は男とあの部屋で睦んでいたと断定できる。そして、ロシア軍将校の目撃証言。やっぱり殺害犯は、ロシア人の客だったと見るしかないんじゃないか」

新堂は同意しなかった。

「目撃証言は、三好真知子とロシア軍将校を一緒に見たものじゃありません。結びつけていいものかどうか」

「たまたま殺された時刻に、ロシア軍将校がその近くにいたというのか？」

「靴音、男女の声と将校の目撃証言とのあいだには、わずかですが時間差があります。それに、三好真知子が客を取っていたという証言は、ひとつも出ていないんです。男関係が放縦《ほうじゅう》であった様子もない」

「町村伸吾という男の名が出てきたぞ」

「中丸の話では、故郷の新潟に帰っているとのことでした。東京にいるなら、彼の耳にも入っていたでしょう。それに、三好真知子のロシアへの憧れの強さを考えると、中丸も町村という男も、つきあう対象ではないような気がします」

「その点は、おれもそう思う」と飛田がうなずいた。「日本人の若いのは、洟《はな》も引っ掛けられなかったはずだ。ただし、金持ちの日本人なら、どうかわからん」

「どうしても、娼婦だと見るんですか」

「殺される直前の情交。妊娠。周囲の誰も知らない生活があった。母親が援助していたとはいえ、若い女が払うには厳しい家賃の、洋式のアパートの貸間に住んでいた。素人女と言えるか？」

「引っ越しを考えていた」

「恋人と一緒に暮らすためじゃない。恋人ならば、まだ世間も許す。他人にも話せる。三好真知子の場合は、男が複数だったんだ。いや、決まった相手じゃなかったんだ」

「でも、もし浦潮荘で客を取っていたなら、目立ったことでしょう」

「使える安宿なら、昌平橋周辺にいくらでもある。二階のあの女も、なんとなく意味ありげな顔をしていたぞ」

「飛田さんの推理では、その複数の、不特定の客は、みなロシア人ということですか？」

「だから、本命と稼ぐ相手は、別々だったかもしれん。だけど多少なりともロシア語の話せる若い女だ。ロシア人街の裏通りで商売しても、客には困らなかっただろう」

「彼女のロシア語は、堅気の仕事でも十分に使えるだけのものだったのですよ」

「家賃は払えない」

「立ちんぼをやっても同じです」

「立ちんぼかどうかはわかっていない。どこかの淫売屋《いんばいや》にいたかもしれないという線を、おれたちはまだつぶしていない」

飛田の推理は、荒唐無稽《こうとうむけい》であるとは言えない。それなりに筋は通っている。反論してみるのも難しかった。

新堂が黙ったまま机の品々を見つめていると、飛田が言った。

「だから、つきあっている男の姿が見えてこない以上、ロシア軍将校の線は捨てられない。手袋、ロシア煙草。靴音。台所町での小声のやりとり。女坂の目撃証言。時間の幅は、記憶の誤差の範囲だ」

やっと新堂は訊いた。

「それが客のひとりということですか？」

「あの洋裁を習っているお姐さんのように、囲われていたのかもしれない。手当てをもらって、部屋に入れていたか」

「囲われていたのだとしたら、部屋には男ものの服とか小物もあったでしょう。出てきていない」

そうかと、飛田はいくらか納得したような顔となった。

「じゃあやっぱり、あの夜に部屋にいたのは、客だ。そこそこの馴染み客か」

新堂は手袋を示して言った。

「この持ち主を突き止めてみますか」

「どうやる？　連隊名の刺繍もなかったんだ」

「たしか日比谷の将校倶楽部の中に売店があって、将校用の軍装品も扱っていたはずです。将校なら、手袋の片方を失《な》くしてそのまま勤務は続けない。昨日、ひと揃い、新しいものを買った将校がいるとしたらどうです？」

日比谷のロシア軍将校倶楽部は、かつての松本楼《まつもとろう》だ。御大変でロシア軍が東京に進駐してきたとき、接収されてロシア軍将校専用のレストランと社交倶楽部となったのだ。日比谷公園は、北西角は統監府に、南西角は連隊営舎に接収され、それぞれの敷地は塀で囲まれて、日本人の立入りは自由ではない。でもそれ以外の部分は、いびつな形となった日比谷公園として残っている。将校倶楽部は、公園の中にあるのだ。倶楽部に聞き込みに行くのに、門衛のあいだを抜けて行く必要はない。

飛田が言った。

「手袋を失くした将校がいないとなったところで、ロシア軍将校の線が消えるものでもない。小川町の小物店で買ってもいいんだ」

「これは将校の使う手袋ではない、とわかるかもしれません」

「行こう」言いながら飛田はもう立ち上がっていた。「そっちで手がかりが見つからなかったら、もう一度二階のあの女に当たる。昌平橋近辺とか淡路町のあいまい宿も当たりたいが」

「何かまずいことでも」

「神田川の南になると、管轄外だ。よく知らねえ」それからひとりごとのように言った。「朝のうちに、うちの同僚を通して、錦町署の刑事からひとつだけ飲み屋を教えてもらっている。そこに行くにはまだ早い時刻だ」

「将校倶楽部に行きましょう」

新堂は飛田の先を歩いて階段へと向かった。

クロパトキン通りを南下した市電は、マカロフ通りを渡ってすぐに停留場に停まった。有楽門《ゆうらくもん》前にある日比谷停留場だ。

新堂たちはここで日比谷公園の外の塀に沿って二町ほど歩き、日比谷門から公園の中に入った。宮城前広場は閉鎖されているが、日比谷公園のほうは制服巡査が検問しているだけで、中に入ることは可能だった。

遊歩道の先、噴水のある広場の向こうに、木造三階建ての洋館の、かつての松本楼がある。寄せ棟屋根の上に、屋上が載る建物だ。あの御大変直後の日比谷焼討事件のときには、この建物のその屋上やバルコニーから、壮士たちが屈辱的講和反対と演説をぶち、公共施設への直接抗議を煽った。

いま将校倶楽部となった松本楼は、正面玄関にロシア国旗を掲げている。ペトログラードの不穏な情勢を受けて、昨日からロシア軍全将兵には禁足令が出ていた。しかし将校たちが食事をする施設でもある将校倶楽部は、閉鎖されてはいないだろう。じっさい新堂たちが着いたとき、将校倶楽部は開いていた。出入り口にも、衛兵などはいなかった。

ロビーに入って、ざっと中を見回した。奥のレストランにも、少しひとがいる気配だ。

ロビーの隅のドアに売店の案内があるので、その部屋に入ってみた。

片側が商品棚で、将校用の冬季用二種軍装が、目立つように吊り金具にかけられていた。ドアのすぐ脇が帳場だ。帳場の後ろで顔を上げたのは、初老の白人男だった。丸眼鏡をかけている。

新堂は身分証を示しながら近づいて言った。

「警視庁の警察官ですが、ひとつ教えていただきたいことがありまして」

帳場の男が怪訝そうに首を傾げた。

「警察官？」

「ええ。こちらでなら、きっとわかると思いまして」

「なんです？」

飛田がクラフト紙の封筒から手袋を取り出して、カウンターの上に置いた。

新堂は訊いた。

「この手袋は、ロシア軍の将校が使うものでしょうか？」

丸眼鏡の男は手袋を持ち上げ、裏を返し、内側に右手の指を入れてから手袋をカウンターの上に戻した。

「使うものはいるだろう。東京の気候では、やや質が過剰かもしれないが」

「とくに連隊の刺繍などは入っていませんが、それが当たり前ですか？」

「将校用の手袋は、ほかの軍装と同様に官給品じゃない。将校が自分で揃える。軍装の中では消耗品のようなものだし、手袋に自分の氏名や所属の連隊名を入れることはあまり聞かない」

「ここでも扱っています？」

「注文は受ける。じっさいには、チューリン百貨店並びの男性服飾店から取り寄せるが」

丸眼鏡の男は、店名も教えてくれた。

ゼレーニン兄弟商会。

「仕立屋ですか？」

「仕立屋も紹介する店だ」

「そこでは、この手袋を民間人も買えるのですか？」

「客はいるだろう。特別なかたちのものじゃない。黒革で、留め金、裏毛付き。ロシア人の軍人市民、どちらも使う」

「最近、こちらでこの手袋を注文した将校さんはいますか？」

「何が訊きたいんだ？」

「これを拾ったものですから。片一方がなくてお困りでしょうから、お返ししようと」

「ないな」と、丸眼鏡の男はきっぱり首を振った。

「どなたか将校さんが手袋を注文しにきたら、もしや片一方を失くしたのではないかと訊いてください。警視庁本部の新堂が持っているので、お渡しします」

新堂は、キリル文字も併記された名刺を丸眼鏡の男の前に滑らせた。

丸眼鏡の男は、その言葉を額面通りに受け取るわけにはいかないという顔で、名刺を引き寄せた。

売店のドアを開けてロビーに出ると、将校倶楽部の正面玄関から、ふたりの将校が入ってきたところだった。

ひとりは、知っている顔だ。保安課のコルネーエフ大尉。

コルネーエフも新堂に気づいて、近寄りながら言った。

「よく会うな」

新堂は言った。

「似た仕事をしているからでしょうか」

コルネーエフは立ち止まった。

「ジルキンの件か？」

「いえ。別の刑事事案です。若い女性が殺された現場近くに、将校用かと思える手袋が落ちていたものですから」

「若い女性が殺された？」

「万世橋駅に近い台所町という地域なのですが。昨日の新聞には出ています」

「見せてくれ」

飛田が紙封筒から手袋を取り出して見せた。

コルネーエフは、ざっと手袋をあらためてから言った。

「将校も使うだろうが、手袋は、好みで選ぶ。軍人のものかどうか、なんとも言えない」

コルネーエフと一緒に入ってきたもうひとりの将校は、レストランの入り口まで進んで立ち止まり、こちらを振り返っている。これから遅い昼食なのだろう。この将校倶楽部は、統監府庁舎からも連隊本部からも近い。ほとんどの将校たちは、ここで昼食を食べる習慣なのかもしれない。

コルネーエフが飛田に手袋を返して、新堂に言った。

「さっさと犯人を挙げてくれ。ロシア軍も統監府も、いま日本人の刑事事件に関わっている余裕はない」

新堂は、杉原辰三の件を質問するのはこらえた。現場の新堂たちの抗議はコルネーエフ大尉の段階で一蹴《いっしゅう》され、翌日には警視総監が、それを統監府との問題にすること自体を拒んだ。杉原が奪われた一件は、すでに現場の特務巡査の手を離れた同盟の政治的問題だった。ここでは自分は何も言うべきではないし、質問もするべきではない。

コルネーエフは、同僚の待っているレストランの入り口へと歩いていった。ふと新堂は、コルネーエフの靴音を聞こうとした。ロビーの床には絨毯が敷きつめられているので、長靴の音はさほど硬く強くは響かなかった。ただ、コルネーエフの足どりは調子が速く、あの古谷が聞いた靴音の調子もこのようなものであったのではないかと想像がついた。

コルネーエフがレストランに消えたところで飛田が訊いた。

「次は？」

新堂は答えた。

「チューリン百貨店並びの、その服飾店に」

チューリン百貨店は、小川町交差点の北東角に建つデパートだ。クロパトキン通りとプーシキン通りとに面している。木骨石造四階建ての建築で、最大ではないにせよ、東京市内では有数の規模の百貨店である。

教えられたゼレーニン兄弟商会は、チューリン百貨店の東並びの建物の一階にあった。軍装だけではなく、洋服の仕立ての請け負いも、服飾小物類の小売りもしている店のようだ。通りに面したふたつの窓には、耳当てつきの帽子ウシャンカが外に向けて並べて飾ってある。全体が柔らかそうな毛皮に覆われた豪華なものから、外側は裏皮製の実用本位と見えるものまで、六種類だ。たぶんこれは将校用、と思える形のものもある。しかし、これらのうちの半分は、東京の冬では出番がなさそうだった。こうしたウシャンカが必要なのは、日本では東北地方以北だ。北緯三十五度の東京の冬では、大雪の夜でもないかぎり頭に汗をかく。

重いドアを開けて店内に入ると、左手の壁は畳まれた生地の棚だった。奥の壁は小物の棚で、手前に帳場がある。右はロシアの貴族たちの生活を描いたと見える油絵が数点。黒い礼服を着てステッキをついた男性の絵もあった。これは美術品というよりも、注文を受けるときの見本の役割をしている絵なのかもしれない。

帳場の奥で、中年の白人男が微笑を見せた。新堂は帳場に近づいて身分証を見せて名乗ってから訊いた。

「ある事件の捜査で、この手袋の持ち主を探しています」

店員は白い手袋をはめた手で革手袋を持ち上げると、子細に見てから言った。

「ロシアのものですね。どうしたんですか？」

「軍人用のものでしょうか？」

コルネーエフ大尉は、専用というわけではないと言っていたが、念のための質問だ。

店員は答えた。

「いえ、そうとは言い切れません。もっともふつうの形です。縫い方といい、この手の甲の三本の筋の取り方、裏に起毛した生地を使っていることなど、当世もっとも当たり前の手袋です。軍人も、もちろんふつうの男性も使います」

「ロシアの服飾店では、どこでも手に入るんですね？」

「ええ。まったく同じものではないにせよ、これによく似た作り、意匠の手袋なら、東京のほかの店でも売っているでしょう」

「この品物自体は、こちらでは扱っています？」

「ええ、留めボタンは、うちで扱っているものと同じもののようです。アストラハンの同じ縫製工場で作られたものですね。扱っています」

店員は、後ろの棚の引き出しから、一双《いっそう》の黒い革手袋を取り出して、帳場台の上に置いた。そっくりだった。留めボタンの位置も形も。

「右か左、どちらかだけを買うことはできますか？」

「あいにくと、うちでは」

店員は笑った。

「最近、昨日かきょうの話ですが、手袋を買ったロシアのお客はいます？」

「昨日きょうということでしたら、いらっしゃいません。一昨日は二月末だというのにずいぶん暖かでしたし」

当然ながら店員はロシア暦で言っている。一昨日は和暦ではもう三月十一日なのだ。とうに立春を過ぎていた。もっとも昨日きょうと、寒さはぶり返しているし、手袋を失くした誰かも、さすがに新しいものを買おうという気になっているはずだが。

「日本人はどうでしょう？」

「この店には、あまりいらっしゃいませんね」

新堂はべつのことを訊いた。

「これは、何冬ぐらい使われた手袋か、見当はつきますか？」

「さあ。使い方によりますが、三年か四年というところでしょうか」

「新しくはありませんね」

「よく使い込まれた革です」

「高級品ですか？」

「いや、普及品ですが、労働者には手が出ないかもしれない」

「二年前か三年前に、この手袋を買いに来た軍人さんはいましたか？」

店員はさっきよりも大きな声で笑った。

「覚えきれるものじゃない」

「民間の男性はどうです？」

「当店では、この手袋は年間二百双以上は売れているんです。お客が軍人であろうと、民間の方であろうと覚えていません」

「記録もない？」

「服の仕立てなら、帳面にお名前を残してありますが、手袋ならば売れたということだけです」

「これと同じ製品を売っている店は、ほかはどこでしょう？」

「同じアストラハン工場の製品を、ということですか？」

「ええ」

「存じません。あるでしょうが」

新堂は飛田に目で合図し、ゼレーニン兄弟商会を出た。


プーシキン通りに出て、新堂たちは歩道上で立ち止まったまま周囲を見渡した。

ふつうの平日であれば、午後はこの周囲の会社や商店に勤めるロシア人や買い物途中のロシア人の姿をよく見る。乳母車を押したロシアの婦人もだ。でも、昨日同様に、きょうも人出はさほど多くはない。軍には禁足令が出て、ロシア人街の要所はロシア軍が検問している。統監府がロシア人市民に対して外出制限をつけたとも聞いていないが、ペトログラードからの報道に接したロシア人市民は、あまり外に出る気分にはならないのかもしれない。仕事のある市民は別にしてだ。

飛田が新堂に訊いた。

「あんた、まだ時間はあるんだったか？」

「ええ」新堂は答えた。「三時を過ぎたあたりで、愛宕署のほうに行かせてもらいます」

「ロシア軍人にたどりつくには、手袋じゃ足りなかった。もう一度浦潮荘に行こう。あの姐さんとか、ほかの住人にも話を聞きたい」

新堂たちはプーシキン通りを万世橋駅方向へ向かって歩き、淡路町の交差点で左折した。ここから昌平橋南詰めあたりまでは、飲食店街であり、表通りにはロシア人向けのレストランやナイトクラブがある。日本人客の多いロシアふうの酒場やレストランも並んでいた。去年の秋、捜査中に知り合った日本人女性歌手が歌っていたクラブは、左手、プーシキン通りと並行する中通りにある。コルネーエフ大尉と協力者とのあいだの、仲介役を務めていた女性のいる店だ。万世橋駅寄りの裏通りには、あいまい宿もぽつりぽつりと建っている。

通りの真正面、昌平橋の手前には、鉄道の高架橋がかかっている。ちょうど蒸気機関車が減速してゆっくりと万世橋駅に入っていくところだった。客車を牽《ひ》いている。

新堂は、歩道の先に洋装の日本人女性を認め、それがいま飛田が口にした浦潮荘の住人であることに気づいた。薄茶の外套を着て、歩道をこちらに向かってくる。半長靴で毛皮の帽子をかぶっていたが、顔立ちははっきりわかる。森島志保という名前だった。

飛田も森島を認めて足を止めた。

森島は足早に近づいてきて、歩道上に立ち止まっている新堂たちに気づいた。微苦笑したのがわかった。

森島は、新堂たちの前まで来て足を止めた。新堂たちは歩道の端に寄って、森島と向かい合った。

森島が、飛田に顔を向けて訊いた。

「三好さんのこと、解決したの？」

「まだだ」と飛田が答えた。「三好真知子の部屋に来ていたのはどんな男なのか、聞き込みを続けているのさ」

森島が黙ったままなので、新堂は訊いた。

「まったく見たことはないんでしたね？」

森島は新堂に目を向けた。

「ないのよ」

「三好真知子さんのことを、自分のような接客業だと思っていた、ということでしたが、何か根拠でも？」

むろん接客業というのは、かなり上品な言い方だ。飛田であれば、酌婦《しゃくふ》と言うところだろう。それは、相手次第では身体も売る、と受け取って、さほど的外れな判断ではない。しかし、森島もストーブのある洋館に住んでいるのだ。彼女が働いている店は、それなりの格だろう。現にいまの服装を見てもわかる。けっしてそのような商売を暗示する品の悪さはなかった。本人自身に乱れた印象もないすれ違う日本の男たちは、森島を飛田の言うところの酌婦とは見ないだろう。

森島が答えた。

「だから、夜に会ったときは、お酒を飲んでる様子だったし。夜の十一時過ぎに何度も会えば、そういう仕事だと思うのが自然でしょ。新聞社に勤めていたなんて思わなかった」

飛田が、挑発するように言った。

「身体を売っている、ということをお上品に言ったんだと思ったぞ」

「刑事さん」森島も挑むような顔になった。「ネーフスキー・パラス・ホテルのロシア人の仲居も、そうだって言ってる？」

「わからんぞ。日本と事情は似たようなものじゃないのか」

「試しに声をかけてみるといい」

「姐さんが勤めている店は違うのか？」

「違う」

「なんていう店だって？」

「ヴォルガ・クラブ。統監府の鑑札をもらってる。楽団が入って、ロシア語で歌う歌手がいて、ダンスもできる。客はロシア人だけじゃなくて、フランス人もイギリス人も来る」

新堂は森島の言葉で、あらためてあの淡路町のナイトクラブのことを思い出したが、けっしていかがわしい店ではなかった。

飛田がまた訊いた。

「高い家賃の貸間に住んでいるんだ。いい稼ぎになるのか？」

「なるわ」森島はいくらか挑みかかるような声となって言った。「そこの店で働いていると、日本人の田舎者が心付けをはずんでくれるのよ。白人の客と張り合うみたいにしてね」

飛田は、森島の答えかたにかすかにたじろいだか、話題を変えた。

「こんな早い時間から、店に出るのか？」

「用事があるから。店に出るのは、五時を過ぎてから」

「もう一回訊くけど、三好真知子は客を取っていなかったか？」

森島は首を振った。

「しようとはしたかもしれない。一回ぐらいはなんとかできたかもしれない。だけど、続かなかったでしょう」

「どうしてだ？」

「そういう仕事にも、最初は手ほどきしてくれるひとが必要なのよ。刑事さんならわかるでしょ。姐さんなり、おかあさんなりが、作法を教えてくれて、初めてやれる。悪い客の見分け方、逃げ方、かわし方。カネの引っ張り方だって、女学校じゃ教えてくれないから」

飛田は、同意できないという表情だ。

森島は続けた。

「この界隈《かいわい》なら、その筋のひとにも、話を通したほうがいい。だけど、何も知らないいいとこの娘が、ひとりでできる？」

「いいとこの娘と知っていたのか？」

「やっぱりそうなんでしょ？」

「知らなかったのか？」

「聞いたことはない。でも、見ればわかる。あいさつだけでも」

「夜遅くに、酒臭い息で帰ってきてもか」

「だから、客に合わせて酒を飲む仕事だろうと思ったんだ」

「勤めていた店は知ってるか？」

「知らない」

飛田があまり挑発し過ぎる前にと、新堂が割って入って訊いた。

「三好さんの部屋に来ていた男は、客じゃないということですね？」

「会ったことはないから、わからないって」

森島の顔が昌平橋の方向に向いた。誰か見つけたようだ。新堂も昌平橋方向に目をやった。山高帽をかぶった、初老の白人が歩いてくる。右手に黒い鞄のようなものを持っていた。

「コイゲンさんがくる。あたし、行っていい？」

「誰？」と飛田。

「浦潮荘に住んでるひと。ドージャさん。ヴァイオリンを弾くひと」

ダヴィード・コイゲンという名前なのだろう。父称はわからないが。

「じゃ」と森島が去っていった。

新堂たちはダヴィード・コイゲンが近寄ってくるのを待った。

目が合ったので、新堂は声をかけた。

「コイゲンさん、こんにちは。ウラジオストク・ホテルにお住まいのコイゲンさんですよね？」

コイゲンも立ち止まった。浦潮獣皮商会の黒滝が言っていたユダヤ人というのが、このコイゲンなのだろう。

「あんたたちは？」

「警視庁の刑事です。五号室の三好さんが殺されたので、捜査をしているところです」

「その件は、昨日、床屋の主人から聞いた。その捜査を、こんなところで？」

「街を歩き回るのが、刑事の仕事なんです。いまコイゲンさんを訪ねようとしていたところでした」

「わたしの顔を知っていたのか？」

「森島さんが、たったいま、コイゲンさんが来ると教えてくれたんです」

「ああ、あのひとか」

少し立ち話ならかまわないという。新堂はコイゲンに訊いた。

「三好さんをご存じですよね？」

「ああ。ミーリャと呼んでいた。ときどき玄関で出会った。ロシア語を話す娘さんだ。話もする」

「あのホテルの近くで殺されました」

コイゲンは顔をしかめた。

「ひどいことを。いい娘さんなのに」

「どうやら、顔見知りの男が殺したようなのです。一昨日、部屋を訪ねていました」

「殺した男が？」

「ええ。恋人だったのかもしれません。コイゲンさんは、三好さんがどのような男性とつきあっていたか、何かご存じですか？」

「いいや、恋人の話などは聞いていない。新聞社の仕事を辞めたあと、少し元気をなくしていたが」

「飲食店で、ロシア語を生かした仕事をしていたようです」

「生活は苦しくなっていたようだった。遅くまで働いていたんじゃないか。あのホテルは、働く日本の娘さんには、高すぎるだろう？」

「部屋に誰か男が訪ねてきていたりしました？」

コイゲンは少し考える様子を見せてから答えた。

「男の声が聞こえたことがある。ロシア語だった」

新堂は、飛田にも聞かせるため、日本語で繰り返した。

「部屋から、ロシア語が？」

飛田が、目を見開いてコイゲンを見つめた。

「何を言っていました？」

「聞き取れたのは、ひとことだけだ。ミーラヤ　マヤー」

日本語なら、可愛《かわい》いひとよ、となるだろうか。日本の男なら、恋人にもなかなか言えない言葉だが。

「いつごろのことですか？」

「ひと月以上前だ。一月の、なかばぐらいだったろうか」

「時間は？」

「夜だ。わたしが、楽団の仕事を終えて帰ってきたときだった。三好さんも、ちょうど帰ってきたところだったのではないかな。男と一緒だったのかもしれん」

「三好さんは、男の名を呼んでいましたか？」

「いや、聞かなかった」

飛田が横から言った。

「ロシア軍の将校かどうか」

それを訊いてくれと言っている。

新堂はコイゲンに訊いた。

「男は、軍人でしたか？」

「いや、姿は見ていないんだ」

「あのホテルで、これまでロシア人の姿を見たことはありますか？」

「ない」

「長靴の音など、聞いたことはありますか？　二階にお住まいのことは知っていますが」

「ないな」コイゲンはきっぱりと言ってから、手にしていた黒い鞄に目をやって続けた。「わたしはヴァイオリン弾きなんだ。そろそろ仕事に行かなければならない」

「新堂と言いますが、もし何か思い出したら、警視庁本部の刑事課の捜査係に来ていただけますか。電話でもけっこうです」

新堂は名刺を渡しながら言った。

「シンドウさんね。ああ」

コイゲンは、山高帽に手を触れると、歩道を南へ歩き去っていった。

新堂は飛田に、いまのやりとりをざっと伝えてから、わかったことを口にした。

「ロシア人が部屋に来ていた。客ではありません。軍人でもない」

飛田が首を傾げた。

「客じゃないという根拠は？」

「被害者に、可愛いひとよ、と呼びかけています。客なら、しないでしょう」

「馴染み客なら言うさ。たぶんロシアでも」

「軍人が来ていた様子でもない。長靴の音を聞いたことがない。耳がいいひとなのに」

「手袋を落としていった男がいるんだ」

「軍人のものと決まったわけではない」

「女坂のロシア軍将校の目撃証言。長靴の音。路地のロシア煙草の吸殻。あれは何だ？　示しているのは、浦潮荘の五号室だ」

飛田が昌平橋南詰めの歩道上で身体の向きを変え、万世橋駅の南側にあたる一角に目を向けた。

何か気になることでも、と訊くと、飛田は答えた。

「朝のうちに聞いておいた飲み屋に行ってみよう。もういい時刻だ」

「どこなんです？」

「万世橋駅前の広場の西向かい側。小路の奥に、オフジ家という酒場があるそうだ。そこの女将なら、あたりの事情を知っているんじゃないかと」

広場までは二百メートル弱だ。飛田が歩き出したので、新堂も横に並んだ。

飛田が歩きながら訊いてきた。

「さっきの爺《じい》さんは、どうしてロシア人街に住まないで、あのアパートに住んでいるんだ？」

「さあ」新堂は自分の推理を口にした。「あのひとはユダヤ人です。ユダヤ教徒かどうかはわかりませんが。できれば、ロシア人と一緒に住むのは避けたいというところなのでしょう。ロシア人街の大家の側が、嫌がっているのかもしれない。ユダヤ人が借りていると、ほかの部屋が埋まらなくなると」

「ロシアには、大勢のユダヤ人の金持ちもいれば、芸術家もいるだろう？」

「地方によっては、ひどい差別を受けるようですよ」

「食い物だって、ロシア人街に住んだほうが便利だろうに」

「いろいろ天秤《てんびん》にかけたのでしょう」

「ユダヤ人は、銭湯に行くのか？」

「行くでしょうね。ロシアにも、公衆浴場はありますから」


万世橋駅は東京駅に印象のよく似た赤煉瓦造りの建物で、正面にある広場は不等辺の三角形だ。市電の路線がいくつも駅前の広場に集まっていて、周辺は上野停車場や尾張町交差点に並ぶ賑やかな街となっていた。

このような大型の停車場の常で、駅前から一本裏手に入ると、旅行者のための安宿や飲食店が固まっている。とうぜん女を探す男や、女が客を捕まえるための場所もあるだろう。

広場の西側まで来た。木造のわりあい大きな洋館がある。日本人のためにロシアの物産を売っている店だ。日本語でロシアの品が買えるので、地方から来た日本人には人気の店だった。その建物の前の入り口まで来てから飛田は歩道を引き返した。新堂も飛田に従って、オフジ家という看板を探した。淡路町の奥に通じる路地に、オフジ家という看板があった。キリル文字は、その横に小さくだ。露食・お酒、とも記されている。建物は木造の和洋折衷だった。

入り口の脇に、洋装の女が立っている。外套の下は、襟ぐりの広く開いた洋服だ。ひと目で職業を想像できる女性だった。

女は新堂に微笑してきたが、すぐに隣りの飛田に気づいた。微笑を引っ込めて、さっと小路を離れていった。

飛田は女にはかまわずにオフジ家の戸を開けた。声もかけずに入っていくので、新堂も続いた。

店はまだ開店前だった。土間に並んだ卓の上に、椅子が逆さに置いてある。和服の年配女性が掃除をしている最中だった。どことなく雑然とした印象のある店だ。

帳場の横から、どっしりとした体格の中年女性が姿を見せた。黒っぽい洋服姿だ。女主人だろう。

「まだ、うちは」と、その女は言いかけて、口を閉じた。新堂たちが刑事だとすぐに見抜いたようだ。

「何か?」

飛田が、店の中を見回しながら帳場に近づいて言った。

「外神田警察署の者なんだが、錦町署の篠原《しのはら》から教えられて来た。お藤《ふじ》姐さんというのは?」

「あたしだよ」と女が帳場の脇から飛田の前に進み出てきた。「鑑札を見せて」

身分証のことだが、警察官が鑑札を携行していた時代、つまり御大変の前から、彼女は巡査や刑事と交渉なり談判をしてきたのだとわかる。

飛田が身分証を見せて名乗ってから言った。

「神田明神下で、一昨日女が殺されたんだ。聞いているかい」

「ああ」お藤の顔に好奇心が浮かんだ。「裸で見つかったっていうの、そのひとだね」

「裸じゃない」

いつのまにか、死体は裸だったことになっているようだ。

飛田は、写真を取り出してお藤に見せた。

「仏さんの似顔絵なんだ。見たことはないかな」

「まだ、誰かわかっていないの？」

言いながらお藤は飛田から写真を受け取った。

飛田が言った。

「誰かはわかった。この女が何をやっていたか、どんな男とつきあっていたか、調べているんだ」

「誰かわかったのに、それがわからないの？」

「たぶんこの近辺で商売してたんだろうが、はっきりしていない」

飛田はまた決めつけて言っているが、新堂は黙っていた。

「姐さんなら」と飛田。「このへんでそっちの商売している女を、よく知っていると聞いたんだ」

「うちにも、そういう女が来ていることは来ているけどさ。この絵じゃ、なんとも言えない」

「そこそこいい洋装で、立ちんぼしてるような女の話なんて、耳にしていないか」

「目立っていれば、耳には入ってくるけどね」

新堂が、お藤に教えた。

「ロシア語ができて、ロシア人にはミーリャと呼ばれていたんです」

お藤が新堂に顔を向けた。

「ロシア語ができるんなら、ロシア人向けの店に行くんじゃないの？　立ちんぼなんてしなくても、客は捕まえられるだろうに」

「ミーリャという呼び名にも、心当たりはないですか？」

「本名はなんて言うのさ」

飛田が答えた。

「三好真知子」

「いくつ?」

「二十一」

「やっぱり聞いたことないな。古いの、その仕事?」

「いや、新顔だ。去年の暮れ近くからじゃないかな」

「それまでは?」

「夏までは学生だった。それからロシアの新聞社勤め」

「おやおや。ひどい落ちようだね。でも、まずうちに相談にくればよかったのに」

「姐さんなら、どうした?」

「それなりに仕込んで、いい店なり客を紹介してあげたよ」お藤は、飛田に写真を返して訊いた。「ほんとうにそっちの商売してた女?」

「どうしてだ?」

「ロシア語ができるんなら、商売する町は限られる。ロシア人町の下のほう。小川町交差点から遠くない場所」

「連隊通りのほうにも、こういう店は多いだろう」

「ロシア語ができるんなら、兵隊さんを相手にせずに将校さんを狙う。なら、小川町のほうさ。連隊勤務の将校さんだって、小川町で飲むんだから」

「そうか」と飛田は、写真を外套の隠しに収めて言った。「篠原には、姐さんが協力してくれたと言っておく」

「役には立てなかったんじゃないの？」

「いいや、いいことを教えてもらった」

「こんどは飲みに来て」

「ああ、そうだな」

店の外に出ると、飛田が悔しげな顔で言った。

「おれは、やっぱり被害者のやっていたこと、外してるのか？」

新堂への質問ではなかった。新堂は答えずに言った。

「そろそろわたしは、愛宕署に行く時間です」

「おれは、三好真知子の母親たちの身元確認に立ち会う」

「いったんここで切り上げますか？」

「被害者の交遊関係、母親と兄貴からも聞いておく。そっちが終わったら、署に寄ってくれ。間に合えば、あんたも質問してくれ。そのあと、きょうわかったことを整理しよう」

「そうします」

新堂たちは、万世橋駅前の広場に向かい、小路を出たところで別れた。


愛宕署方面に向かう市電に乗る前に、新聞売り場で夕刊をざっと眺めた。ペトログラードでは、昨二十七日の夜は平穏だったようだ。あまり派手な文面の見出しは見当たらない。

二紙だけ買った。東都日日新聞と、帝都実報だ。

東都日日新聞の見出しはこうだ。

「露、混乱続く
皇帝と内閣対立か」

さほど記事の分量はなかった。ろくに情報が伝えられていないのだろう。

帝都実報はこうだった。

「打開策探る露内閣
皇帝治安維持を厳命」

これも記事は見出しの詳報とはなっていない。見出しは臆測が書かれているだけだ。

いずれにせよ、軍の反乱は続いているということなのだろう。もしかすると、ロシアはいま無政府状態に近いのかもしれない。帝室から内閣、国会、軍、労農評議会まで含めてが、権力を掌握できてはいない状態とか。

市電を降りて愛宕署に着いたときは、午後の四時になっていた。そろそろどんな飲み屋も店を開けるころだ。南金六町なら、昼から開けっ放しの店があってもおかしくはない。よしんば暖簾を出していなくても、少なくとも料理人たちは仕込みを始めている。接客係も経営者も来ているだろう。

二階の刑事部屋に入ると、笠木がもう外套を着て待っていた。

「行こう」と笠木がすぐに立ち上がった。

愛宕署の前から、クロパトキン通りの市電停留場へと歩いている途中、笠木が訊いてきた。

「外神田署の殺人のほうは、どうなった？」

新堂は答えた。

「まだ、被疑者は浮かんでいません。女がどんなふうに暮らしていたのかも、はっきりわかっていないんです」

「娼婦だという見方もあるんだろう？」

「わかりません。地方から出てきて、ロシア語を習って、苦労はしていたようですが、身体を売っていたかどうか。ロシア人男とつきあっていたという証言が出てきたんですが」

「軍人？」

「まだなんとも」

「田舎の娘にゃ、統監府統治の世の中も、忌み嫌うことではないんだろうな。ロシア人の暮らしはまぶしく見えるし、そういう東京で自分もロシア人とつきあって暮らしてみたいってことか」

市電がやってきた。新堂たちは飛び乗った。連隊通りの停留場で降りれば、南金六町までは歩いて行ける距離だ。

南金六町に着いた新堂たちは、道路をはさんだ恵比寿ビヤホールの真向かいから、その左右に目をやった。グリゴレンコがよく顔を出している酒場というのは、おそらくロシア人経営の店だ。だから看板には、日本語は記されていないか、ごく小さいに違いない。そういう看板を探して、まず入ってみる。

恵比寿ビヤホールの左手隣りにレストランか酒場と思しき店がある。看板には、キリル文字で『ピコヴェヤ・ダーマ』とある。日本語表記はなかった。

さらに範囲を広げてみた。恵比寿ビヤホールの右の並びには、『ヤルタ』という店がある。

このふたつのうちで、まず最初に行くべき店を選ぶとしたら。

「左手の店に行ってみましょう」と新堂は道路に踏み出した。

笠木が並んで訊いた。

「なんという名前の店だ？」

「『スペードの女王』」

「賭場《とば》か？」

「たぶんプーシキンの作品からでしょうが、ロシア人ならカードで遊べると読めるんでしょうね」

「右側は？」

「『ヤルタ』。ロシアの温泉地みたいなところのはずです」

煉瓦の壁から看板の出ている建物の一階が、『スペードの女王』だった。笠木がドアをノックし、返事がないうちにドアを開けて、新堂たちは店内に入った。

間口の狭い、奥に細長い店だった。手前の右側に立ち席がある。立ち席では、立ったまま酒を飲んでいる男がひとりいた。立ち席の内側の棚には洋酒の瓶が並んでいて、その前でチョッキを着た口髭の中年男が洋酒をグラスに注いでいる。店の手前の数脚の丸テーブルは、この時刻だけれども埋まっている。煙草の煙で、店の中はもやがかかっているようだった。客は職工とか大工のような雰囲気のロシア人たちだ。店の中央には撞球台《どうきゅうだい》があり、もっとも奥のテーブルでは、何人かが、新堂たちを怪訝そうな目で見つめてきた。

チョッキの男と顔が合ったので、新堂は立ち席のほうへと歩いて、身分証を見せた。

「グリゴレンコさんと会いたいのだけど、いま来ているかな」

客の何人かが、さっと新堂に目を向けたのがわかった。

チョッキのロシア人は、新堂を冷ややかな目で見つめて言った。

「誰だって？」

「ステパン・グリゴレンコ」

「知らないな」

「よく来ていると聞いた」

チョッキの男は、答え方を微妙に変えた。

「客の名前をいちいち覚えていない」

否定しなかったのだ。来ている。ここだ。

「グリゴレンコとは、いまどこに行ったら会える?」

「おれはあいつの秘書じゃないって」

あいつ。とうとうグリゴレンコがこの店の馴染み客であることまで認めてしまった。いや、客以上の何かかもしれない。

「秘書はどこにいるか教えてくれるか」

「知らない」

「スギハラという日本人が来たのはいつだ?」

チョッキの男は、かすかに眉間《みけん》に皺《しわ》を寄せた。知らない名前だったのか、聞き取れなかったのか。それともグリゴレンコの次に新堂が口にする名前としては、意外だったのか。

チョッキの男は答えた。

「知らない」

新堂の横にひとり、大きな男がやってきた。職工ふうではない。私服だけれども、軍人か警察官かという匂いのする男だった。髭は生やしていない。

彼はチョッキの男に言った。

「何か厄介ごとか?」

「東京の警察だ」とチョッキの男は答えてから、新堂に言った。「あんたは、商売の邪魔をしている」

新堂は、横に立った男を見た。新堂たちが警察官だと知っても、この男はまるで動じたようではない。意に介していなかった。つまり、この男は統監府とつながりのあるロシア人ということだ。

新堂はチョッキの男に視線を戻した。

「最後にひとつだけ教えてくれ。きょうは、ジルキンは何時に来る？」

チョッキの男は首を振った。

「知らない」

それについての情報を持っていない、という意味と取れた。ジルキンを知らないという意味ではない。

右横の男を見た。彼は無表情に新堂を見つめ返してくる。露骨な敵意までは感じられなかったが、十分に威圧的だった。

「終わった」と新堂はその男に微笑しながら言って、立ち席から離れた。

笠木が、もういいのか、という顔で新堂を見てくる。新堂はうなずいた。やりとりを日本語で説明するのは、店を出てからだ。

入り口に向かうとき、チョッキの男と、髭のない男が顔を寄せて何か話しているのが見えた。

新堂は、数歩店から離れ、歩道で笠木に伝えた。

「グリゴレンコもジルキンも、知っているという反応でしたね。杉原については、知っていたのかどうか、わからない」

笠木が言った。

「だけど、グリゴレンコとジルキンという男はつながったな。あの店はたぶん、兵隊たちのあいだの反帝室活動を探るための拠点なんだ」

それは新堂も、横にあの髭のない男が来たときに感じた。第七室の職員とか、秘密警察が出入りしている。連隊通りからも近くて、禁足令など出ていない夜は、あの店はロシア軍の軍服もかなり目立つのだろう。

新堂は道路を渡った。店の真正面に立つためだ。笠木も横に並んでくる。

新堂は道路を渡り切ってから、歩道の上で身体の向きを変えた。笠木も新堂にならって、同じ方向に向いた。目の前、いくらか右手にあるのが『スペードの女王』の入った建物だ。

店のドアから、いまの髭のない男が出てきた。ハンチング帽をかぶっている。男は最初、店の左手方向に目をやったが、すぐに顔を反対側に向けようとした。顔が途中で止まった。新堂たちに気づいたのだ。男は無表情のまま後ろ手にドアを閉じると、左手方向に歩き出した。最初からそちらに歩いていくつもりなのだと言っているかのようにだ。

笠木が、くすりと鼻で笑って言った。

「あんまり尾行には慣れていないようだな」

新堂も苦笑して言った。

「身分証を見せて名乗っているのに、どうして尾行なんかしようとするんでしょうね」

「身分証を信用していないか」と笠木が言った。

言葉が途中で切れたので、新堂は笠木を見つめた。

笠木は、歩道を歩み去っていく男を見送りながら続けた。

「我等《われら》のこの同盟を信用していないかだ」

新堂は同意して言った。

「日曜の夜、杉原は、自分はグリゴレンコという男の正体を知っているぞ、とジルキンに言ったつもりだったのでしょう。もしかすると、クラトフスキの殺害とグリゴレンコとの関連を知っていて、それをほのめかしたのかもしれない」

「クラトフスキは、第七室に殺されたという見方か？」

「まず杉原に持ちかけられたのかもしれません。杉原はろくに話を聞かないうちに、筋の悪い話だと察して乗らなかった」

「グリゴレンコは、そのときに自分の名前を教えたのか？　不用心過ぎるが」

「名乗らなかったので、杉原はその素性が気になって調べたのでは？　だとすれば、口にできてもおかしくない」

「頭のある犯罪者なら、自分の身を守るために当然やることだな」

新堂はうなずいた。

髭のない男はもう南金六町の歩道の通行人の向こうに紛れて消えるところだった。

笠木が言った。

「クラトフスキ殺し、本部は、強盗の犯行、ってことで収める。おれたちは、それに逆らうことはできない。杉原の連続強盗だけ、立件できるだけの証拠を揃えよう」

「クラトフスキ殺しの被疑者に行き当たってしまったらどうします？」

「それがもしグリゴレンコって男なら、統監府から捜査中止を指示されるさ。そこでやめる」それから、歩道を西に歩き出して言った。「署長に報告する。そこまで、一緒にやってくれるか」

もう空は暗くなってきており、街灯にも明かりが入っている。愛宕署に戻るため、新堂たちは近くの市電停留場へと歩きだした。

署長の古幡は、新堂たちが署長室に入るなり、ふたりに言った。

「杉原の身柄が引き渡される」

新堂は驚いて笠木と顔を見合わせた。第七室が、杉原の引き渡し要求に応じた？　警視庁に引き渡しても、統監府には何の損も支障もないと確認できたということか。

古幡は続けた。

「さっき本部刑事課に統監府保安課から連絡があったそうだ。杉原辰三という男の身柄を、警視庁に引き渡す。引き取りに来いとのことだ」

笠木が訊いた。

「いますぐですか？」

「明日の九時。統監府の北通用口に来いと。自動車を使え」

「〇九〇〇《マルキユーマルマル》ですね」と、笠木は軍隊の言い方で時刻を確認した。

「九時だ」

「わたしと吉屋で行きます」笠木が新堂を見つめてきた。「どうする？」

新堂は答えた。

「ひとりは運転。ふたりで身柄を押さえるようにしましょう。わたしも行きます」

「八時四十五分に本部前にいてくれ。拾う」

それから笠木が、今朝の汐留の寄せ場と、さっきの南金六町の酒場でのできごとを報告した。

明日、杉原の身柄が引き渡されるとなれば、こと連続強盗の事案については、きょうの聞き込みもたいして意味はなかったことになるのだが。

報告を終えたあと、新堂は本部の上司である吉岡に電話した。きょうの件を報告するつもりだったが、部屋には不在だった。電話に出た同僚に、連絡事項を残してもらった。

外神田署事案進展なし。明日（三月十四日）朝、いったん本部に出ます。新堂。

壁の時計を見ると、午後の五時四十分になるところだった。外神田署に帰り着いたころには、飛田も三好真知子の母親たちによる身元確認への立ち会いを終えて、署に戻っているころだろう。


万世橋で市電を降りたときだ。交差点の左手に飛田の姿が見えた。飛田も気がついて手を振ってきた。新堂は立ち止まって、飛田を待った。

一緒になったところで、飛田のほうから言ってきた。

「身元確認、確かだ。三好真知子」

新堂は訊いた。

「東京でのつきあいなどについては？」

「まったく知らないとのことだ。島田絹子の名前は出たが」飛田はいまいましげな声で続けた。「兄貴は県庁勤めなんだが、近々婚礼があるんだそうだ。母親は娘が殺されたことを、発表しないでくれないかと頼んできた」

「本名を出すなと？」

「人聞きが悪すぎるってことらしい」

「詳しい発表は、事件が解決してからでいいかもしれません」

あの父親を救うことになるのは、なんとも面白くないが。

「順天堂で訊くことは訊いたし、母親が憔悴《しょうすい》しきっているんで、署での聴取はやめておいた。愛宕署のほうは？」

「連続強盗の参考人、統監府が明日身柄を引き渡してくれるそうです」

「ほう。じゃ、解決か」

「思った以上にすれた男のようなので、取り調べは手こずりそうです」

外神田署の正面出入り口の脇では、赤い明かりが灯《とも》っている。外に制服巡査が立って、飛田と新堂に目礼してきた。

巡査の脇から中に入ろうとしたときだ。後ろから声がした。

「よけてくれ！　通してくれ！」

振り返ると、股引に半纏姿の若い男が駆け込んでくるところだった。犯罪か事故の通報のようだ。

新堂たちは玄関の脇によけた。制服巡査が、入り口に立ちはだかった。

「何だ？」

「喧嘩で。女が怪我をしている」

「どこだ？」

「台所町」

新堂と飛田は顔を見合わせた。女が怪我？

飛田が半纏の男に訊いた。

「台所町のどこだ？」

男は飛田に顔を向けて答えた。

「中通り寄り」

男の半纏には、明神組の文字が染め抜かれていた。同朋町の辰巳の親分のところの若い衆だ。

「お巡りさんが来てる。警察署に通報してこいと言われた」

飛田が巡査に言った。

「おれが行く。何人か巡査を出すよう、署長に伝えろ」

「はい」と巡査は答えた。

飛田が顔を向けてくる。新堂はうなずいた。


中通りから台所町に入る小路の突き当たりに、数人の住民の姿が見えた。

飛田が新堂の先で言った。

「警察だ。どこだって?」

和服の女が、小路の左手を指さして答えた。

「この先。洋裁屋」

答えたのは、小間物屋の女将だった。

角を左に曲がり、つぎの路地をさらにもう一度左に曲がった。

路地に制服巡査が立っていて、飛田に顔を向けてきた。飛田の同僚だ。その奥の角に建つのは、あの洋装の若い女、原口ミエが住んでいる小ぶりの二階家だ。彼女は花房町の旦那に囲われているのではなかったか。三好真知子の殺人事件とは無縁の騒ぎだったか。

飛田が巡査に訊いた。

「何があったんだ?」

巡査は、硬い顔で答えた。

「男が、ここに住んでる女を殴ったり蹴ったりで」

「誰なんだ?」

「女の旦那のようです。一緒に住んではいなかった。地元の親分が駆けつけて、なんとか止めたんです」

「女は？」

「家の中で横になっています。動けません。医者は、どうなりました？」

「署で連絡しているだろう。その旦那は？」

「自分ともうひとりで捕縄をかけて、奥に座らせています」

「ちょっと話を聞く。野次馬は路地から追い出しておけ」

「はい」

新堂たちは、ミエがひとり住んでいるその家の玄関から中に入った。洋間で洋装の女が横になっている。目をつぶっていて、苦しげに呼吸をしていた。服の胸のあたりに、新しい血の痕がいくつか散っている。

炭の燃えさしが床に散らばっていて、その上に水がかけられた様子がある。転がった火鉢の向こうに、一日前にも会った明神組の辰巳の親分が立っていた。

「町内の痴話喧嘩で、お巡りさんたちを呼ぶことになってすまねえ。女の怪我が冗談ごとじゃねえし、火が出るところだったんで」

「ありがとうよ」と飛田が言った。「さすがに親分さんだ」

「じゃ、あたしはこれで」

辰巳は一礼して玄関から出ていった。

新堂は女の脇にしゃがみこんで、原口さんと声をかけた。目をつぶったままだが、かすかに反応があった。呼吸もしている。医者にまかせても大丈夫だろう。

「もうじき医者が来ます。もう安心です」

奥へのドアの脇に制服巡査が立っていた。飛田へ目で合図してくる。奥に男がいるようだ。

飛田がドアを開けて中に入っていった。新堂も続いた。

小さな流し場の床に、和服の中年男が胡座をかいている。後ろ手に縛られているようだ。近づくと、男は顔を上げた。丸顔で、口髭を生やしている。まだ興奮が収まっていないのか、目は憎々しげな光をたたえている。酒のせいだろうか。顔は赤かった。ミエの旦那の但馬という男なのだろう。

飛田がその中年男の脇にしゃがんで目をのぞきこみ、質問した。

「警察だ。名前は?」

「但馬だ。何度言わせる?」

「女が何をしていたって?」

但馬は鼻で笑って答えた。

「いい思いさせてやってるのに、男を作っていたんだ」

「だから、殴る蹴るか?」

「ちょっと仕置きをしてやっただけだ。当然だろう。おれはこの家も建ててやったんだぞ」

「相手の男は、どこにいるんだ?」

「連隊の営舎か、ロシア町のどこかだろう」

新堂は驚いた。ロシアの軍人だと言っているのか? 目撃されていた将校というのは、ミエを訪ねてきていたのか?

飛田も同じことを思ったのだろう。

「なんていう男だ?」

「キリル、チェンコ、だとか」

「ロシア軍の将校だな？」

「そうだ」

「いつ来ていたって？」

「日曜日の夜だ」それから言い直した。「こないだの日曜の夜もだ」

「ねんごろなのは、確かなのか？」

「おれには、芝居だ歌舞伎だと言ってる日に、淡路町のほうで落ち合って酒を飲んでここに来て、男は夜遅くに帰っていくんだ」

「大胆なこったな。でも大将は、それをどうして知ったんだ？」

「私立探偵を雇っていたのさ。以前は特務巡査だったっていう男」

「そりゃあ優秀だろうな。なんでまた、きょうになって、女に手を出したんだ？」

「探偵には、男の素性も調べろと言っておいた。きょうわかったんだ。ロシア軍の将校だと」

「連隊勤務か？」

「いや、統監府出向だそうだ」

「統監府のキリルチェンコ、階級は？」

「中尉と聞いた」

「手を出すんなら、その将校にだろう。女じゃなく」

「ふん」と、但馬はまた鼻で笑った。「ロシア軍の将校に、手を出せるか。たとえ女房を寝取られたって、何もできねえ」

「日曜日、何時くらいに帰っていったのか、私立探偵は確かめていたのか？」

「十一時ぐらいだってよ」

「どの道を使って帰った？」

「女坂を上っていったそうだ」

その答を聞いて、飛田がばつの悪そうな顔を新堂に向けてきた。

新堂も但馬に訊いた。

「その私立探偵は、日曜日の夜も、ミエさんを尾行していたんですね？」

「そうだ」と但馬が答えた。

「名前と、事務所の場所を教えてください」

但馬は、司町《つかさまち》にある事務所を教えてくれた。私立探偵の名は、桜井《さくらい》という苗字で、以前は日本橋の久松《ひさまつ》警察署の特務巡査だったという。事務所には電話はない。

新堂は飛田に目でうながした。十分だ。三好真知子の殺害犯が、ロシア軍将校という線は消えた。この男女の喧嘩、女への傷害事件は、外神田署の別の特務巡査に任せておけばいい。

新堂たちは、その家を出た。

明神下中通りに出ると、飛田が言った。

「何も言うな。確かめられた。被害者は、ロシア軍将校相手に身体を売っていたんじゃなかった」

新堂が黙ったまま中通りを進んでいると、飛田が訊いた。

「私立探偵のところか？」

新堂は答えた。

「ええ。何か目撃していたかもしれない。でもその前に、途中で一軒寄ろうと思います」

少し足早になっていた。

# 9

新堂は、飛田と一緒に昌平橋を渡り、淡路町からプーシキン通りの一本北側の中通りに入った。さっき行ったオフジ家の西側方向ということになる。

通りにはもう街灯がつき、飲食店は看板に明かりを入れていた。日中よりも少し冷え込んできている。

新堂はずっと無言のままで歩いた。

原口の相手がロシア軍将校だったということで、情報を整理し直す必要があった。これまで耳にしてきた証言や証拠のいくつかは、そのロシア軍将校キリルチェンコ中尉に関わるものだったのだ。あらためてそれらを除外し、残ったものが三好真知子殺害事件の真相にどうつながるのか、考えなくてはならなかった。

中通りに入ってから、飛田が言った。

「桜井の探偵事務所への途中だとしても、何かいい情報に当たりそうなのか？」

新堂は我に返って答えた。

「なんとも言えませんが、寄ってみても損はないと思えるところです。さっきのお藤姐さんの話で、思い当たったのですが」

「どんなところだ？」

「ナイトクラブです。東京園」

「名前は聞いたことがあるな」

「ふたつ、よく似た名前のクラブがあります。ロシア人経営の大きなクラブが、トキイスキー・ドゥヴォレッツ。日本語で言えば、東京楼ですね」

「東京園のほうは？」

「日本人経営で、日本人客が多い店です」

「お藤姐さんは、その店の名前なんぞ出していたか？」

「ロシア語ができるなら、べつのところで商売するんじゃないかと言っていた」

飛田は、そうか、というようにうなずいた。

目指す店は、北向きの洋館の地下にあった。東京園、と日本語の看板が出ている。キリル文字では、トキイスキー・サッド。看板には二羽の小鳥が描かれていて、歌と音楽を楽しめる店であることを示していた。日本人女性歌手が毎晩、ロシアの歌曲を歌っている。ときには日本語の歌も歌う。去年の統監暗殺未遂事件のときに、その歌手に話を聞いたことがある。

地下の入り口への階段を下りて、出てきた若い従業員に用件を伝えた。細く口髭を生やした中年男が入れ替わりに現れた。たしか支配人のはずだ。彼は新堂の顔を見て、おや、という表情になった。去年のことを思い出したのだろう。

新堂は身分証を示しながら言った。

「また、ご協力をいただけませんか？」

「どうぞ、中へ。マリエも、これから歌うところです」

専属の女性歌手、薄井《うすい》マリエのことだ。

店の中に入ると、客がすでに数組入っていた。マリエはステージの脇のアップライト・ピアノに向かっている。盛り上げた髪に、舞台衣裳。マリエは新堂に気づくと、立ち上がって近づいてきた。うれしそうだ。

「やっと来てくれたんですね」とマリエは言った。

自分の歌を聴きに来てくれたのか、という意味だろうが、皮肉かもしれない。自分がこの店に来たのは、あの捜査のさなかの一度だけなのだ。

「きょうも仕事なんです」と新堂は言って、自分が持っている被害者の似顔絵の写真を取り出した。

「このひとが一昨日の夜に明神下で殺されたんですが、ご存じありませんか？」

「まあ」マリエは写真を見て言った。「ミーリャだわ」

「ご存じですか？」

マリエも衝撃を受けたという顔で新堂を見つめてきた。

「殺されたの？　誰に？」

「それを捜査中です。彼女のつきあっていたロシア人ではないかと、状況証拠が集まってきているんですが。彼女のつきあっていたロシア人男性を知っていますか？」

「いいえ。知らない。でも、つきあっていたのは確かなの？」

「かなり確実です。彼女は三好真知子というのですが、どういうお知り合いです？」

「彼女、去年の十二月、ここで働いていた。ロシア語ができるので、女給仕のような仕事はないかとやってきた。年内いっぱい、いたはず」

「ロシア暦で？」

「ええ」

「ここでは、女給でもロシア語は必要ですか？」

「ロシア人のお客さんも来るから、できるにこしたことはない」

「かといって、さほどの給料をもらえるわけじゃないでしょう？」

「ロシア人のお客なら、心付けをくれる。日本人のお大尽は、残念なことにここには来ない」

飛田が訊いた。

「女給ってのは、酌婦ってことですか？」

マリエは飛田に目を向けた。侮辱しているのかと言っている顔だ。

マリエは新堂に視線を戻して言った。

「酌婦というのが、身体を売っているという意味なら違う。この店には、酌婦はいない。ここは、そういうことを期待するお客には、退屈な店だから。ミーリャは、女給だった。注文を受けて、お酒を運ぶ。でも、同じ卓で一緒にお酒を飲むわけじゃない。勘違いする日本人客もいるかもしれないけど」

「被害者は、毎日酒を飲んでねぐらに帰っていたらしい」

「ここで働いていたときに？」

「最近のようだけど」

「ミーリャが働いていたのは、去年の話」

飛田が、もう一度店内を見回してから訊いた。

「この店にお酌する女がいないのなら、売りは何です？」

マリエはまた少し眉を吊り上げて飛田に言った。

「ロシアの歌と音楽。美味《おい》しい洋食と、洋酒がある。娘さんはいる？」

「いますよ。十六歳」

「奥さんと一緒に連れて来るといい。ばつの悪い思いはしないですむ店だから」

「男は女給を、店が退《ひ》けたあと誘ったりはしない？」

「誘うひとはいるでしょう」

「ほら」飛田はにやついた。「表向きはともかく、そういう客も来ているし、ここで女を拾うこともできるんだ」

「店の外でのことには、ここの支配人だって口出しはできない」

飛田とマリエのやりとりは、お互いに険のあるものになってきた。新堂は割って入った。

「三好真知子は、ここで働いていたとき、つきあっているロシア人のことを話していませんでしたか？」

マリエはまた新堂に顔を向けてきた。

「ううん。そんなに話す時間もなかったし、親しいわけでもなかった。でも、ほんとうにロシア人とつきあっていたの？」

「疑わしいですか？」

「少なくとも、男がいて浮かれた様子はなかった」

「ここを辞めた理由は何でした？」

「心付けを入れても、たいしたおカネにはならなかったんでしょう」

また飛田が訊いた。

「ここを辞めた三好真知子が、次に働くのはどこか想像がつきますかね？」

マリエはおおげさにため息をついた。もううんざりと言ったようにも見えた。

「あたしが何と答えることを期待してるの？」

「身近にいた女性なら、思い当たることもあるだろうと」

「その手の店で身体を売るようになったと言わせたい？」

「もしそう思うなら、かばったりせずに言ってもらっても大丈夫だ。もう死んでいるんだから」

「あのひとに身体を売るつもりがあったら、それこそうちで女給の仕事をしないで、最初からそういうお店に行ったんじゃないの？」

「素人が一足飛びに、ってことはない。段階を踏むでしょう」

「だとして、どうしてあたしが思い当たるの？」

新堂がマリエの注意を自分に向けた。

「薄井さん、このあたりで、ロシア語のできる若い女が酒を飲んでいても奇妙じゃない店って、どこになるでしょう？」

マリエが、新堂にも怒りを向けて言った。

「女性客は、ここにも来る。友達同士で。断髪で流行《はや》りの洋装の女性たちが。お酒を飲んで歌を聴いていくけど、男を漁りに来てるんじゃない」

「まだもしほかにも、こういう店があれば」

「この並びのカフェは、夜には洋酒も出すらしい。日本人の女性客は行きやすいところだと聞いた。ロシア語を習っている女性などが、よく行くそう。あたしが聞いたことがあるのは、そこくらい」

「この店の並び？」

「もう少し小川町寄り。プーシキン劇場のちょうど真裏あたり。ファンタン、というカフェ」

「噴水、ですか？」

「プーシキンの作品の名前からだとか」

「経営は日本人？」

「ロシア人」

「ありがとう」

新堂はハンチング帽に手をやって、飛田に合図した。桜井の事務所に行く前に、その店にも、と。

東京園の外に出ると、飛田が面白くなさそうな顔で言ってきた。

「おれは気っ風のいい姐さんは好きなんだが、ああいう生意気な女は苦手だな。ロシア人はあの手が好みなのか？」

「人気がある歌い手のようですよ。日本人にも」

中通りを歩きだしてすぐに、ファンタンというカフェが見つかった。キリル文字だけの看板だ。木のドアを押して中に入ると、エプロン姿の若い日本人女性がすぐに新堂たちに寄ってきた。

「おふたりですね？」

新堂は身分証を見せて言った。

「店長か、経営者はいるかな。いちばん長い時間、店に出ているひと」

彼女は少し不安そうに言った。

「何か？」

「この店のお客のことで、ひとつふたつ聞かせてもらえたらと思って」

「お待ちください」

エプロン姿の若い女は店の奥に入っていった。新堂は、去年の統監暗殺未遂事件の捜査のとき、本郷・菊坂にあるミルクホールに寄ったことを思い出した。ロシア好きの客ではなく、むしろロシア統治に反発する学生や市民がよく来ていた店。店名もロシア語ではなくフランス語だった。あの店の女給も、いまの女性とよく似た印象だった。断髪で、少し気が強そうに見える。年齢も同じほどだったろう。

　新堂は店の中を見渡した。さっき愛宕署の笠木と行った、『スペードの女王』とよく似た造りの店内だった。間口は狭く、奥行きがある。左手に胸ほどの高さの仕切板があって、内側はお茶やコーヒーを淹《い》れるための空間だ。奥のほうに、小さなストーブほどの大きさの、黒い円筒形のサモワールが見えている。仕切板の右手が客席だ。四人掛けのテーブルが壁に片側をつけて並んでいた。客は二十人ばかりいるだろうか。若い者たちが大半で、ロシア人らしき男女も七、八人見える。

　仕切板の内側、サモワールのある場所から、白いエプロンをつけた初老の男がやってきた。

　自分は店長だと名乗ってから、彼は言った。

「うちのお客さんが、何か？」

　新堂は似顔絵の写真を見せてロシア語で訊いた。

「この女性が殺されたので、捜査をしています。ミーリャと呼ばれていた女性なのですが、ご存じですか？」

　店長は、写真を顔から遠ざけて見つめてから言った。

「名前は知らないが、お客でこの写真の娘さんに似た子はいる。ときどきこの店に来ていた」

「客として、ということですね？」

「ああ。ロシア語学校に通っていたんじゃないか？　学生仲間たちと一緒に来ていたはずだ」

「この女性がロシア語学校に通っていたのは去年の夏までですが、最近はどうです？」

「来ていた」

「ひとりでですか？」

「待ち合わせで来ていたんじゃなかったかな。今年になってからも何度か。ロシア人の若い男と一緒のテーブルになっていた」

「ふたりで？」

「ああ、そうだな。ふたりだ」

「なんというロシア人か、ご存じですか？」

「カターエフだ」と店長が答えた。

ロシア語学校の教師のひとり、二十代の若い男も、そういう苗字だ。その彼のことか？

飛田が小声で訊いた。

「なんだって？」

新堂は飛田に答えた。

「男はあのロシア語学校の教師のようです」

店長が、女給を呼んで訊いた。

「ミーリャという娘さんだそうだが、ときどき来ていたお客かな」

女給は写真を見て言った。

「ああ、三好さんですね。ロシア語の新聞社に勤めているはずです」

新堂は女給に訊いた。

「最近は、カターエフというロシア人男性とよく来ていたといま聞きました」

「何度か、ですけど。一緒に来ていたわけじゃなくて、夜にここで待ち合わせしていたみたいです。少しずれてやってきて、一緒に出ていった」

「いちばん最近、ふたりが来たのはいつですか？」

「日曜日も来ていましたね」

殺された日だ。

「何時くらいです？」

「ふたりが出ていったのは、七時を少し過ぎていたころかな」

「ふたりは、恋人同士？」

女給は、少し困惑した様子を見せた。

「よくわかりません」

「でも、待ち合わせて、一緒に帰っていくんですよね？」

「親しいようには見えますけど、恋人同士かどうかはわかりません」

答え方が、あまり率直そうには聞こえなかった。新堂は女給を見つめた。彼女はちらりと店長に目をやったが、店長は何もつけ加えずに、写真を新堂に返してきた。新堂は礼を言って、飛田と一緒に店を出た。

飛田は店の看板を見上げて言った。

「日曜日もここで待ち合わせて、浦潮荘。あいつ、カターエフって男で確定だ。ロシア語学校では、おれたちにつきあっていることを隠していた」

「ちょっと待ってください」と新堂は飛田を制した。「まだ整理できません。事情がいっそうわからなくなった」

「何がわからないんだ？　あんたの読み通り、証言が出てきているんだぞ。ロシア軍将校ではなく、身体を売ってもいなかった。つきあっていたのは、ロシア人の若い男だ。すっきりしただろう？」

「いいえ。ただ、三好真知子の部屋に、軍に評議会を作れ、というビラがあったことも、じつは飛田さんのロシア軍将校という仮説に多少の根拠を与えていたと思うんです。でもロシア語学校の若い教師とつきあっていたと聞いて、ビラの意味もわかった」

「あいつは、反帝室活動家ってことだな？」

「ロシアの民主化を求めていた知識階級ということですね。あのようなビラを持っていてもおかしくはない。あのビラから、わたしはもっと早く、部屋にいたのは若いロシア人男性だという可能性に気づくべきだった」

「まわりくどい言い方だな。要するに、下手人が若いロシア男だってことだろ？」

「まだ、その結論は出せません」

飛田が、うんざりしたという顔になった。

「七時過ぎに一緒にこの店を出ていったんだぞ。それから二、三時間のあいだに、三好真知子はもうひとり客を取ったか？」

「殺す動機が、彼にはありますか？　わたしたちに、三好真知子と親しかったことも、日曜のことも隠した件は不審ですが、恋人のようにつきあっていたんです」

「女給は、恋人かどうかはわからないと言っていたんだろう？」

「人前では、手を握ったり、接吻《せっぷん》したりとかしていない、という程度の意味では？」

「女は敏感だ。そのふたりがほの字同士かは、ひと目で見抜く。それに三好真知子は妊娠していた」

「ふたりはできていて、でも恋人同士じゃないと言うんですか」

「おれは、日本人娘とロシア男の恋なんてものを信じない。御大変以降、東京にはロシア男に捨てられた女が、どれだけいると思う？　どれだけの混血児が生まれている？」

「三好真知子は、引っ越しを考えていたんです。男と暮らすためだったのでしょう」

「三好真知子は、一方的にのぼせ上がっていたのかもしれない。男のほうは、出稼ぎ先の属国で、一時的な女が必要だったのさ。そういう仲だったのさ。男は結婚するつもりなどなかった。妊娠していたことは、男にとって殺害の動機になるさ」

「それほど薄情な男なら、女と別れるだけでよかった」

そのとき新堂は、ファンタンのドアが開いていることに気づいた。女給が顔をのぞかせている。新堂と目が合うと、女給は店の外に出てきた。何か言いたくなったようだ。

「何か思い出しましたか？」と新堂は訊いた。

女給は、小さくうなずいて言った。

「あのふたりは、恋人同士のように見えなかったと言ったんですけど」

「やはり恋人同士に見えた？」

「いいえ。あの学校の先生は、ほかの日本人の女性とも親しかったみたいです。この店で、べつの女性と待ち合わせをしていたこともあります」

飛田が訊いた。

「その女性の名前は知ってるか？」

「いいえ。でも、たぶんロシア語学校の学生です。それだけ思い出して」

女給はくるりと踵を返すと、店の中に駆け込んでいった。

飛田が言った。

「ほら。あいつは、三好真知子とは一緒に暮らすつもりもなく、ましてや結婚なんて考えていなかったのさ。三好真知子は、カネのかからない便利な女だった」

新堂は台所町で聞いた証言を思い起こした。

言い合うような声を聞いた者はいない。むしろ女の気持ちよく酔っているような声があったと、住人のひとりが証言していた。自分はあの証言を、酒に酔っていたような声、と単純に理解していたが、恋に酔っていたような声とか、夢見心地のような声と解釈することもできるのだ。なのにあの男は、相手のそんな声を聞きながら殺したというのか？　あの男には、それができるような裏の面がありそうに見えたろうか。自信はなかった。

状況をどう解釈すべきか窮していると、飛田が言った。

「ことが済んで、帰る男を三好真知子は送ろうとした。あの教師は、本郷の山の上に住んでいて、女坂から帰るのが便利だったんだろう。三好真知子は、下着の上に外套を引っ掛け、襟巻を巻いて一緒にあの女坂下まできた。男は別れ際に女から妊娠を告げられ、結婚を迫られた。捨てることを決めていた男には、言い合う必要もなかった。男は反射的に襟巻に手を伸ばした」

「すぐに男の犯行とばれます。現にいま、このカフェで、ふたりを結びつける証言があったんです」

「三好真知子はしつこく食い下がったのだろう。男はとっさに手を出したとしてもおかしくない。後先考えない」そこまで言ってから、飛田はべつの解釈をつけ加えた。「三好真知子の男は自分ひとりではない、という確信でもあれば、逃げおおせられると踏むさ」

「飛田さんが言うように、捨てられた日本娘の話は多く聞いています。だから余計に、あのロシア人には、殺す動機は薄いと思える。殺さなくても、ロシアの男なら別れられるんです。多少の手切れ金は必要にせよ。でも、相手を殺してしまっては別だ。懲役刑は免《まぬか》れない」

「いいや」と飛田が大きくかぶりを振った。「統監府は、民間ロシア人の刑事事案だろうと、絶対にくちばしを入れてくる。軍人の場合よりは無理は言わないと思うが、それでもこっちの検事は、過失致死程度の罪状で起訴。求刑三年ってとこか」

「そこまで遠慮はしないと思いますが」

「検事も判事も、出世第一だ。統監府の顔色を窺う。つまりは執行猶予つき判決。国内に留まることを条件にしても、さっさと本国に帰ってしまうさ」

「それって、もしあのロシア人の犯行なら、わたしたちの捜査、被疑者逮捕も無駄になるということですよ」

「ロシア軍の将校の犯行と読んだときにも、それは覚悟していたさ。だけど、刑務所に送り込めなくても、せめて世間体はつぶしてやる。本国に帰る前に、きつい取り調べと留置場ぐらいは体験させてやる」

新堂は、時間を気にしながら言った。

「御茶ノ水ロシア語学校に、行きますか？」

飛田は難しい顔となった。

「カターエフの返答次第では、任意同行を求めることになる。ロシア人を引っ張る可能性が出てきたとなれば、事前に上の了解を得ておかなきゃならないな。王手をかける前にだ」

「署に戻ります？」

「電話する。係長が帰ってしまっていれば、明日だ」

新堂は明日の朝、愛宕署の笠木たちと一緒に、杉原の身柄を統監府まで引き取りに行くことになっている。ロシア人に任意同行を求めることまで見据えてカターエフに再度会うのは、そちらの用件が片づいてからということになる。

それを言うと、飛田は言った。

「プーシキン通りで、電話を探そう」

いつもよりもひと通りの少ないプーシキン通りに出て、自動電話を探した。ちょうどプーシキン劇場の真ん前の歩道に、小屋があった。飛田が外神田署に電話をしたが、係長はすでに帰ったという。

「明日だな」と飛田が言った。「カターエフに、三好真知子と待ち合わせしていたことを突きつける。指紋採取を拒否したら、確実だ」

新堂は、カターエフには殺害動機がまだ薄いように感じてはいる。ただ、推定犯行時刻に近いころ被害者と一緒だったという状況証拠が出てきた以上、聴取はすべきだった。新堂は飛田に言った。

「カターエフの対応は、いくつか考えられます。全部に反証か、反証する段取りを用意しておかなければ」

「ひとつは?」

「ファンタンを一緒に出たが、部屋には行っていないと言う」

「どこにいたか、アリバイを言わせる。裏を取る。指紋採取に同意するかどうかでも、わかる」

「部屋には行ったが、ひとりで出た。殺していないと言う」

「その経緯を、別々に何度もしゃべらせる。おれとあんたが、二回同じことを訊くだけでもボロが出てくる」

「女坂下まで三好真知子と歩いたが、別れたとき、暗がりに人影を見た、とでも言い出す」

「少し厄介な返事だな。その人影が誰か、それともまったくのでまかせか、こっちが調べなきゃならない。あとは?」

「誰か具体的な男の名を挙げて、殺したのはそいつだと言い出す。自分は部屋には行っていない。三好真知子がその男ともつれていたので、自分は相談に乗っただけだとか」

「やはりアリバイを言わせる。日曜日の午後七時過ぎ、ファンタンを出てから深夜までの。アリバイがあったら、カターエフが名前を出したその男を聴取する」

このくらいだろうか。考えて、新堂はもうひとつ思いついた。三年ほど前に、白山《はくさん》であった殺人事件。医師が妻を殺したのだが、医師の言い分は、自殺したいので殺してくれと妻に懇願された、というものだった。捜査班は医師が別の女に、妻を離縁した後に結婚すると約束していたことを突き止め、最後には、殺して欲しいと妻は言ってはいなかったと自供させて、送検したことがあったのだった。

カターエフがもし三好真知子殺害を認めたとして、結婚できないなら殺してくれと頼まれ、襟巻を引っ張ったのだと言い出すことはありえないか？　荒唐無稽な言い分ではあるが、このような同意殺人を主張してきた場合、その言い分を突き崩すのは少々難しいことになる。ましてや、ふたりが異文化に生きる男女であり、同時に親密かつ性的な関係にあったことを前提として、警察と検事は有罪を主張するのだ。それは、同意殺人の可能性もまた認めてしまうことになる、と新堂には思えた。

飛田が、少しいらだったように言った。

「とにかく本人から聴取しないことには、こういった事前の吟味も虚《むな》しい。すべてはカターエフに話をさせてからだ」

新堂は言った。

「桜井の事務所に行きましょう。桜井という私立探偵が何か目撃していたら、カターエフを聴取するときの手札になるかもしれない」

「行こう」

その探偵事務所は、司町の南にあった。錦町警察署から続く東西の通りの少し北側だ。

御大変のあとの東京市中心部の大改造に伴い、このあたりの町名は整理され、新しい地名がついた。司町という名前も、そのときつけられたものだ。神田明神にちなんだ町名だが、地元のひとはいまだにこのあたりのことを、古い地名の三河町《みかわちょう》と呼んでいるはずだ。

事務所が入っているのは、和洋折衷の木造二階建て建物の二階だった。

「神田私立探偵社」と看板が出ている。その左に「身元調査・信用調査・人探し等」と業務の内容が記されていた。看板にはキリル文字はない。

一階の小さな印鑑屋の脇のドアを開けて、中の急な階段を上ると廊下があり、商店街に面した部屋のドアに紙が貼られていた。

「神田私立探偵社」

そして「外出中」と書かれた紙が紐で吊るされている。

飛田がドアのノブを回したが、施錠されていた。飛田が出直すかという顔で振り返ったとき、階段に靴音が聞こえた。待っていると、二階の廊下に姿を見せたのは、外套のボタンを外した、洋装でソフト帽姿の中年男だった。細い口髭を生やしている。

男はうれしそうに言った。

「お客さんかな」

少し酒が臭った。

これが桜井なのだろう。以前は特務巡査と聞いていたから、かなり刑事臭のするこわもての男かと思ったが、人当たりはよさそうだ。

「わかるよ」と男は新堂たちに近づきながら言った。「前の同僚たちの匂いがする。刑事だろ?」

飛田が訊いた。

「桜井さんか?」

「ああ。とりあえず中に入りなよ」

その事務所は、机がひとつと、客用の椅子、それに書類棚が並んだ雑然とした部屋だった。床には重ねた新聞の山がいくつもできている。

桜井が机の後ろの椅子に腰掛けて言った。

「いつもは留守番がいるんだ。きょうはあいにく出てきていなくて。待たせたかい？」

「いや」と飛田が身分証を見せて名乗った。

「外神田署の飛田というんだ」

桜井が新堂たちに腰掛けるようにすすめた。新堂と飛田は、不揃いの古い椅子を机の前に引いて腰を下ろした。

桜井が訊いた。

「外神田署となると、台所町のあの事案かい？」

「知っているのか？」

「新聞で読んだ。全裸の女性死体だって？」

「いや、服は着ていた」

「そうだったのか？　どれかの新聞で、全裸死体と読んだような気がした」

「いましがた、台所町の原口って女が、旦那に暴行を受けた。旦那は傷害で引っ張ることになる」

桜井はぽかりと口を開けた。

「さっき、但馬さんには報告したばかりだった。あの大将、そんなことまでやってしまったのか」

「原口の姐さんの行動調査、頼まれていたんだって？」

「ああ。但馬さんから、どうも男がいる気配があるんで調べてくれと」

「男はロシア軍の将校だと聞いた」

「そうだった。その将校の名前まで突き止めて、きょう報告書を届けてやったのさ」桜井が逆に訊いた。「ロシア軍将校がどうかしたのかい？」

「現場近くで、ロシア軍将校が目撃されているんだ。被害者はすぐ近くの浦潮荘っていう洋館のアパートに住んでいた」

「ほう」

「日曜の夜、原口の姐さんは、あの家に将校を呼んでいたんだって？」

「呼んでいたというか、小川町のロシア食堂で飲んで、一緒に帰ってきたのさ。それから一時間くらいして、将校は帰っていった」

「お茶だけ飲んだってわけじゃないよな」

「家の中のことまでは確かめていないよ。但馬からは、男が誰かってことも教えろという依頼だった。だから家を出たあと、住処《すみか》までつけようと思った。だけど将校は女坂を上がっていったので、その日は諦めた。ただ、ロシア軍の将校ということだけわかれば、なんとか調べられるだろうと、二日かけて男の素性も突き止めたってわけだ」

飛田が訊いた。

「その身元調べ、どうやったんだ？　もし巡査には明かせるということなら」

桜井は微笑を見せた。

「最初は、駐留軍名鑑で片っ端から当たるかと覚悟していた。顔は覚えたし、階級章は中尉だ。だけど、月曜になって軍があたふたしていると知って、連隊勤務は除外していいとわかった。日曜の夜に女のところに行ってる余裕はなかったろう。たとえ一時間だけでもだ。それで統監府付きだと目途をつけ、統監府にいる知り合いに、助けを頼んだんだ」

つまり統監府に雇用されている日本人のうちの、日本政府側のスパイに力を借りたということだ。コルネーエフ大尉も去年言っていた。統監府の四百人の日本人雇員のうち、八十人は日本政府のスパイだと。統監府はかなり正確に、それらスパイの存在を把握していて、気づかぬふりをして使い続けている。情報攪乱《かくらん》のためには、そうしたスパイはむしろ役に立つのだ。桜井が言ったのは、そうした日本人スパイたちに、将校名簿のようなさほど機密性の高くない情報に当たらせるという意味だろう。警視庁久松警察署の特務巡査だったという彼には、統監府の中にその程度の人脈はあっておかしくはない。

飛田が納得したようにうなずいて、また訊いた。

「将校の名前と、所属を教えてもらっていいか？」

「被疑者なのか？」

「いちおう目撃証言があったんで、はずせるならはずしたいんだ」

「統監官房付きのキリルチェンコ中尉。まだ二十五、六の、優男《やさおとこ》だ」

「家族伴っての赴任じゃないよな？」

「違う。統監府出向なんで、本郷の民間人の屋敷に下宿している」

「女は、将校と以前から知り合っていたようなことを、但馬が言っていたが」

「ああ。去年の九月の、新しい駐留軍司令官の赴任祝いの席で知り合っていたんだ。内閣主催の帝国ホテルでのパーティで、女は芸者のひとりとして来賓たちに酒を注いで回っていた」

飛田が新堂に顔を向けたので、新堂が桜井に訊いた。

「ふたりをどこから尾行していたんです？」

「女の外出を待っていた。但馬が会所の寄合のある日曜の夜、姐さんのほうも三崎町《みさきちょう》の女芝居を観にいくと言ったというんだ。友達と一緒に食事もしてくるとか。逢い引きするとしたらその夜と見当をつけた」

桜井は手帳を取り出して、目を落としながら続けた。

芝居に行くという言い訳は、近所に対しても通じるようにする必要がある。外出するところを、住人にもあえて見せる小細工をするだろうと桜井は踏んだ。だから芝居の始まる時刻に合わせて家を出るだろうと予測し、明神下中通りの蕎麦屋で、外が見える席に着いて少し待った。

夕方四時くらいか、原口が洋装の外出着で通っていく。住人にあいさつしながらだ。それで桜井は尾行した。行き先は、但馬が言っていたとおり、三崎町の女芝居小屋、三崎座だった。桜井は芝居小屋に自分で木戸銭《きどせん》を払って入り、原口のすぐ後ろの席で彼女を監視した。案の定、原口は芝居が始まって最初の幕間《まくあい》に小屋を出た。小屋の近くの土産物屋で、少し買い物をすると、向かったのは淡路町だった。

つけると、原口は淡路町の洋食屋に入ったが、なかなか出てこない。男が先に来ているのかもしれないと、桜井は道を教えてもらうふりを装って店内をのぞいた。原口は奥の席でひとりきりでいた。

飛田が訊いた。

「その確認は何時だ?」

「七時四十五分」桜井は左手の腕時計を自慢げに見せて言った。「この仕事は、時刻を正確に記録して報告書を書かなきゃならないからね。姐さんはかれこれ三十分はひとりでいた」

「男は約束に遅れたんだな?」

「あの夜、統監府もロシア軍も、何か騒ぎだったよな。次の朝に禁足令が出た」

「首都で騒擾が起こっているんだ。駐留軍に、兵士評議会を作れという呼びかけもあった」

「それで、統監府勤務の将校も、約束の時刻にはとても来られなかったんだろう」

その夜、桜井は、男との逢い引きという見方は間違いだったかと考え始めた。原口は、九時になったところで、いったん店を出て、並びの洋食屋に入った。自分が店を間違えたとでも思ったのだろう。十五分ほどその店にいて、また最初の店に戻ってきた。かなり焦りと不安が顔に表れていた。原口が待ち焦がれている様子なので、桜井は逆に、この日確実に男と会うと確信できた。

九時十五分過ぎに、ロシア軍の将校が店にやってきた。この時点では、桜井もその将校が原口の情夫だとは推測できていなかった。念のために手伝いの小僧に店の中を確かめさせると、ふたりは差し向かいで飯を食っていた。このときやっと、桜井は原口の相手がロシア軍将校だとわかったのだった。

飛田が訊いた。

「ふたりで店を出たのか?」

九時四十五分に、と桜井は答えた。

「ふたりして店を出たけども、姐さんのほうは、待ちくたびれて酔ってしまっていたようだ。ふらふらしていて、将校が姐さんの身体を支えていた。昌平橋を渡ったところで、ふたりは身体を離した。姐さんが先に明神下中通りに入り、一分くらいあいだを置いて、将校が中通りに入った。おれは将校のあとをつけて、路地の奥に進んでいった将校が姐さんのうちの玄関ドアをそっと開けるところまでを見届けた。正確には、すぐ後ろでその音を確認した。九時五十八分だ」

「見張っているところを、あんたはご当人たちに見られたのか?」

「素人じゃないよ」

「あんたは出るところを、どこで見張っていたんだ?」

「あの家の玄関口を右手に回り込んだ路地さ。明神下中通りに出る路地だ。ドアが開けばわかる。暖かい夜だったんで助かったよ」

「地元の誰かに見られたりしなかったのか？」

「あのあたりは、夜は早いからな。小僧も使ったし」と桜井。「それから十分待った。出てこない。これは間男《まおとこ》で確定だ」

「その中尉が帰っていったのが、何時だった？」

「十一時二分過ぎにあの家を出た。泊まってゆくかとも思ってたんで、ありがたかった」

「将校が九時五十八分ぐらいに入っていって、十一時二分には出る？　せわしないな」

「待ち合わせにも遅れているんだ。翌日も、統監府には早めに出る必要があったんじゃないのか」

「中尉はひとりで出たのか？」

「ああ、ひとりだ」

「つけたんだよな？」

「女坂の下まで。さすがにあの石段を気づかれぬように尾行するのは無理だ。将校の身元を調べるのに、住処を知る必要もないと思ったしね」

「女坂下に空き地があるんだが、女の死体が見つかったのはその空き地だ。そこで何か目撃していないか？」

「ちょっと待ってくれ」桜井は両のてのひらを飛田に向けた。「おれは、その件で疑われているのか？」

「いいや。何か目撃していないか訊ねているだけだ」

「その殺し、新聞では時刻は正確には出ていなかったが、真夜中のことじゃないのか？」

「日曜日の夜九時から十一時ぐらいのあいだに殺されたようなんだ」

「おやおや、おれが張っているとき、その殺しがあったかもしれないのか」

「誰か町の者とすれ違っているか？」

「いいや。おれは女坂を上がっていく将校を確認してから、すぐにこの事務所に帰ってきた」

「見張りを始めてから帰るまで、誰も見ていない？」

桜井の顔が、思い出した、という表情になった。

「ちょっと待て。見張りを始める直前に、いた。原口の姐さんの家の前から湯島坂に抜ける細い通路があるんだ」

浦潮荘の裏口にもつながっている路地のことだろう。路地というよりも、ただの通路と言ったほうがよいような、細い空間。昼間であれば、付近の住人なら難なく通路として使えるが。

桜井が言った。

「おれが将校を尾行して原口の姐さんの家の前まで行ったとき、女坂下のほうから男が歩いてきて、あの通路に入っていった。おれは家の壁に張りついて、やり過ごした」

「男が、ひとり？」

「ああ。かなり暗かったんで、人相までは見ていない。一瞬だけ、窓明かりの横を通ったんで、帽子をかぶっているのがわかった。ウシャンカ帽だ。ひさしを出し、耳当てをおろしていた」

飛田が新堂を見つめてきた。瞬きしている。混乱しているという表情だ。

新堂が桜井に訊いた。

「その男は、桜井さんには気づいていないんですね？」

「いなかったと思う」

「将校が原口さんの家に入っていったときと、重なっています？」

「いや、そのウシャンカ帽の男が通り過ぎていったのは、将校が家に入ってほんの少し後だと思うな」

「桜井さんがそこに着いたとき、ひとの話し声とか、靴音とかは聞いています？」

「いや」桜井はいくらか不安そうな顔となった。「将校の長靴の音は聞いていた。だけど、その男の靴音は小さなものだった。ゴム底の靴だったんだろう」

「服装はどうでした？」

「黒い、としか見えていない」

「外套を着ていました？」

「たぶん。丈の長いものじゃなかったな」

「ロシア人でしたか？」

桜井は困惑した顔となった。

「わからんが、そうか、ロシア人ってこともあるのか」

「どうですか？」

「顔は見えなかったって」

「身体つきとか」

「どっちとも言い難いぞ」

「もう一度確認ですが、桜井さんが原口さんの家の前に着いたのが九時五十八分ごろ。将校が家を出たのが、十一時二分なんですね。その間はずっと原口さんの家の玄関口を張っていた」

「そうだ。一回だけ、女坂下の小路のほうに出て小便をしたけど、気配もわからないほど離れてはいない」

飛田が訊いた。

「その男は、挙動は不審じゃなかったのか？」

「正直なところ、そっちにかまけているわけにはいかなかった。だけどその男は、暗い中であの路地や通路をまごつかずに通っていった。地元の住人じゃないのかな」

「その男は、どこかの建物に入ったか？　それともそのまま湯島坂のほうに抜けていった？」

「わからない。途中で足音がふいに消えたようではなかったな。たぶん抜けたんだ」

桜井が腕時計を見た。

「そろそろいいかね。きょうはこれから、もうひとつ仕事があるんだ」

新堂は飛田と目を見交わして、立ち上がった。

「助かった」と飛田が言った。

「なあに。いまでもおれは巡査みたいなものだ。また役に立てることがあったら、なんでも当てにしてくれ」

自分も見返りを期待するからな、という意味だ。


司町から外神田署まで戻る道々、ふたりともほとんど無言だった。新堂は、桜井の証言をどう解釈すべきか、これまで調べたことの中にどうはめこむと、全体が整理されるのか、考えていた。飛田も同じだったろう。女坂の石段を上っていったのは、統監官房付きのキリルチェンコ中尉だった。彼には、推定される犯行時刻のあいだに、台所町で三好真知子を殺している暇などなかった。これでロシア軍将校を被疑者の候補から完全に除外できた。

桜井は原口の家の前で張り込んでいるあいだ、三好真知子がアパートを出るところを見ていない。

ひとりであれ、誰かと一緒であれだ。犯行時刻も狭められたということだ。医学的には、三好真知子が死んだのは、二十六日の午後九時から十一時くらいのあいだとのことだった。いま、犯行時刻は、九時五十八分から十一時二分までは、無視してよいとわかったのだ。

つまり桜井がロシア軍将校を尾行して台所町までやってきたとき、すでに犯行は行われていた。三好真知子はもう殺されていたのだ。

桜井は、ひとり不審人物を目撃していた。将校が原口の家に入った直後に、あの玄関の前を通って、女坂下のほうから湯島坂へと通っていった男。ウシャンカ帽子のひさしを出し、耳当てを下げていた。ロシア人かどうかははっきりしないが、これがカターエフだと疑ってもいいだけの証言だった。

ただ、カターエフだとしたら、解釈できないことがひとつある。なぜ三好真知子は女坂下に近いあの空き地で殺されたのかだ。下着の上に外套を引っ掛けて、襟巻をして浦潮荘を出ていたのだから、彼女は男を送っていったのだと推測していい。あの空き地まで送った理由は、男が女坂を上っていくか、あるいは同朋町方面に帰っていくかだったせいだろう。つまり飛田が推測するように、結婚や妊娠を告げられて動揺するなり激昂するなりしたカターエフは、三好真知子を殺したのならば、そのままあの小路の先へと進めばよかった。わざわざ浦潮荘の脇の通路まで戻ってくる必要はない。

何か部屋に自分がいた裏付けとなる品でも取りにきたのだろうか。共同の便所には革手袋が片方落ちていたが、あれを探すつもりだったか？　しかし、気がかりな忘れものが革手袋なら、カターエフは便所を覗いてみただろう。なのに革手袋は回収されていない。カターエフが便所を見落としたか。革手袋の落とし物に気づいていなかったか。もちろん革手袋はカターエフのものではないとも考えられる。手袋には名前の刺繍など入っていなかったのだ。手袋は誰か別人の落とし物で、カターエフは三好真知子の部屋で別のものを探したのかもしれない。

いや、と新堂はその推測を自分で否定した。部屋の鍵は、死体が発見された朝まで、三好真知子の外套のポケットの中にあった。古谷はその鍵を使って、部屋に侵入しようとしたのだ。殺害犯が、何か自分のいた痕跡を消そうと浦潮荘に戻ったのなら、外套から鍵を取り出して持っていったはずだ。カターエフは、部屋に入るつもりはなかったのか？

ではなぜわざわざ浦潮荘まで戻ってくる？　何かほかに理由は考えられるだろうか。

あるいは、と新堂は考えた。桜井が目撃したその男は、カターエフではなかったのか。桜井も推測していたように地元の住人で、事件とは無関係の男だったのか？

万世橋駅の広場に着いた。大時計は、八時を回っている。どっと疲労が感じられてきた。晩飯も食べていないのだ。

このあと外神田署に戻って、飛田がきょうの捜査の覚書を作るのを待つか。刑事係の係長も署長も退庁している。任意同行含みでカターエフを聴取する許可は、明日にならねば下りない。夜食にして、もう少し飛田と情報を整理しておいたほうがいいか。

歩きながらそう考えたとき、飛田がふいに立ち止まり、新堂を見つめてきた。

「ひょっとしたら、カターエフじゃないって可能性が出てきたのか？」

もしかすると、飛田も新堂が解釈していたのと同じ筋道をたどっていたのだろうか。

新堂は言った。

「同じことを考えました。署で整理してみますか？」

「いや」飛田は首を振った。「きょうはもう頭が働かない。切り上げよう。あんたは、ここから乗って行くんだろう？」

「署まで行きます。何か伝言でもあるかもしれない」

外神田署に戻ったが、とくに何もなかった。

新堂は、飛田に、お先にと告げて帰宅の途についた。明日は、八時四十五分に本部で愛宕署の笠木と落ち合い、統監府に杉原辰三の身柄を引き取りに行くのだ。

上野停車場前で市電を降り、一杯飯屋で赤蕪《あかかぶ》のスープと白飯の夕食をとった。帰宅したら銭湯に行くつもりだった。

車坂町の家に着いて、母に飯は食べてきたと告げ、銭湯に行く用意をした。

母が訊いてきた。

「多和田さんからの手紙、何だったの？」

まだ中身については、母には話していなかった。

新堂は答えた。

「花見の誘いだよ」

「返事は書いた？」

「まだだ」

書きづらい。断ることも失礼だが、誘いを受ければ、二進《にっち》も三進《さっち》も行かぬところに自分を追い込むことになる。誰か世知に長《た》けた年配者に相談したいところだが、誰も思いつかない。この問題でなければ、むしろ多和田こそがその人物なのだが。

「多和田さんのところ、娘さんはその後どうしてるの？」

気にしているのは、やはりそこか。

「元気なんじゃないかな。何も聞いていていない」

「返事は早く出しなさい」

「うん。仕事の様子を見てから、出す」

その話題が発展しないうちにと、新堂は家を出た。

# 10

警視庁本部に向かう電車の中で、新堂は買ってきた朝刊二紙にざっと目を通した。

ペトログラードの情勢を伝える東都日日新聞の見出しはこうだった。

「露都無政府状態
諸勢力暗闘」

帝都実報はこうだ。

「露軍反乱拡大
露帝譲位を模索か」

譲位、の文字に驚いた。ただし、読んでみると記事の本文にはさほどの情報があるわけではなかった。どれだけ裏付けのある情報から導かれたものか、わからない。外報がそう伝えたということでもなかった。編集部の勝手な臆測なのかもしれない。東京実報と同様に、帝都実報もまた政治面や国際情勢について煽情的な見出しをつける新聞として知られているのだ。そしてその記事はしばしば誤報であり、確信犯的な虚報でもあった。先の戦争の前はさんざんに開戦を煽り、ポーツマス講和条約には猛烈な非難の論陣を張った。二帝同盟が成ってからは、一転してロシア帝国礼賛、同盟熱烈支持となった。しかし欧州で大戦が始まり、ロシア帝国が苦戦と見るやまた立場を反露に変えて、売り上げを伸ばそうとしている。

新堂は市電を降りたところで、新聞を脇にはさんだ。

刑事課の部屋に入ると、吉岡はすでに登庁していた。新堂は吉岡に、昨日の捜査の中身を報告した。

吉岡は、カターエフの聴取の件を聞いて言った。

「民間人なら、逮捕までは統監府も何も口を挟んでは来ないだろう。取り調べと送検直前の段階で、ことによったら何かあるかもしれない。手ごわい弁護士も送ってくるだろうが」

「では」と新堂は言った。「きょうはカターエフから事情聴取します」

「愛宕署の連続強盗犯、きょう身柄が引き渡されるんだな？」

「愛宕署の特務巡査と、これから身請けに行ってきます」

刑事課の部屋を出るとき、吉岡の机の後ろの電話が鳴ったのが聞こえた。

「わたしだ」と吉岡が電話の相手に言っている。

新堂は後ろ手にドアを閉めて、本部の玄関前に向かった。

本部庁舎の正面は、統監府の豪壮な建物を左斜めに見る位置にある。あいだに外濠があり、宮城前広場の松が視界を大部分遮っていて、見通せるというわけではないが、位置の関係はそのようになる。べつの言い方をすれば、祝田橋の真正面にある統監府庁舎は、大日本帝国の議事堂や官庁を背後に従え、宮城と警視庁を両の斜め方向に睨む位置に建つのだった。

正面玄関の石段の前に立って愛宕署の公用車を待っていると、クロパトキン通りの南から猛烈な勢いで走ってくる自動車があった。あれが愛宕署の車か？　だとしたら、ただごとではない様子だ。その車はマカロフ通りとの交差点でも徐行せずに突っ切って、庁舎前に走り込んできた。新堂は思わず石段の二段上に退いた。

助手席に乗っているのは笠木だった。血相を変えている。

「乗ってくれ！」と笠木は叫んだ。

後部席のドアを開けて身体を入れると、運転している吉屋が、まだ新堂がドアを閉じないうちに再発進させていた。吉屋はクラクションを鳴らして本部庁舎の前で車をUターンさせた。

笠木が言った。

「杉原が死体で見つかった。うちの管内。新網町《しんあみちょう》の海岸で上がった」

新堂は意味がわからなかった。

「統監府が身柄を押さえているんでは？」

「わからん。統監府で事情を訊く」

マカロフ通りとの交差点を右折した。日比谷公園を一部接収した統監府の建物が左手にある。西通用口に行くには、正門の前を通過し、司法省ビルとのあいだの道路へと左折することになる。

新堂は訊いた。

「死体が杉原というのは、確認できているんですか？」

「風体、顔だちは一致する。持ち物の中に、杉原辰三宛の書留封筒もあった。それに」

笠木が口ごもっている。

「なんです？」

「クラトフスキの、アメリカの新聞社の記者証があったという。強盗に襲われたことになっていた被害者の、所持品を持っていたんだ」

クラトフスキ殺害犯として死んだということだ。

「杉原の死因は？」

「溺死《できし》に見えるらしい。外傷はなかったと聞いた」

プチロフは北通用口の手前でいったん停止した。吉屋が、身分証を窓から出して、衛兵に怒鳴っている。

「ポリツィア《警察だ》！」

日本人の通訳らしい男が車に駆け寄ってきた。背広服姿の中年男だ。

笠木が続けた。

「クラトフスキ殺害の一件、これで収めてくれという統監府保安課からのあいさつだろう」

「杉原の死体が？」

「アメリカ大使館も、形が整っていれば引くしかない。ロシア帝国とことを構えるよりも、日本国内の刑事事件で処理できるんなら、我慢するさ。腹立たしいだろうが」

「警視庁としては、杉原辰三殺害犯の逮捕が必要になりますよ」

「死体は、新網町で上がったんだ。強盗という見方でも不自然じゃない」

新網町は、かつては東京市内でも有数の貧民窟だった。御大変の後、地価が上がって住人たちは下谷万年町《まんねんちょう》や四谷鮫河橋《よつやさめがはし》方面に流れた。昨日行った汐留の寄せ場周辺も、かつての新網町から移ってきた貧民たちが多い土地だ。要するに、よそ者がうっかり町に足を踏み入れると、身ぐるみはがれてもおかしくはない地区ということである。

通訳が、衛兵に言っている。

「犯罪者を引き取りに来たんだ。自動車も中に入れて欲しいと」

衛兵が、鋳鉄の門扉の片側を開けて、プチロフを中に入れてくれた。吉屋は、建物の西翼側の通用口の前まで車を進めて停めた。新堂は笠木と共に車を降り、通用口の門衛に近づいた。

「警視庁愛宕警察署だ。保安課第七室のジルキン主任に。きょうここで犯罪者の身柄を引き取ることになっている」

若い門衛が言った。

「待っていろ」

五分ほど待っていると、日曜日の夜に会った男が、ふたりの私服の男を従えて通用口に現れた。

「ジルキンだ」と男は言った。「杉原なら、昨夜引き渡した」

新堂は何を言われたのかわからなかった。自分のロシア語では、理解できない。ジルキンが言ったことをどう解釈したらいいのだ？

笠木が新堂を見つめてくる。何だって、と訊いていた。新堂は笠木には答えずにジルキンに言った。

「きょう朝九時の約束でしたが」

「違う。昨夜九時と指定した。やってきた警視庁の私服警官に引き渡したぞ」

驚いたまま、新堂はジルキンの言葉を笠木に伝えた。笠木はぽかりと口を開けた。

新堂はさらにジルキンに訊いた。

「警視庁の誰に引き渡したんです？」

「知らない。約束の時刻にやって来た捜査官に引き渡したんだ。問題でも？」

「警視庁は、いまこの時刻を指定されました。誰も引き取っていません」

「知るか。身分証を見せてもらったが」

「ですから、誰です？」

「読みにくい名前だ。覚えていない」

「身柄受け取りの書類は？　そういう書類にサインをさせていないのですか」

「もらっていない。とにかく杉原は引き渡した」ジルキンは、新堂を正面から見つめて言った。「新堂という警察官はきみか?」

「自分ですが」

「きみには、ちょっと協力を願いたいことがある。一緒に来てくれ」

ジルキンは、廊下の奥のほうに首を倒した。

「どんなことです?」

「同盟の原則について、きみの意見を聞きたいのさ」

笠木が横から小声で訊いた。

「何だって?」

新堂はジルキンに目を向けたまま答えた。

「協力してくれと。用件はわからない。行ってくる」

庁舎の中に一歩入ると、ジルキンの後ろにいたふたりの若い男が、新堂をはさむように並んだ。新堂は、ジルキンについて廊下を進んだ。

このジルキンという男は、保安課第七室という部署の所属とのことだった。しかしコルネーエフ大尉の話では、実質的には、統監府の一部署というよりは、ロシア帝国内務省警察部警備局の直轄らしい。ロシア帝国の打倒、解体を企てる組織や個人の内偵や摘発が主任務であるらしかった。

そのジルキンや第七室はいま、警視庁まで巻き込み、しかも日本の法律すら無視して、何やら反ロシア帝国活動を押さえ込みにかかっているようだ。クラトフスキというポーランド出身のアメリカ国籍の男も、たぶん日本ではジルキンが監視する対象のはずである。彼はいったん極東からロシアに入ろうとして、入国を拒まれ、また日本に引き返してきたようだった。つまりロシア帝国の警察は、クラトフスキを危険分子とみなしているということだ。首都で市民の騒擾や軍の反乱が起きているいま、穏やかな対応などしている余裕もなく暗殺したということなのかもしれない。アメリカ大使館がこの事情を察して国際問題化しようとしてきたので、うまいことに身柄を押さえていた杉原辰三を、クラトフスキの殺害犯に仕立て上げた。警視庁に対しては、杉原引き渡しの時刻をあえて誤解させ、杉原が自分たちの監督下にはなかったことを、公的に認めさせようとしている。そういうことだろうか。

そこまでは自分の推測が当たっているとしても、いま自分が協力を求められる用件は何なのだろう。同盟の原則について意見を聞きたい？　日本のならず者たちの言う「ちょっと顔を貸せ」と同じ意味のことなのだろうか？

二階の保安課の部屋に連れて行かれると思ったのだが、ジルキンは西翼棟の廊下に入り、途中にあった階段を下り始めたのだ。

地下に連れて行かれる。

新堂は足を止めて、ジルキンの背に言った。

「用事はここで聞く。何だ？」

ジルキンは立ち止まって振り返り、新堂を見上げてきたが、返事をしなかった。新堂の左右にいる男のひとりに目で合図して、また階段を下り始めた。新堂は抵抗したが、左右のふたりの男たちが新堂の上腕を締め上げ、押してくる。抵抗は続けられなかった。階段を下りきると、地下の薄暗い廊下に入って、奥へと進んだ。

ジルキンが廊下の端まで進んで、左手にあるドアを開けた。そこは庁舎の中庭側にある部屋ということになる。部屋に入ると、ふたりの男たちが新堂の外套のボタンをはずし、さっと身体検査をした。拳銃の携行を心配したのだとしたら、これから起こることは、同盟の原則についての対等な意見交換などではないだろう。

コンクリートがむき出しの壁の、荒《すさ》んだ印象のある空間だった。奥の壁の高い位置に、小さな明かり取りがある。床もコンクリートで、部屋の手前側に排水孔《はいすいこう》があった。簡素な机と、椅子が二脚ある。ドアの脇には、陶器の小さな洗面台があった。

新堂は天井を見た。裸電球が点《つ》いている。

ジルキンが振り返って言った。

「腰掛けてくれ」

新堂は椅子を机の前に近づけて腰を下ろした。

ジルキンは、机の反対側で立ったままだ。ふたりの男たちは、新堂のすぐ後ろに並んで立った。

ジルキンが口を開いた。

「何をやっているんだ？」

新堂は意味がわからずに訊いた。

「どういう意味です？」

「ロシア軍将校に関心があるようだが」

「わたしがいま携わっているのは、日本人女性の殺人事件です。殺害現場近くで、ロシア軍将校の姿が目撃されているので、それが誰か調べようとしましたが」

「ここの日本人雇員にも、将校の情報提供を求めたな。統監府付きの中尉の名前を知りたいと」

桜井のことだ。彼は協力を頼んだ相手を、日本政府のスパイだと思い込んでいたのだろうが、じつはロシア側スパイだったのだ。だからこのジルキンに、すぐにそのことが伝わった。

「それは、わたしではありません」

「では誰だ」

「べつの件で、私立の探偵が調べたようです」

「連隊通りに近い酒場では、グリゴレンコという男のことを詮索していった。きみだよな?」

「それはわたしです。問題がありましたか?」

「グリゴレンコという男も、女性殺しの一件に関係しているというのか?」

「それは、杉原辰三という男の余罪を洗っていて、行き当たったことです」新堂は逆に訊いた。「ポーランド系アメリカ人殺害を、杉原の犯行にする細工をしたんですね?」

ジルキンは少しのあいだ、新堂をまっすぐに見つめてきた。質問には答えない。

言葉を換えて確認しようとすると、ジルキンが言った。

「日本は同盟国だ。外交権と軍事権までロシアに委ねてくれるほどの、強固な同盟関係を作っている国だ」

その言い方は正確ではない。あの戦争に負けたために、日本は外交権と軍事権を放棄して、ロシア帝国の属国となることを受け入れざるを得なかったのだ。二帝同盟、と政府は言うが、この状態が日本にとっては属国の地位でしかないことを国民は承知している。対等の同盟関係ではない。強大な帝国と弱小属国との、不平等な二国間関係でしかなかった。もちろん政府や国のトップ層は、これは対等な同盟なのだと思い込まないと、自分の精神が不安定になる。また、国民を引き続き統治する根拠を失う。

新堂は言った。

「わたしたちは、警察権や司法権までは、放棄していません」

「きみたちが警察権や司法権を主張できるのも、同盟が安定していればこそのことだ。警視庁も、我等が同盟を脅《おびや》かすものに対しては、統監府と共同歩調を取ってもいいのではないか?」

「クラトフスキ殺害の事件については、単純な刑事事件であると警視総監は確認しています」

「きみがグリゴレンコを探したり、官房付きのキリルチェンコ中尉の名前を知ろうとするのは、同盟への敵対行為と言っていいんだが」

新堂は笑った。

「グリゴレンコなる人物がどういう立場なのか、何をやっているのか、わたしたちは何も知りません。事前に警視総監を通じて調整が行われていれば、『スペードの女王』という酒場には行かなかったでしょう。キリルチェンコ中尉は官房付きと知りましたが、クラトフスキ殺害に何か関係しているのですか？」

「それこそ、警視総監との調整にも出て行く職務の男だ。その将校の私生活まで、探っているようだが、恐喝するためか？」

「キリルチェンコ中尉の件には、わたしは一切関わっていません。私立探偵から事情は聞きましたが」

「じゃあ、いまわたしが話した事例、きみが関わるのはすべて偶然か、刑事事件に限定してのことだと言うのか？」

「そのとおりです」

「ひとつ率直に訊きたいが」

「どうぞ。答えられないこともあるかもしれませんが」

「きみは、ドイツ大使館と接触があるか？」

新堂はまた笑った。何を突拍子もないことを訊いてくる？　新堂がドイツのスパイだとでも言っているのか？　この数日の新堂の捜査活動は、まるでドイツのスパイがやることだとでも言いたいのか？

「どうだ？」とジルキン。

「本気で訊いているのですか？」

そのとき、部屋のドアが三度激しくノックされた。ジルキンが視線をドアへと向けた。

廊下から声がする。

「保安課のコルネーエフだ」

ドアが引っ張られるような音がした。開かない。ごつりと音を立てただけだ。また三度のノック。

ジルキンが大声で応えた。

「開ける」

新堂は振り返った。

後ろにいた若い男のひとりが錠をはずしてドアを開けた。

コルネーエフ大尉が、大股に部屋に入ってきた。その後ろから笠木。新堂と目が合うと、ほっとしたように目を細めた。

コルネーエフは、新堂をちらりと見てからジルキンに訊いた。

「警視庁の刑事に、何か用でも？」

ジルキンがいまいましげに答えた。

「同盟の原則について話し合っていた」

「それに何の意味があるんだ？」

「お互いの持ち場がはっきりすれば、仕事がしやすい」

「彼は東京の現場の警察官として、去年の十月、統監暗殺を未然に防いだ。自分の持ち場は理解している男だ」

「日本人を信用するのか？」

「わたしは彼と、公務員としても同盟している。差し支えなければ、連れ出したいが」

ジルキンは肩をすぼめた。

「誤解も解けた。あんたがそう言うなら、かまわんよ」

コルネーエフが目で合図してくる。新堂は椅子から立ち、部屋を出た。コルネーエフと笠木が後から部屋を出てきた。ジルキンたち三人は残ったままだ。机か椅子かが激しく壁に叩きつけられるような音がした。

階段まで来たところで、新堂はコルネーエフに礼を言った。

「ありがとうございます」

コルネーエフが訊いた。

「手は出されていないんだな？」、

「何も」

「これ以上のことは、できない」

杉原の引き渡し時刻の食い違いの件を言っているのだろう。新堂も、コルネーエフをこの件で煩《わずら》わせるつもりはなかった。もうすでに、警視庁の刑事課長か総監の扱う案件となっている。

「わかります」

コルネーエフは、階段を上りきったところで新堂たちを残し、足早にロビーのほうへと歩み去っていった。

新堂は、西翼棟の通用口に向かいながら、笠木に言った。

「助かりました」

笠木が安堵《あんど》の面持ちを新堂に向けてきた。

「あんたが保安課のあの大尉と面識があることを思い出したんだ。事情を聞くと、間髪を容《い》れずに立ち上がってくれた」

「ジルキンが何かやりかねないと、わかっていたんでしょう」

「それにしても第七室は、見え透いたことをやってきたな。署長は笑い出すかもしれん」

「犯罪の被疑者とはいえ、日本の市民が裁判もなしに殺されているんです。笑いごとにはしてほしくありませんが」

「事案そのものについては、怒り狂うさ。笑うのは、やりくちの大胆さについてだ。引き渡し時刻を、おれたちが間違えて受け取っただなんて」

「わたしは本部に戻って、上に報告します。落としていってくれますか」

通用口を出ると、吉屋が車を降りて、運転席の外に立っていた。笠木が事情をざっと説明すると、吉屋は信じがたいという顔になった。新堂の上司、本部刑事課の吉岡もきっと、これと同じ顔をするに違いない。


本部の刑事課捜査係の部屋で吉岡に報告すると、吉岡はすでに杉原の死体発見の知らせを受けていたという。新堂が部屋を出るときにちょうどかかってきた電話が、それだったのだ。愛宕署からの連絡だった。

きょう引き取りに行くはずだと、吉岡は事情はわからないまま、新堂が戻ってくるのを待ったのだ。新堂の報告を聞いて吉岡は首を振り、嘆かわしいという声で言った。

「誰かが、そんなヘマをやってしまったのか」

ここにいろ、と新堂に言い置いて部屋を出ようとするので、新堂は訊いた。

「どうするんです？」

「関係者の招集だ。その惚《ぼ》けが誰か突き止める。ことによったら処分だ」

つまりほんとうに引き渡しの日と時刻について行き違いがあったのか、それとも統監府保安課第七室からの意図的な誤伝達だったのか、それを確認するということのようだ。

昨夕、新堂たちが愛宕署に戻る直前に、署長の古幡のところに、杉原引き渡しの連絡があったのだった。明日九時に統監府まで引き取りに来いと。笠木が、〇九〇〇ですねと、午前午後の混乱がないように確認したが、古幡はただ九時だと繰り返したのだった。あれは古幡の勘違いなのか？

いや、と考え直した。ジルキンたちは昨夜の時点で杉原をクラトフスキ殺害犯に仕立てることにしていた。警視庁の巡査の名を騙る連中に前夜のうちに渡したとする小細工を成立させるため、引き渡しの時刻をきょうの朝九時と伝えておく必要があった。つまり警視庁の側は誰も時刻を勘違いしていないし、伝え間違えてもいない。

杉原辰三の死亡推定時刻はもう判明しているのだろうか。杉原は昨日の二十一時の時点ではすでに「溺死」していた可能性もある。もしそれが検視ではっきりするなら、杉原はジルキンの部署で拘束されていたあいだに死亡したのだ。昨夜の九時に引き渡すつもりだったという主張は成立しなくなる。もっともいまの警視庁は、たとえ検視医が統監府第七室の犯罪を証明したところで、それを事件化することはないだろうが。

杉原の死因であるという「溺死」を意識しているうちに、さきほどまで自分がいた統監府の地下室が思い出された。床も壁もコンクリートがむき出しの殺風景な空間。部屋の床に排水孔。小さな洗面台もあった。

新堂は思わず身震いしていた。

それから十五分たっても吉岡が戻って来ないので、新堂は外神田署に電話をかけることにした。そろそろ飛田も、新堂が来る時刻を気にし始めているころだ。

電話に出た飛田は、すぐに訊いてきた。

「強盗被疑者は引き渡されたのか？」

「それが」

新堂はかいつまんで経緯を話した。飛田は一度だけ、唸《うな》るような声を上げたが、あとは無言だった。

新堂は締めくくった。

「クラトフスキ殺害事案はもう総監案件です。杉原の死についても、ろくに捜査もされないままに報告書が上がって終わりでしょう」

「どんな報告になるって言うんだ？」

「被疑者死亡のまま送検、ですかね。被疑者の検視報告書は、溺死」

「正確には、窒息死という以上のことはわからなくても、溺死になるんだな」

「クラトフスキの死体も、陸軍の衛戍病院で検視でした。融通の利く医者がいるところです」

それ以上、この件を考えたくはなかった。少なくとも、新堂にとってそれは目下の案件ではない。

新堂は飛田に訊いた。

「カターエフの聴取は、許可が出ましたか？」

「ああ」と飛田は答えた。「ただし、署に同行した時点で統監府に連絡を入れることになる。すぐにあちら側の弁護士がすっ飛んでくる。ある程度容疑が固まるまでは、むしろ外で訊けとのことだ」

「わたしは、いつこちらを解放されるか、見当がつかないんですが」

「待つさ。おれはロシア語で質問できない」それから言った。「三好真知子の葬儀に出ることにするかな」

「どこなんです」

「本所《ほんじょ》だ。正午からと聞いた。簡単にやって、すぐ焼き場らしい」

飛田は、寺の名を教えてくれた。本所弥勒寺《みろくじ》だ。三好真知子の母方の親戚筋が檀家《だんか》となっている寺だという。行けば三好真知子の交際関係についてもっと情報が出てくるかもしれないわけだが。

新堂は言った。

「そちらには間に合いませんね」

電話を切って十分ほどしてから、吉岡が戻ってきた。難しい顔をしている。

新堂は訊いた。

「どうなりました？」

「上で対応する。お前はもう、愛宕署の応援は終えていい」

「外神田署のほうは？」

「そのロシア人の聴取の件は、外神田署の署長判断にまかせる」

「外神田署に戻ってかまいませんか？」

「いや、まだ待ってろ。お前から、経過を報告させることになるかもしれん」

吉岡は自分の机の引き出しから新しい煙草の箱を取り出して、また部屋を出ていった。

新堂は壁の時計に目をやった。午前十一時を過ぎていた。きょうが何日かをいま一度意識した。露暦では月が変わっている。三月一日だ。杉原を統監府に奪われてから四日目。三好真知子殺害の捜査が始まって三日目だった。

けっきょく新堂が警視庁本部を出たのは、正午を三十分も回った時刻だった。もう待機は不要だと吉岡から指示があったとき、気がつけばこの時刻だったのだ。いまは午砲もないから、正午を過ぎていたことに気がつかなかった。

御大変までは、宮城北の近衛連隊の練兵場で、正午に午砲が撃たれた。東京市民に正午を知らせるため、近衛砲兵が撃っていたのだ。しかしロシアの歩兵連隊やコサック騎兵連隊が宮城周辺に駐屯することになって、この午砲は廃止されている。駐屯地のそばに砲を配備してはおけないということだ。反露将兵によって実弾が撃たれるという不測の事態の発生を懸念して、陸軍省が決めたと言われている。一方で、火薬代が馬鹿にならないからだ、と解説した新聞もあった。ともあれ、もうひさしく、東京市内では午砲の音を聞くことはない。市街地の方々に大時計を見るようになったし、御大変がなかったとしても、近くで聞けば音が大きすぎる午砲は廃《すた》れていたことだろう。

外神田署に着いて二階へ上がると、飛田がいた。自分の机の上で、わら半紙を広げている。昨日得た情報を整理していたようだ。

新堂の顔を見ると、飛田は言った。

「葬儀はやめておいた。行くか」

新堂はうなずいた。

外神田署を出て、新堂たちは万世橋駅前へと歩いた。南甲賀町交差点を通る市電に乗るには、駅前に行ったほうがいい。

御茶ノ水ロシア語学校に着いたのは、午後一時四十分過ぎだった。事務室で受付の日本人女性事務員にカターエフに会いたいと告げると、きょうは出ていないという。

新堂はその女性事務員に訊いた。

「カターエフ先生は、正規の講師なんですか？」

「いいえ。去年末で辞めました。まだ新しい講師が見つからず、週に三日、来てもらっていますけど」

「きょうは？」

「欠勤です。というか、臨時講師も昨日辞めたんです。あわてて姉妹校の講師に応援を頼みましたが」

「帰国するんですね？」

昨日の中年の眼鏡の教員との会話を思い出したのだ。何かの用件について訊かれて、カターエフはペトログラードの様子を見ると答えていたのだ。もちろんその答えかたが当てはまる用事はほかにもいくつも考えられるだろうが、きょう学校に来ていないという事実が気になった。

女性事務員は答えた。

「ええ。帰るつもりだと言っていました」

「帰国する理由は？」

「さあ。日本に飽きたんでしょうか」

「春まで待てない理由は、何かありますか？」

「わたしは知りません。ペトログラードのことが気になるのか」それからその女性事務員は、鼻で小さく笑った。「何か私生活が理由なのか？」

「具体的に伺ってもいいですか。カターエフ先生の教え子のことで捜査しているので」

女性事務員は素っ気なく言った。

「知りません」

新堂は質問を変えた。

「カターエフ先生は、きっと女子生徒には人気があったでしょうね」

女性事務員は否定せずに言った。

「ここでロシア語を習いたいという生徒は、ロシアのことなら何でも好きですから」

「ひとつ教えていただけますか。カターエフ先生の名前、ドミトリーの略称は、ジーマのほかにどんなものがありますか？」

ロシア人は、通常、略称で呼び合う。家族とか恋人同士のように親しい仲であれば、愛称を使う。ひとつの正式名について、略称、愛称の数は多い。新堂はごく有名なものしか知らないが、この事務員であれば、多少は知っているだろう。

事務員は答えた。

「略称では、ミーチャとか。愛称だと、ジーモチカとか、ミーチェンカ、ミチューシャでしょうか」

ドミトリーには、頭文字がMの愛称もある！　三好真知子の手帳には、二月二十六日という事件のあった日付の横にMと記されていたのだ。

飛田が横で何か言いたげだ。すでに身体を半分、事務室の外に向けている。

女性事務員に礼を言って飛田に近づいた。

いまわかったことを伝えると、飛田は言った。

「出よう」

学校のロビーに出ると、飛田は言った。

「高飛びだ。きのうおれたちがここに来た時点で決めたんだ」

カターエフは、帰国にはどの経路を使うだろう。最近のウラジオストクは、いずれ不凍港になるという予測が出ているくらいに、港のある金角湾《きんかくわん》の凍結期間が短くなっているらしい。とはいえ、厳寒のこの季節は砕氷船もしばしば厚い氷に阻《はば》まれてしまうはず。定期航路の船は減便されているのではなかったか。

つまりカターエフは、敦賀《つるが》からウラジオストクに向かうのではなく、門司《もじ》から大連《だいれん》行きの船に乗るのではないか？　大連から満洲里《まんしゅうり》に向かい、その先で中露国境を越えるか、ハルビンから沿海州を目指すか、どちらでも自国に帰ることができる。

「門司行きの直通列車は、東京駅二時三十六分発だ」

御大変の後、ロシア人の出入国が増え続けている。東京とウラジオストク航路のある敦賀とのあいだに直通列車が走るようになったし、大連航路のある門司にも、直通列車が走っていた。

新堂はロビーの柱時計を見た。一時五十分になろうとするところだった。市電に乗るならば間に合う。東京駅の待合室か、すでに列車がホームに入っている場合は、客車の中でカターエフから事情聴取できる。しかし、長くなりそうになった場合は、彼を無理に列車から降ろすことはできない。一緒に乗っていくか？

「飛田さん」と新堂は言った。「門司までの、長丁場となるかもしれませんよ」

「横浜に着くまでには、なんとか自供してもらうさ」

新堂たちは足早にロシア語学校のロビーを出た。

東京駅の駅舎は、万世橋駅舎と同様の赤煉瓦造りの洋風建築だ。赤煉瓦の壁に白い横線が入るところもよく似ている。三年前の一九一四年（大正三年）に竣工《しゅんこう》した。設計は工部大学校卒業の辰野金吾《たつのきんご》だ。左右両翼に八角形のドームを持つ、風格のある建築だった。中央の出入り口は皇室と統監専用で、一般の乗降客は、左右の、つまり南北両端の出入り口を使用する。

南側乗車客用ホールに入って時刻を確かめた。午後二時十五分になっていた。発車の時刻まで、二十一分。列車がもうホームで待機しているかどうかはわからなかった。まず待合室を見るべきだろう。

一等から三等まである門司行きの直通列車だが、ロシア人は三等車に乗ることができない。しかし、一等車に乗れるロシア人も、軍や統監府の将校、幹部か金持ちたちだ。ロシア語学校講師のカターエフがいるとしたら、二等待合室だ。

ホールから二等待合室に入った。四十人か五十人ばかりの日本人や白人がいた。必ずしも門司行き列車に乗る客ばかりではないはずだ。京都、大阪、神戸《こうべ》方面の客もとうぜんいるし、もっと近い目的地に向かう乗客もいるはずである。

新堂は入り口でさっと待合室の中を見渡していって、右手寄りにカターエフを見つけた。目が合ったのだ。カターエフは苦笑した。外套を着て、手桶のような形の黒い毛皮の帽子をかぶっている。

飛田と一緒にカターエフに向かった。カターエフの足元に、革の旅行鞄が三個、まとめてある。飛田がベンチの後ろから回り込んで、カターエフのすぐ右側に腰掛けた。新堂は通路をはさんだ同じ列のベンチの端に腰掛けた。

カターエフが新堂を見つめてくるが無言だ。

新堂は訊いた。

「ご帰国ですか？」

カターエフが答えた。

「国元で起こっていることが気になりましてね」

「急な出発ですね」

「そういうわけでもない。去年のうちから準備はしていたんだ」

「三好真知子、ミーリャと呼ばれていた日本人女性のことでもう一度伺いたいんですが」

カターエフはまた黙り込んだ。

「彼女とは」と新堂。「個人的なつきあいはなかったんですね」

同じことを繰り返し訊く。相手が嘘をついていれば、そのうち食い違いが出てくる。そこを突いて、最後には嘘をつくことは徒労だとわからせる。尋問の初歩だ。

カターエフは新堂から目をそらして言った。

「いや、そういうわけでもない」

「二月二十六日の日曜日、ミーリャとファンタンで落ち合って、一緒に彼女の部屋に行きましたね？」

「ああ」観念したという顔になったカターエフは、また新堂に目を向けてきた。「行った。でもぼくは、ミーリャを殺してはいない。殺されたと聞いて動揺し、正直には言わなかったんだ」

「七時過ぎに、ファンタンを一緒に出たのは承知しています。彼女の部屋に行き、出たのは、何時ごろです？」

カターエフは左手を少し持ち上げかけた。時計に目を落として、その時刻を思い出そうとしたのかもしれない。

「十時前だ」

「もっと正確に言うと？」

「十時十分前かな」

「どんなふうに帰ったのか、順を追って教えていただけますか？」

「その、愛を交わして、下宿先に帰る時刻になった。ぼくは、ロシアの貿易会社支店長の屋敷に下宿している。あまり遅くはなれないんだ」

「帰る、とあなたが言い出すと？」

「ミーリャは、そこまで送っていくと言った」

「ミーリャはそのとき、服を着ていました？」

「いいや。それから下着を身につけ、寝台から足を下ろして、半長靴を履いた」

「あなたは？」

「ぼくも身支度をした。彼女が下着の上から外套を引っ掛けて、襟巻を巻いた。ふたりして、部屋を出てから、ぼくは洗面所に入った。出るとき、手袋を落としてしまったようだ」

カターエフは、外套の上に置かれていた左手を軽くひらひらさせた。新堂はその甲に目をやった。とくに引っかき傷もなかったし、絆創膏《ばんそうこう》も貼られていない。いまの動作、カターエフがわざわざ傷もないことを見せようとしたのだろうか。不自然さはなかったので、無意識の動作だったか。

「見つけているんだろう？」

「ええ」

カターエフは続けた。

「廊下で待っていたミーリャと一緒に、裏口から外に出た。路地をゆっくりと歩き、石段のところまで来て抱擁し、接吻した」

「そこまで、なにか話しました？」

「早くぼくと暮らしたいと、彼女は言った。ペトログラードの暮らしが楽しみでならないとも。自分はもう部屋をいつでも引き払えるとも言っていた」

「前からそのような話題が出ていたんですか？」

「今年に入ってからは。ぼくはそろそろ帰国すると言ったら、ミーリャはぼくが彼女を連れて帰るものだと思い込んだようだった。有頂天になった。完全に誤解してしまったので、きみを連れて帰るつもりはないのだとは、言い出しにくくなった。彼女が少し冷静になったところで、あらためてきちんと言おうと思っていた」

「結婚する気はない、きみを捨てていくんだ、と、ですね？」

「捨てるだなんて。単に、別れる、ということだ」

「あの夜は、ほかには？」

「東京を発《た》つ日をそろそろ決める、とも言った。帰らねばならないと。ミーリャはそれも誤解した。うれしい、ペトログラードで赤ちゃんを産みたいと言った。ぼくは血の気が引く思いだった。妊娠したのかと訊くと、ダーと彼女は答えた。正教会にも行かねばならないね、と。ぼくは彼女と結婚など約束していないのに」

新堂は、カターエフの次の言葉を待った。飛田の推測では、そこで襟巻に手をかけたはずだが。

「石段の下で接吻の後に、ぼくは彼女から身体を離して言った。きょうはここまでだ。おやすみ、また来週、と」

「それは、また会って寝たいという意味ですか？」

カターエフは顔をしかめた。新堂も自分の出した言葉に少し驚いた。外国語を使うときは、卑語《ひご》や罵倒の言葉もつい軽く出てしまう。母語の場合には葛藤があってなかなか口には出せない種類の言葉でも。

カターエフが言った。

「そうだ。この次は率直に話そうと。それでおやすみを言って、ぼくは石段を上りだした。それっきりだ。そこまでだ」

新堂は黙ったままでいた。飛田も、カターエフの横顔を凝視している。飛田も、カターエフの話しぶりから、おおよそ中身の想像はついているに違いない。

カターエフがふいに顔を上げた。

「そろそろ発車の時刻だ」

待合室の出入り口の脇に、門司行きの列車の改札が始まったと案内板が掛かったのだ。キリル文字併記の案内だ。

カターエフが待合室の中を見渡した。赤帽を探したのかもしれない。

新堂は言った。

「ホームまで、話を聞かせてください。荷物は持ちますよ」

ここで逃走させないためだ。親切ではない。新堂は立ち上がってカターエフの旅行鞄をひとつ手に下げた。飛田も察して、同様に立ち上がり、鞄を手に下げた。

カターエフは戸惑いを見せたが、自分も立って鞄を手に取った。

カターエフは歩きだしながら言った。

「やはりぼくは、疑われてもしかたがないんだろうと思えるよ」

「じっさいは？」

「殺していない」

　待合室から、ドーム式の天井のホールへと出た。改札口は左手にある。ロシア人を含めた乗客が、列を作って改札口を通過していた。

　三人は順に改札口を抜け、高架下をくぐる通路を通って、門司行きの長距離列車の入っている四番プラットホームに入った。石炭を焚いた匂いが、ホームに漂っている。右手、列車の先頭の蒸気機関車の煙突から、勢いのない灰色の煙が垂直に上がっていた。

　カターエフが言った。

「二等なんだ。六号車」

　列車の後方だ。ホームを横に並んで歩きながら、新堂はさらに訊いた。

「出発前に、何か言い落としたことがあればぜひ話してください」

「たとえば？」

「その夜、ミーリャが話したこと。あるいはその前後に見たものとか」

「ミーリャは、正直なところ、ぼくの言葉が理解できているのか疑わしいところがあった。結婚するものと思い込んでいた。ぼくは率直に言っているのに、耳に入っていないようだった」

「おやすみを言ったときの、彼女の様子は？」

「微笑《ほほえ》んでいた。ぼくが石段を踊り場のところまで上るまで、見送ってくれていた」カターエフがふと新堂に顔を向けてきた。やっとわかったという表情だ。「いまこうして思い出していて、わかってきた。彼女はぼくの気持ちに気づいていたんだな。だけど、ぼくに言わせたくなかった。耳に入れたくなかった。自分だけ一方的に夢を語って、しゃべりまくって、現実に返る時間を先に延ばしていた」

新堂は、そのときの三好真知子の顔を想像した。必死で無邪気で純真な自分を装っていたのかもしれない。残酷な事実を受け入れたら死んでしまうかもしれないほどに無垢《むく》な異国の娘を。捨てられることなど夢にも思っていない一途《いちず》な女を。

カターエフが二等の車両の乗降口の前で足を止めた。

「ここだ」

「席までお送りしますよ」

新堂はカターエフを促して先に車両に乗せ、カターエフに通路を歩かせた。二等車は区分室型だった。ひと部屋に三席ずつの座席が向かい合っている。その部屋に入ると、新堂は旅行鞄を網棚に載せて、カターエフの正面の座席に腰を下ろした。飛田はカターエフの並び、入り口側の席だ。

新堂は話の続きを進めた。

「そうして、わたしたちが昨日学校を訪ねたことで、急遽《きゅうきょ》出国を早めた？　無実を訴えることもせずに」

カターエフは言った。

「いったん逮捕されたら、統監府がぼくを助けてくれるとは思わないので」

「何か理由でも？」

「ぼくは、故国の民主化を求める側にいるから」

「『兵士評議会を！』というビラが三好真知子の部屋に残っていた」

「ぼくが持っていったものだ。たまたまロシア人街で拾ったんだ」

あのビラとの関係を、カターエフはあっさりと認めた。

次に訊くべきことは、と新堂が思案したところで、飛田が訊いた。

「どういう話になっている？」

新堂が簡単に伝えると、飛田が苦々しげに言った。

「ひとりで国に帰るつもりなら、素人を相手にしちゃなんねえだろう」

おや、と新堂は思わず飛田を見つめ返した。とうとう飛田も、三好真知子が商売女ではなかったと認めたのか。

飛田が言った。

「こいつに訊いてくれ。つきあっていたのは、ひとりだけじゃないはず。そっちと悶着《もんちやく》はなかったのか。別の日本娘と三好真知子が、争ったりしてはいなかったのかと」

殺害犯は男だろうと推測されているけれども、たしかに女たちの争いが事件の背景になる可能性も出てきていた。片《かた》をつけるために、男が出てきたか。あるいはやくざ者が雇われたか。

それを質問すると、カターエフが答えた。

「ミーリャ以外は、ものわかりがいい女性たちだった。いずれ別れることを、受け入れてくれていた。ミーリャからも、そういう厄介ごとの話は聞いていない」

「その女性たちの名前と、居場所を教えてもらえますか？」

カターエフは少しためらいを見せ、ちらりと飛田に目をやってから、答え出した。

ひとりは、ロシア語学校の生徒で、三好真知子が通っていた時期は初級のクラスにいた若い女だという。師範学校の教師の娘とのことだった。

もうひとりは、ロシア人家庭の茶会で知り合った娘。父親は露日貿易を手がける商社の幹部で、ロシア語はあまりうまくない。家庭からの監視が厳しく、彼女とはひと月に一度程度しか会えないとのことだ。

飛田に通訳すると、それだけか、と彼は言った。もう一度カターエフに訊いた。ほかには？

「ま、とても活発な芸術家とも、ときどき会った」

「誰です？」

カターエフが挙げたのは、新堂も知っているほどに高名な女流詩人だった。たしか既婚者である。逢瀬《おうせ》を繰り返しているわけではない、とカターエフは言った。この二年ほどのあいだに、たまたまそういうときもあっただけだ、と。

三人は互いを知らず、またカターエフと独占的、排他的につきあっているわけではないことも理解している。ほかの女性の存在は承知しているだろうが、そのために嫉妬にかられたりはしていない、とカターエフは言った。得意気な顔ではなかった。むしろ、そこには自嘲めいた感情さえ浮いて見えた。

通訳して飛田に伝えると、飛田は吐き捨てるように言った。

「戦争にゃ勝ちたいもんだな」

新堂は、また質問した。

「あなたの下宿は、どこにあるんです？」

「東クロパトキン通り。中通りだ」

「石段を上がるのは近道なんですか？」

「ああ。ミーリャの部屋に寄ったときは」

「帰るとき、誰かとすれ違っていませんか？」

「いや、誰とも」

「あなたは、ウシャンカ帽をかぶります？」

「いいや」カターエフは自分の帽子を左手の指で示した。「ぼくはこっちだ。どうして？」

「十時二、三分前に、近くでウシャンカ帽をかぶった男が目撃されているんです」

「近所って、もっと細かく言うと？」

「ミーリャの住んでいたアパートのすぐ近くの路地。裏口に通じる通路。通っていますよね」

「そこを使って石段のほうに歩いた。それはロシア人？」

「わかりません。ひさしも耳当ても下ろしていた」

「日曜は暖かだった」

「ひさしや耳当てを下ろしていたのは、顔を隠すためだったのかもしれません」

「ちょっと待ってくれ」カターエフは額に手を当てて、少し間を空けてから言った。「ミーリャのホテルの近くじゃないけど、あの夜、そういう男をどこかで見た。そうだ。ミーリャとファンタンで待ち合わせて、ホテルへ歩いていたときだ」

「神田川の南で？」

「ああ。橋を渡る前だと思う。何かの拍子に後ろを見たとき、道路きわの暗がりに、そんなふうにウシャンカ帽をかぶった男がいた。ぼくが振り返ったせいか、すっと身体の向きを変えていた。不自然に思えたんで、少しだけ気になった」

「つけられていたということですか？」

「そこまでの確信はない。そのあとは見ていないし」

「ロシア人ですか？」

「違う」

「暗かったのに、どうしてそう断言できるんです？」

「ロシアの男は、厳寒とか吹雪の日でもない限り、ウシャンカ帽のひさしを出さないし、耳を隠さない」

「そういうものなんですか？」

「ウシャンカ帽を、あんなふうにかぶるのは野暮だ。軍人なら、軟弱だと馬鹿にされる。でも、日本人の馬喰は、よくそういうかぶり方をしているな」

「以前に見たことは？」

カターエフは、眉間に皺を寄せた。

「わからない。顔は見えなかったけれど、格好というか、影というか、なんとなく知っている感じもあった」

区分室の外に、夫婦らしい中年の男女が立った。切符を見て、不思議そうに新堂たちを見つめてくる。二時三十三分になっている。もうじき機関車が動輪を動かして発進する。

カターエフは、もう少し質問してもかまわない、と言っている顔だ。この列車の中で存分に訊くがいいとも。自分への容疑は晴らせると確信でもできてきたのかもしれない。

新堂は立ち上がって、中年夫婦を区分室に入れた。飛田もカターエフの横から立って通路に出た。

新堂はもう一度自分の質問とカターエフの答を伝えてから、飛田に訊いた。

「任意同行、求めますか？」

首を振らずに、飛田は答えた。

「質問しているあいだ、おれはやっこさんの様子を注視していたが、嘘をついている様子ではなかったな。とくに動揺したり、神経質になっているでもなかった。やつは、正直に答えていると思う。事実との食い違いも、なかったんだよな？」

「ありませんでしたね。手袋もビラも自分のものだと認めたし。女たらしだけど、三好真知子の純情に、冷淡になりきれていなかった。頭に血が上りやすい男とも見えない。殺人まではしないように思います」

「純情、ね」

「つまり、彼には動機が薄いんです。妊娠を告げられても、いまそうしようとしているように、帰国してしまえばいい。あの夜は修羅場にもなっていないし。それに、ウシャンカ帽の男のことが気になってきた」

飛田は横目でカターエフを示して言った。

「あいつ、放すか。決定的な証拠が出たら、福岡県警に協力を頼んで、門司で身柄拘束でもいい。二十時間ぐらいの余裕はある。途中で消えたとしても、国内なら逃げきれない」

「こういう事案だと、日本の国民感情に配慮して、保安課もむしろ協力してくれるでしょう」

カターエフに顔を向けると、彼は新堂に訊いてきた。

「警察署ですか？」

「いえ」新堂は首を振った。「これだけです。何か思い出したら、電話をいただけますか。門司の電話局からでも」

「そうしますよ」

発車を告げるベルが鳴った。新堂たちは通路を乗降口まで戻り、プラットホームに降りた。機関車が白い煙を垂直に吹き上げ、甲高い警笛を鳴らした。機関車底部の左右に白い湯気が散った。ガタンガタンと連結器が引っ張られる音がして、列車はゆっくりとレールの上を動き出した。新堂たちは駅を出ていく列車を見送りながら、プラットホームを駅舎のほうに離れた。

駅舎北側の降車客出口にきたところで、飛田が新堂に言った。

「あの色男、二度と日本に来るなと言ってやるべきだったよな」

新堂は言った。

「ペトログラードがどうなるかを気にしていた。あちらの情勢次第では、二度と戻ってくることはないでしょう」

「あっちは、どうなっているんだ？」

「今朝の新聞では、何か大きな動きがあるとは書いていませんでしたね。かといって落ち着いたような記事でもありませんでしたが」

「いったん首都の軍が反乱を起こした以上、皇帝が何か大胆なことをしない限りは、鎮まらないぞ」

「大胆なことと言うのは？」

「大臣と将軍を全部首にするとか」言ってから飛田は首を振った。「いや、そんな程度で収まるはずもないか」

駅舎を出ると、空にエンジンの音がする。新堂は音のする方向を見上げた。

北方向から、爆音が近づいている。さえざえと晴れた空に、かなり低空飛行の飛行機が見えた。いつもの二機のイリヤー・ムーロメッツ重爆撃機だ。このところ、この重爆撃機は飛ぶ時刻が不規則だ。午後のこの時刻に飛ぶことなど、あまりないように思えた。

しかも、飛行経路も違う。だいたいは代々木の練兵場から出て市内に入ってきた飛行機は、市ヶ谷あたりから神田川の上空をなぞるように飛んで、隅田川にかかるところで南に向きを変え、芝離宮あたりから針路を西に取る。官庁街の端をかすめるように飛んで代々木に戻るのだ。しかしいま爆撃機は、クロパトキン通りの上を飛んでいるように見えた。かなり宮城に近い航路ということになる。皇居を見下ろしてはならないと、ふだんは飛行機も飛行船も、こんなに宮城に近寄らないのだが。駐留軍司令部は、歩兵連隊の動静を気にかけて、日比谷の連隊兵営を威圧するためにこのコースを飛ばせているのだろうか。

飛行機が南の空に小さくなるのを眺めてから、新堂は飛田に言った。

「わたしは、歩いて行きます。飛田さんは外神田署まで先に戻ってください」

飛田が訊いた。

「どうしたんだ?」

「情報を整理したくて。ひとりで歩きながら、考えてみたい」

「かまわんぞ。ちょっと手詰まりというところだものな」

「その一方で、ロシア軍将校も、部屋にいたロシア人も違ったとわかって、逆にもう被疑者が見えていなきゃならないとも感じているんです」

「おれはクロパトキン通りで市電に乗る。考えすぎて、車に轢《ひ》かれるなよ」

飛田は数歩歩きかけてから立ち止まり、つけ加えた。

「昼飯、食って来い。おれも、済ませておく」

「そうします」

飛田は片手を上げて、駅前の広場をクロパトキン通りの方向へと歩いていった。

## 11

新堂が外神田署に戻ったのは、午後の四時五分過ぎだった。

二階の刑事部屋では、飛田が隅の卓の上に紙の将棋盤を置いている。近寄ってみると、詰め将棋を解いているところだった。将棋盤の脇に、詰め将棋の問題集、『将棋万象』が置いてある。

飛田は顔を上げて訊いてきた。

「思いついたか？」

新堂は言った。

「車を使えるよう、頼んでもらえますか」

「ということは？」飛田はにやりと頬をゆるめた。「任意同行まで考えているんだな？」

新堂はうなずいて訊いた。

「古谷はまだ留置室ですか？」

飛田がうなずいた。

「まだ入ってる。明神下町会から古着が届くんだ」

新堂は確かめた。

「古着が？」

「あいつも、もう少しまともななりをしていれば、働き口が見つかるかもしれないからな」

そのとき刑事部屋の出入り口から、飛田を呼ぶ声があった。

「飛田さん」

飛田が振り返った。新堂も出入り口を見た。

制服巡査の横に、洋装の三十男が立って、背を丸め、上目づかいに飛田を見ている。

古谷か？　と新堂は驚いた。無精髭を剃《そ》って、こざっぱりとした身なりをしている。洋服はかなりくたびれているが、清潔そうだ。足元は地下足袋《じかたび》だった。

制服巡査が言った。

「着替えたんで、釈放です。飛田さんにあいさつしていきたいって言うんで」

「おお」と飛田も驚いたように言った。「古着って、洋服だったのか？」

古谷が恐縮しきりという声で言った。

「洋服をひと揃い、外套もいただきました。こういうの、着るの、初めてなんですが」

制服巡査がつけ加えた。

「復活大聖堂の婦人信徒会が、慈善の茶会で集めたものだそうです。明神下の町会に贈られていたとか」

古谷は制服巡査に伴われて飛田の前まで進んできた。

「おれ、前科がついたんですか？」

飛田が首を振った。

「お前がいちいち挙げたものの中に、被害届けの出てたものはひとつもない。みんな捨てられてたものだってことだ。もう留めておく理由もない」

飛田は制服巡査に顔を向けた。

「手続きは？」

「終わりました」

飛田は古谷に言った。

「お前はもう釈放された。あと少しだけ協力していってくれ。こっちの特務巡査が、ひとつふたつ聞かせてもらいたいそうだ」

古谷は、まだ不安を顔に残したまま椅子に腰を下ろした。

新堂は古谷の向かい側の椅子に着いて訊いた。

「日曜日のことで、思い出していただきたいんですが、あの夜、昌平橋のたもとにいたということでしたね？」

古谷はうなずいた。

「ええ。淡路町側でへたりこんでいた。汽車の線路の下のところです」

中央本線の高架のことを言っている。

「御茶ノ水側？　それとも万世橋側？」

「御茶ノ水側」

「何時くらいからそこにいました？」

「万世橋駅の時計を見たのが八時ちょいでした。そのあと、駅前の広場を横切って、昌平橋のほうに動いたんです」

ということは、古谷が昌平橋のたもとにいたのは、午後の八時過ぎから九時くらいか。新堂は少し落胆した。もう少し前からいたのなら、確かめられることもあったのだが。

すぐに質問を変えた。

「巡査に追い立てられたあと、神田明神下のほうをまわって、最後に女坂の石段途中から崖の窪地《くぼち》に入ったんでしたね」

「最後は、そうです。でも、おかしな男も女も、見ていないですよ」

「ウシャンカ帽をかぶった男を見ていますか？」

「馬喰や馭者がよくかぶっている帽子ですか」

「外地では、兵隊もかぶりましたが」

古谷が天井を見上げた。心当たりがないという表情ではない。むしろ逆に、そういえば、と思い当たったことがあるような顔と見えた。

やがて古谷は新堂に目を向けて言った。

「明神下じゃないけど、見ました。あの帽子のひさしも出して、耳当ても垂らしてかぶってた。暖かい夜だったから、なんとなく目が行った」

「場所はどこです？」

「おれが捕まった洋館のそばです。明神下中通りに入りかけていたとき。その帽子の男が、湯島坂を下ってきた」

「洋館の向こう側を？　それとももう洋館を通り過ぎていた？」

「手前、です。中通りに入る少し先」

「時間は？　だいたいでいいですけど」

「十時くらいになっていたのかな。また昌平橋に戻って疲れてきて、そろそろ寝場所を決めなきゃと思っていたころだ」

「そのウシャンカ帽の男とはすれ違いました？」

「いや。その前におれは中通りに折れたんです」

「顔は見ています？」

古谷は申し訳なさそうに首を振った。

「夜だし、帽子をそんなふうにしてかぶっていたんですよ」

「ロシア人か日本人かは、わかります？」

「ああ。日本人のつもりでしゃべってましたね、おれ」

「何か理由はありますか？」

「いや、なんとなくです。あまり小さな男じゃなかったけど、ロシア人とは思わなかったです」

「服装は？」

「外套、というか、丈の短めの、ゆったりした上着じゃないかな」

「手を見ていますか？」

「いいや。どうだったか覚えていません」

質問はこれだけだ。十分だった。新堂は目で飛田に合図した。

飛田が古谷の肩を軽く叩いて言った。

「じゃあ、出ていいぞ」

古谷は立ち上がり、飛田に何度も頭を下げて刑事部屋を出ていった。

古谷の姿が消えてから、飛田が訊いた。

「いまのウシャンカ帽の男、桜井やカターエフが見た男と同じということだな？」

新堂はうなずいた。

「時刻と場所は符合しますね」

「もう誰か、見当がついているんだろう？」

「飛田さんも」

「正直を言えば、いまやっと思い至った」飛田が逆に訊いてきた。「ひとりで考えるにしては、じっくりだったな」

「本部に戻って、確かめることがあったんです」

鑑識係に会ってきたと、伝えてから新堂は時計を見た。

「車、運転します」

「千川通りだな」

「ええ」

「突きつけられる物証はあるのか？」

「ありませんが、手に入る可能性はあります」

「行ってみなきゃあわからないのか？」

「ええ。最後は、自供頼りになるかもしれないんですが、物証の当てがないなら、早めに自供を促してやったほうがいい」

「車は、もう表に出してあるはずだ」

飛田が出入り口へと向かった。新堂も立ち上がって続いた。

車が神田川北岸の外堀通りに入って緩い坂を上り始めてから、飛田が訊いてきた。

「鑑識係とは、どういう話だったんだ？」

新堂は答えた。

「いくつか確認できていなかったことを、確かめに行ったんです」

「具体的には？」

「死因は襟巻による絞殺、という検視医の判断でした。扼頸の痕もあった。親指を喉の左右に食いこませたような痕です。首には、もがいているときに被害者自身が自分で傷つけてしまったような痕もあった。爪のあいだには皮膚片らしきものも残っていたけれど、これが本人のものだったかどうかは、検視医からは伝えられていません。判断できないほど、採取できた試料がわずかだったのでしょう」

「もし他人の皮膚だとすれば、相手の手の甲には傷痕が残っている」

「カターエフは素手だったのに、傷はなかった。参考人ではなくなった理由のひとつです」

「中丸も、聴取したときに手を見たが、それらしい傷はなかったぞ。それに帽子を持っていたが、ウシャンカ帽じゃなかった」

「あれは工場で使う作業帽でしょう。インクで汚れていた。外出用じゃなくて」

「説明してくれ」

車は聖堂橋の下をくぐった。このまま直進し、水道橋にかかるところで右折して、東水道橋通りから千川通りに向かうのだ。

新堂は運転しながら言った。

「当初わたしたちは、三好真知子の部屋に来ていた男が殺害犯だ、と思い込んでしまいました」

「あんたもか？」

「ええ。三好真知子が商売女とは思えませんでしたが、部屋に入れるほどの仲の男が殺したとは推測しました。交遊関係を洗ってゆけば、解決はさほど難しくないだろうと」

「革手袋も片一方見つけているしな」

「だから鑑識係には、部屋の中を徹底的に見てもらった。でも順天堂にある遺体や遺留品については、鑑識係には、徹底的にと念を押してはいませんでした」

「あちらに、見落としがあったか？」

「いいえ。確認すると、鑑識係には抜かりはありませんでした。襟巻や外套も実験室に運びこんで精査しています。意味があると思える量の繊維などは、採取できていないとのことです」

「八方ふさがりと言っているのか？」

「そうじゃありません。殺害時に接触しているのですから、被害者の衣料品に被疑者の衣料品の一部が残っていなくても、逆は十分にありえます。ここまできたら、遠回しに追い詰めるのではなく、その証拠品を押さえてしまうのが早いかと考えたんです」

「やつが証拠の品を持っていなかったら？　あるいは、もう処分してしまっていたら？」

「市民には、最近の警視庁の科学的鑑識の水準について、さほどの知識はありません。被疑者も、まだ処分してはいないでしょう。とりあえず帽子と手袋を手がかりにして当たってみたいんです」

「帽子は、目撃証言の補強になる。手袋には、絞殺したときに襟巻の毛糸がついている、ということだな」

「そのとおりです」

新堂たちの乗る捜査車両は、千川通りに達した。昨日も来た小石川印刷のある通りだ。小石川印刷の事務所の建物は間口三間ほどだが、横に路地がある。その路地の奥に、印刷工場と工員の寮があるはずだった。

街灯の少ない千川通りをいったん徐行気味に進んで、自動電話の小屋がある場所と、ゴミ箱の位置を確かめた。自動電話小屋は、こんにゃく閻魔の参道に当たる通りの東寄り、東水道橋通りとの交差点手前にある。ゴミ箱のほうは、いちばん近いものは小石川印刷から三十メートルばかり北にある。通りの反対側を見て行くと、小石川印刷の南、五、六十メートルのところにももうひとつ。

新堂は車をまた参道に戻して、小石川印刷の建物からは見えない場所に車を停めた。これから自分は小石川印刷に電話をかけるのだ。

新堂は運転席から降りると、飛田に言った。

「じゃあ、こちらはよろしくお願いします」

「ああ」と、飛田もドアハンドルに手をかけた。

新堂は自動電話の小屋まで五十メートルほどの距離を歩くと、電話番号をメモした紙を手にして、交換台を呼んだ。

「小石川にある印刷工場です。番号を言います」

若い女の声が返った。

「お待ちください」

十秒ほどの間があって、交換手が言った。

「お話しください」

プツッという雑音が入って、中年男の声が出た。

「小石川印刷です」

社長の蜂谷の声だ。

新堂は名乗った。

「警視庁の新堂と言います。昨日はご協力をありがとうございました」

「ああ。犯人は捕まったのかい？」

「まだなんですが、また小さなことで工員さんに話を聞かせてもらいたくて」

「中丸かい？」

「まだお仕事されています？」

「いや、ちょうど夕飯の時刻なんだ。飯を食ってる。このあとまだ二時間は精出してもらうんで。呼んでくるかい？」

「いえ、こちらから伺おうと思います。十五分か二十分でそちらに着けると思います。そのとき、また中丸さんには仕事から離れてもらっていいですか？」

「かまわんよ。どういうことだい？」

「中丸さんの友達のことで、再確認なんです。そういえば、中丸さんはふだん、帽子と手袋をしていましたっけ？」

「ああ、こういう季節だからな」

「それも、参考までに見せてもらいたくて」

「参考までに？」蜂谷の声がかすかに不審げになった。「あいつが何かやったのかい？」

「いいえ。どうしてです？」

「帽子とか手袋とか」

「ああ」新堂は相手を煙《けむ》に巻《ま》いた。「聞き込みの報告書を出すとき、いちおうそういうことも、全部書いておく規則なんです」

「そうかい」理解したような声ではなかった。当然だが。「中丸にも言っておくよ」

電話を切って小屋を出ると、新堂は足音を立てぬように参道を戻り、外神田署の車の脇を通り過ぎた。飛田は、三差路の角の暗がりで、右手正面の小石川印刷の建物に目を向けている。新堂は黙ったままで、飛田の後ろに立った。

五分ほど待ったころだ。小石川印刷の左手の路地から、男が出てきた。作業服姿だ。小脇に何か荷を挟んでいる。男は通りの左右を見渡してから、左手に歩き出した。中丸だった。小脇に抱えているのは、丸めた紙のようだ。工場で出た反故紙《ほごし》かもしれない。重いものを包んでいるようではなかった。

中丸は通りを渡った。彼の向かう先にはゴミ箱がある。飛田が歩き出した。新堂も続いた。

街灯の下のゴミ箱まで来て中丸は立ち止まり、ゴミ箱の蓋に左手をかけながら振り返った。動きが止まった。飛田と新堂に気づいたのだ。

飛田が、鋭く言った。

「そのまま。動くな」

飛田が駆け出し、新堂も通りの中央を大股に移動した。

中丸は動かない。思いがけない事態に身体が反応できていないようだ。ようやく左手をゴミ箱の蓋の把手《とって》からはずした。

飛田が中丸の脇に達した。新堂はゴミ箱を回り込んで、反対側に立った。

飛田が中丸に訊いた。

「中丸、警察だ。昨日も話を聞いた。脇に抱えているものは何だ？」

中丸は飛田を見つめ、それから新堂に目を向けてきた。動揺している。

「それは何だ？」と、飛田がもう一度訊いた。

中丸が答えた。

「ゴミです」

「お前のものか？」

「いえ」

「お前のものじゃないなら、どうしてお前が持っているんだ？　盗んだのか？」

中丸は答えない。彼は答え方を間違えたのだ。犯罪の容疑を自分で作ってしまった。

飛田がいくらか威圧的に言った。

「中身を見せろ」

中丸は無言のままゴミ箱の蓋の上に紙の包みを置き、広げた。包まれていたのは、ウシャンカ帽と、メリヤス地の手袋だった。軍の払い下げ品のように見えた。

飛田は帽子と手袋を指で差して訊いた。

「誰のものだ？」

中丸は答えない。

「見せてもらっていいか？」

中丸は、小さくうなずいた。

新堂が素早く帽子を持ち上げた。帆布製で、内側は起毛したネル地だ。後頭部にあたる部分に何か記されている。

飛田がマッチを擦った。その明かりで見ると、墨でふた文字。中丸、と読めた。

飛田がまた中丸に訊いた。

「お前のだな？」

「ええ」と、ようやく中丸は口を開いた。

「こっちの手袋も、そうか？」

「そうです」

「おれたちがどうしてここにいるか、想像がつくか？」

また中丸は口を閉じた。

「工場に戻って」と飛田。「また話を聞かせてもらうか」

新堂が言った。

「外神田署で話を聞かせてもらうのでもいい。任意だ。どちらでも」

中丸は、小石川印刷の建物に目をやってから、小さな声で言った。

「警察に行きます。社長には伝えてもらえますか？」

「なんと?」と飛田。

「話が終わったら戻りますと」

「署に着いてから、電話する」

新堂は帽子と手袋を紙に包み直して左手に抱え、中丸の脇に立って彼の左上腕を自分の右腕ではさみこんだ。並んで見てはっきり確認できたが、彼は大柄で、体格がいい。新堂もさほど小さな身体ではないが、中丸は背では二寸ばかり大きく、また肩幅が広くて胸も厚かった。暗がりでひと目見ただけでは、日本人とは思えないかもしれない。


外神田署に戻ると、新堂たちは二階の刑事部屋に上がり、奥の取り調べ用の小部屋に中丸を入れた。広さ四畳半ほどの洋室だ。中には小さな机があり、調書を取りながら供述を聞くことができた。隅に椅子がもう一脚あって、これはもうひとりの特務巡査のためのものだ。

まず新堂が中丸と机を挟んで向かい合った。中丸は、初対面のときには瞼の厚い顔立ちだった。いまはその瞼の厚さをあまり感じない。もしかすると、中丸はあのときまでふた晩泣き明かしていたのだろうか。

新堂は中丸に言った。

「三好真知子を殺した犯人を挙げようとしている。何か知っていることがあれば、あらためて聞きたいんだ」

すべて承知だと匂わせる口調だ。

中丸は新堂から目をそらした。視線は机の上を向いているが、彼の目に何が映っているのかはわからなかった。

新堂は、あとは黙ったままでいた。次は中丸が口を開く番なのだ。何かを訊いてくるにせよ、言い分を口にするにせよ。

沈黙がしばらく続いた。たぶん一分以上だ。

やがて中丸は顔を上げて新堂をまたまっすぐに見つめてきた。目がうるんでいる。

中丸は言った。

「三好さんを殺したのは、ぼくです」

言葉の最後は、かすれていた。

飛田が隅の椅子から立ち上がった。

新堂は、飛田が自分の横に立ったところで、中丸に確認した。

「間違いないか？」

「はい」

「殺害は、いつ、どこで？」

「日曜日の夜です。二月二十六日の夜十時少し前くらいだと思います」

「ロシア暦だな？」

「はい。和暦だと、三月十一日のことです。神田明神下、女坂に近い空き地でした」

「誘い出したのか？」

「いえ。真知子さんとロシア人との逢瀬をつけていたんです。ふたりが部屋を出て、真知子さんが女坂下までロシア人の恋人を送っていったあと、空き地の横のところで真知子さんと向かい合い、ぼくは真知子さんの首を絞めました」

「首をどんなふうに絞めた？」

「最初は手で喉を押さえ、ついで真知子さんが首に巻いていた襟巻を引き絞りました」

「殺したあとはどうした？」

「空き地の中に、材木とかゴミの山があったので、ぐったりした真知子さんの身体を抱えて、その山の後ろに運んで地面に置きました」

「そのあとは？」

「真知子さんが住んでいた洋式アパートの脇を通って湯島坂に出て、万世橋駅前から市電に乗って、工場の寮に帰りました」

現場の検証や検視報告と矛盾することは言っていない。先日事情を訊いたときに明らかにしていない事実についても、正確に語っている。虚言ではない。中丸は間違いなく三好真知子を殺害したのだ。殺害を認めた被疑者を緊急逮捕し、ついで逮捕の手続きに入らねばならなかった。証拠の隠滅にかかっているところで任意同行を求めたのであるし、緊急逮捕の要件は満たしている。このあと、警察官弁解録取書と身上調書を、外神田署の飛田が書くことになるだろう。逮捕状請求書は、きょうは外神田署の刑事係長に書いてもらわねばならない。被疑者がすでに身柄確保されている以上、捜査に携わった自分はこのまま署で調書を取っていてもかまわないだろう。

飛田が中丸に告げた。

「中丸圭作、お前を三好真知子殺害容疑で逮捕する」

中丸は、感情の消えた顔で小さくうなずいた。

中丸の写真の撮影があり、指紋採取を終えてから、いったん中丸を留置室に入れた。

逮捕状を請求に行っていた国富が、東京地方裁判所が発付した逮捕状を持って外神田署に帰ってきたのは、午後の八時過ぎだった。行ってから二時間以上かかっていた。

国富が、刑事部屋で待っていた新堂たちに逮捕状を渡して言った。

「統監府の前、マカロフ通りはものものしいことになっていたぞ。今夜は日比谷公園も完全に閉鎖されたそうだ。東京地裁まで行くのに、何度も検問を受けた」

飛田が訊いた。

「ペトログラードの騒擾のせいですか？」

「たぶんそうなんだろう。統監府の建物は、半分以上の窓に明かりが入っていた」

「どうなってるんでしょうね」

「さあ。騒擾は日曜だけで終わってなかったのか、それ以上の事態になっているのか」国富が逆に訊いた。「被疑者は？」

「泣き出したりして、ちょっと不安定だったんですが、落ち着きました。逮捕状を示して、あらためて弁解録取書《べんろく》を取ろうと思っています」

国富は壁の時計に目をやって言った。

「引きずらずに、早く片づけろ」


この日二度目の取り調べが始まった。

逮捕状請求のために、殺害前後の事実についてはすでに弁解録取書を取っている。これから聞くのは、殺害に至った理由、経緯、動機などだ。

飛田が机に着き、中丸に言った。

「言葉がつっかえてもいいから、じっくり思い出せ。勘違いがあったら、もとに戻って言い直してもいい。思い出せないことは、無理して辻褄を合わせなくてもいい。事実と、自分の想像とは、ごっちゃにするな。きちんと分けて言え」

「はい」と、中丸は答えた。もう平静になっているようだ。声は震えたりかすれたりしていない。

「まず、ことの始まりは？」と飛田があらためて質問した。

「三好真知子さんとは、このあいだお話ししたとおり、御茶ノ水ロシア語学校で知り合ったんです」

中丸が、遠くを見るような、取り返しのつかない過去を思い出しているような目で語り始めた。

中丸圭作が、御茶ノ水ロシア語学校の夜学部、土曜の夜だけの授業を受けるようになったのは、二年前の秋からだった。つまり大正四年、露暦では一九一五年だ。欧州で大戦が始まった次の年ということになる。

中丸は尋常高等小学校しか出ていなかったから、ロシア語を学ぶのはこのときが最初だった。キリル文字を覚えるところから始めた。

なんとかロシア語を使えるようになって、給料のいいところに転職したいという夢があった。印刷会社の蜂谷には、いずれロシア語の印刷物の仕事も入ってくるでしょうから、と学校に通う理由を説明していた。しかし、将来の転職の希望があることは蜂谷も承知していたろう。土曜の夜、七時からの授業に出るためには、蜂谷の理解と支持も必要だった。隠して通うわけにはいかなかった。

実利的な理由だけで、ロシア語を学びたかったわけではなかった。東京に住むロシア人たちの暮らしぶりの豊かさが、まぶしく見えた。当然、その文化や生活にも惹かれていった。ロシア本国では大きな階級差があり、貧しい人々が国民の大多数であることも承知していた。それでもその貧しさは、故郷の小作人や人足たちの貧困とは程度が違うのではないかと信じたい気持ちがあった。

だからロシア語を覚え、なんとか日本国内のロシア人社会とつながって、もう少しましな暮らしを手に入れたかった。暖かい衣類と、冬でも暖かな住まいと、働き口と、家庭を持てるだけのゆとりのために、ロシア語を習得したかった。学び始めて一年、九カ月の教習と、夏のあいだの特別授業を終えたころには、週一回の授業に出るだけではロシア語は身につかないともわかった。ましてやロシア語を必要とする仕事に就くことなど、夢のまた夢だ。それでも、なんとかもう少しと夜学の二年目も受けることにした。

授業とはべつに、学校の教師たちは、ロシアの文化に触れるさまざまな催しや行事に誘ってくれた。復活大聖堂で正教の教えを聞く会があったし、ロシア軍楽隊の演奏会や、復活祭の十字行《じゅうじこう》の見学の誘いもあった。プーシキン劇場での、プーシキンやチェーホフのロシア語の芝居に誘ってもらったこともあった。三好真知子を知ったのも、そんな行事のときだった。学校に入って一カ月目ぐらいか、復活大聖堂に行ったときだ。快活で行動的な女性だと、強く印象に残った。

そんな課外の行事のひとつ、小川町のカフェでロシアの民謡を聴く会があったとき、中丸は三好真知子と初めて口をきいたのだった。学校に通い始めて三カ月ほど経っていた。

その夜、おそるおそるそのカフェに入ったとき、三好真知子のほうから声をかけてきた。

「手伝っていただけますか？」

若い女からそのように屈託のない調子で声をかけられるのは初めてだった。どぎまぎして反応できずにいると、三好真知子は続けた。

「中丸さんですよね？」

彼女は中丸の名を覚えていてくれた。

「ええ、夜間の」と中丸は答えた。「ロシア民謡の夕《ゆうべ》があると聞いて」

「民謡の歌詞を日本語にしたものがあるんです。手書きなんですが、これをテーブルに配っていただけますか？」

三好真知子は、五、六枚のわら半紙を中丸に渡してきた。日本語で、詩のようなものがいくつか書かれていた。

「わたしが訳してみたんです。お願いしていいですか？」

「ええ」と、中丸はその紙を受け取った。

三好真知子は出入り口近くのテーブルを示して言った。

「荷物はそのテーブルに置くといいですよ。おひとりですか？」

「ええ。こういうところ、初めてなんですが」

「お茶代のほかに、二十銭いただいていいですか？」

中丸は雑嚢からがま口を取り出してその夜の会費を支払い、荷物を指示された席の椅子の上に置いてから、わら半紙を店内のテーブルに一枚ずつ配った。

三好真知子のほうは、店に入ってきた新しい客から、会費を受け取っていた。しばらくのあいだ、中丸は三好真知子の様子を見つめていた。ロシア人の多い東京での生活を、いかにも楽しんでいる女性に見えた。自分の身近にはあまりいない種類の女性だった。

やがて店が満席となった。大部分は日本人の若い客だった。司会役は中年の男性ロシア語教師で、彼の横に立ってところどころ日本語で司会の手助けをしたのが三好真知子だった。やがて初老の男性の歌い手が、やはり初老の男性の手風琴《てふうきん》弾きと一緒に登場して、民謡の歌唱と演奏が始まった。

小一時間、民謡が演奏され歌われて、会は終わった。中丸はさして面白い音楽とは感じなかった。旋律がまるで耳になじみのないものであったせいかもしれない。でも、それを表情に出すことは抑えた。

歌がすべて終わったところで店を出た客も多かったが、残った客はロシア語教師を囲むように席を変えた。囲んだのは、みなロシア語学校の生徒たちと見えた。

ロシア語教師が、いま歌われたロシアの民謡について、ロシアの生活や文化を紹介しながら説明し始めた。通訳はなかったので、中丸には一割も理解できたかどうか疑わしい。

ロシア語教師も、ときどき自分の語っていることが通じているのかどうか、心配になったようだ。難しい言葉やロシアの習俗については、隣りにいる三好真知子に、日本語でも言ってくれと頼んだ。三好真知子は、ロシア語教師の言葉は大部分理解できていたようだ。ときおり、教師の言葉を日本語で伝えた。

「船曳きという仕事があります。川船を綱で上流へ引っ張るんです。長良川《ながらがわ》でもありますよね」

「駅逓《えきてい》のことです。旅をするとき、馬を乗り継いでいくための駅の制度が、ロシアにもあります」

会が終わるとき、笑顔で三好真知子は言った。

「中丸さん、またお手伝いをお願いしてもかまいませんか？」

中丸が、自分は三好真知子の虜《とりこ》となった、と意識した瞬間だった。

中丸は、課外の行事を楽しみにするようになった。ロシア語学校を続ける理由のひとつに彼女の存在も加わった。また、仕事が早く終わった夜などは、小川町に出て、三好真知子が行っていそうなカフェに顔を出してみるようにもなった。自分の給料ではそう頻繁にできる贅沢《ぜいたく》ではないけれど、お茶一杯を飲むだけで菓子は我慢するなら、二週に一回ぐらいは行けた。

もちろん約束して行くわけではないから、行っても会えないことのほうが多かった。また、三好真知子が来ていたとしても、彼女の級友が一緒のことが多かったし、ときにはロシア語の教師と一緒に来ていることもあった。そんなときは、中丸は落胆を絶対に顔には出さず、ちょうど自分はいま帰るところだと装って、あいさつだけして店を出るのだった。

去年の夏以降、つまり三好真知子が中級課程を修了した後は、ファンタンというカフェに行くことが多くなっていた。中丸自身は、夏のあいだもロシア語学校の週一回の夜の授業に出ていた。夏のあいだ、二度ほどファンタンで三好真知子と会うことができた。

彼女は学校を出た後、親戚の家での下宿をやめて、湯島一丁目の露式アパートに移り住んだという。学校や課外行事ではもう会えなくなるからと、三好真知子は引っ越した先のその住所を教えてくれた。そのことに何か意味はあるかと、中丸は考え、悩んだ。

ファンタンで三好真知子が、御茶ノ水ロシア語学校の若い教師と親しげにお茶を飲んでいるのを見たとき、その答が出た。ロシア語教師は、カターエフという男だった。ときおり授業の最中にロシア帝室や政府批判を交えるし、政治的にはかなり理想主義的な青年だった。

ある夜、仕事が早く終わった日だ。ファンタンの近くの暗がりに隠れてふたりの逢瀬を待ち伏せ、一緒に出てきたふたりを尾行した。午後八時過ぎのことだ。ふたりは昌平橋を渡り、湯島坂に面した三好真知子の住む露式アパート浦潮荘に入っていった。午後十一時過ぎまで表を見張っていたが、カターエフが出ていくところは確認できなかった。数日後、浦潮荘の周りを歩いてみて、裏口から女坂のほうへと抜ける道があることを知った。

中丸は、学校に行けばカターエフの評判に耳を澄ますようになり、嫌な事実を知ることになった。カターエフがつきあっている日本人女性は、三好真知子ひとりではなかったのだ。そして、春までにはロシアに帰ると、帰国の意志をあちこちで話している。

三好真知子が、就職でつまずいていることも知った。ロシア語の力を生かして仕事をすることを希望していたが、なかなかかなわないようなのだ。ロシア語新聞社に勤めたが、数カ月ほどで解雇された。そのあとは接客の仕事に就いたらしいと耳にした。

中丸は、三好真知子の暮らしを案じ、カターエフの悪評を手紙に書いて知らせた。カターエフ先生とつきあっているという噂を耳にしたけれども、彼にはあまりよくない評判がある。注意したほうがいいと。

返事はなかった。

今年になって、中丸はカターエフだけを尾行してみた。彼がどこでどんな女性に会っているのかを突き止めるつもりだった。何度も尾行する必要はなかった。一回目は、相手が御茶ノ水ロシア語学校初級課程の女子学生だった。淡路町の露式あいまい宿に一緒に入っていっている。二回目に尾行したときのカターエフの相手は、カターエフよりも年上かと思える日本人女性だった。このときは、ふたりは築地《つきじ》の外国人向けホテルに入っていった。相手は高名な女流詩人だとわかった。

先週の土曜日に、中丸は学校で、カターエフがいよいよ帰国するらしいという話を耳にした。もうすでに教師の職は辞めている。いまは臨時教師として週に三回、学校に出てきているだけだ。カターエフが帰国するつもりであることを、三好真知子が知っているのかどうかはわからなかった。

日曜日、中丸は三好真知子に会うつもりでファンタンへと向かった。偶然を期待してのことだ。自分が入る直前に店に入っていったのがカターエフだった。中丸は店には入らず、外で少し待つことにした。暖かい夜だったけれども、顔を見られたくなかった。もしカターエフが三好真知子と一緒に出てくるのであれば、なおさらだった。中丸はウシャンカ帽のひさしをおろし、耳当ても下げて顔を隠し、通りの向かい側の建物のあいだに潜んだ。ほどなくして、カターエフが出てきた。続いたのは三好真知子だった。三好真知子はすぐカターエフの腕を取り、しなだれかかって淡路町方面へと歩きだした。少し酔っているかのような足どりだった。行く先はもう見当がつく。それほど間を詰めて尾行する必要はなかった。

ふたりが浦潮荘に入ってゆくのを確認してから、湯島坂を渡って建物の隙間に回り、三好真知子の部屋の上げ下げ窓の外で中の様子を窺った。三好真知子とカターエフが話しているのが聞こえる。三好真知子の声は、それまで中丸が聞いたことがないほどに甘えた、媚《こ》びた調子だった。

言葉が聞こえなくなってから、いったん中丸は浦潮荘から離れた。台所町のほうに歩き、同朋町まで出てから明神下中通りまで戻ってきた。歩いているうちに、胸はどんどんざわつき、すさんでいった。目に見えるものすべてが憎らしく感じられてきた。もし誰かとすれ違うとき肩が触れたなら、相手を叩きのめしていたかもしれない。ひとでなくてもいい。馬車でも自動車でも市電でも、目の前をふさいでくるものすべてに斧《おの》を叩き込んで、ぶち壊してやりたかった。その衝動が次第に強く、熱いものとなってくるのを、抑えることが難しくなっていった。歩きながら、中丸は外套の隠しから手袋を取り出してはめた。

再び浦潮荘まで戻り、三好真知子の部屋の窓の外で息をひそめた。やがてカターエフが帰るようだとわかった。中丸は裏口のほうに移動した。ほどなくして、カターエフだけではなく三好真知子も一緒に裏口を出てきた。三好真知子は外套を着ている。このあとまだどこかに行くのだろうかと中丸はいぶかった。

ふたりは台所町へと通じる路地を歩き出した。三好真知子はカターエフの腕を取り、しなだれかかっている。カターエフに語りかける声が妙に子供っぽく感じられた。

少し距離を置いてふたりをつけた。その時刻、台所町の小路はもう人けもなく、静かだった。ふたりは女坂下まで歩くと、抱擁し、長い口づけを交わした。そしてカターエフだけが、石段を上がっていった。

中丸は空き地の脇まで戻って、三好真知子が戻ってくるのを待った。すぐに三好真知子が現れ、ぎくりとしたように足を止めた。

中丸は近所の耳を意識して小声で言った。

「駄目だよ、三好さん。あいつは帰国するよ。三好さんを捨てて故国《くに》に帰るつもりだよ」

すると三好真知子が言った。

「一緒に行くの。わたしたち、ペトログラードに行くのよ」

反論するという声の調子ではなかった。むしろ半分は夢見心地で誇っているかのような声に聞こえた。大事な秘密を打ち明けているような、ささやき声だった。

「あいつにはほかにも女がいる。同じことを言って騙《だま》しているんだよ」

三好真知子はまったく動じた様子を見せなかった。

「わたしは、違う。わたしは特別なの。あのひとはわたしと結婚するの」

結婚という言葉に衝撃を受けた。中丸は用意していた以上の言葉を口にした。

「いいや。あいつにはそんな気はない。すぐにわかる。三好さんは捨てられるんだ」

「一緒に行くの」と、三好真知子は中丸の声が聞こえなかったかのように言った。「結婚するの」

「ぼくとつきあってくれないか。あんな女たらしのロシア人じゃ駄目だ。幸せにはなれない」

三好真知子の表情が変わった。突然正気が戻ってきたかのように、冷ややかな顔となった。

「中丸さんなら、幸せにできるの？　ロシア語もできない印刷工が」

「あいつよりは」

「無理」

きっぱりとした宣告だった。そのあと中丸がどんな言葉を口に出そうが、無駄と感じさせるだけの冷酷な言い渡しだった。あんたは無価値だ、と三好真知子は言っていた。

三好真知子が一歩中丸に近づき、ぐいと顎を突き出すようにして中丸を見上げた。

「あのひとの赤ちゃんができたの。わたしたちはペトログラードで結婚して、赤ちゃんを育てるの」

中丸の理性の最後の支えが折れた。

「捨てられるんだよ」と言いながら、中丸は両手を伸ばし、三好真知子の喉に手をかけた。

三好真知子が目をみひらいた。口を開けたが、声にはならなかった。三好真知子はもがいて、中丸の両手をひっかき、ふりほどこうとした。手袋ごしに、強い抵抗を感じた。爪が手袋の甲を激しく引っかいている。中丸はかまわず、なお喉をふさぐ指に力をこめた。ふっと三好真知子の力が抜けた。両腕がだらりと下がって、後ろに倒れそうになった。中丸は三好真知子の襟巻を持ち、身体を引き寄せてから、襟巻を引き絞っていった。息づかいが感じられなくなるまで、二分か、あるいは三分ほどもかかったかもしれない。中丸は襟巻で三好真知子の首を支えたまま周囲に目をやり、無人であることを確かめてから三好真知子を抱えて空き地の中に入った。

中丸の長い供述を、新堂たちは遮ることなく聞いた。ただ、弁解録取書を作るには、いまの話から、直接犯行に関わる部分だけを整理して確認させる必要があった。録取書の作成は翌日に持ち越すことになった。

# 12

新堂は、上野停車場前の売店で新聞を二紙買った。

気になるのはペトログラードの情勢だった。昨夜は統監府でも遅くまで職員たちが働いていたらしい。日比谷公園も閉鎖となったということは、日比谷駐屯の歩兵連隊が、何かを警戒して出動態勢に入ったのではないかと考えられた。そして、ロシアの民主化運動に関わっているらしいロシア語教師の帰国。あれは必ずしも女から逃れるためだけの離日ではあるまい。故国では自分が政治的に役に立てる状況にありそうだ、とカターエフは観測しているということだ。日本人にはわからぬ情報と分析の根拠があるのだろう。

ちょうど停留場に、クロパトキン通り経由で芝方面に向かう市電が入った。新堂はその市電に乗り込んだ。今朝も本部に出る必要がある。外神田署の女性殺害事件の解決を吉岡に報告するのだ。そのあとまた外神田署に戻り、立件、送検のために必要な証拠類を揃える作業にかかる。

市電の中で、立ったまま新堂は新聞一面の見出しを読んだ。

東都日日新聞はこうだ。

「露都無政府状態か
軍反乱終息せず」

帝都実報はこうだった。

「露都軍反乱続く
事態収拾難航」

しかし、昨日同様に新しい情報はほとんどない。昨日は皇帝の譲位の予測を伝える新聞もあったが、その続報もなかった。

記事を読んでみても、ペトログラードでは戦闘や騒擾が起こっているようではなかった。軍の大半が反乱側についたため、戦闘さえ起こっていないのか。だとしたら、事態鎮静とか騒擾終息といった言葉が出てきて不思議はないのだが、そうではない。怪訝な思いのままで、新堂は馬場先門の停留場で市電を降りた。

本部の刑事課捜査係の部屋に入ると、まず吉岡に報告した。

「外神田署の女性絞殺事案、被疑者を逮捕しました。被害者と親しかった印刷工です」

吉岡は確認してきた。

「ロシア軍将校でもロシア男でもなかったんだな、確実に？」

「ええ。日本人です。自供しています」

吉岡は安堵の表情となった。

新堂は言った。

「送検のための証拠を、さらに揃える必要があります。もう一度外神田署に戻りますが、かまいませんか」

「さっき、愛宕署の笠木という巡査から電話が入っていたぞ。電話してみてくれ」

何だろうと、いぶかりつつ、吉岡の机の後ろの電話機から愛宕署に電話した。

笠木が出て言った。

「例の新網町の海岸で見つかった杉原の仏さんの件だ」

「何か問題でも？」

「衛戍病院で検視してもらったんだが、妙なことになってる」

「死体で出てきた経緯そのものが妙ですものね」

「死亡推定時刻が、一昨日の午後なんだ。おれたちが南金六町の『スペードの女王』に行っていたころってことになる」

「ちょっと待ってください」新堂は素早く笠木の言葉を整理した。「保安課から、一昨日の二十一時に身柄を引き取りに来い、と連絡が来ていたんですよね？」

「向こうの言い分は、そうだ。警視庁は、昨日の午前九時だと聞いたが」

「引き取りに来いと言われた時刻には、杉原はもう死んでいたんですか？」

「そういうことだ」

「それって、保安課が身柄を押さえているあいだに死んだということになりますが」

「そうだ」

「ジルキンは、前夜にやってきた警視庁の私服警官に杉原を引き渡したと言っていたじゃないですか？」

「怪談を話したことになる」笠木は口調を変えた。「その件は、昨日教えられた暫定的な検視報告の一部だ。これからまた衛戍病院に行くが、来れるか？」

「行きますよ」

新堂は、吉岡に愛宕署を手伝ってくると告げて、警視庁本部を出た。

東京衛戍病院は、半蔵門《はんぞうもん》の外にあった。新堂自身、あの戦争から負傷兵として復員してきたあと、ここにしばらく入院して、社会復帰のための機能訓練を受けたのだった。馴染みのある施設だ。

自分が入ったときは、木造で和風の意匠を持った建物だったが、いまは赤煉瓦造りの洋館に建て替えられていた。

本館の裏手、病棟から独立した小ぶりの建物の中に、解剖室や各種の研究室が入っていた。新堂が、解剖室に付属する医師執務室に入ると、笠木がすでに来ていた。

「いま、医者が来る」笠木は言った。「木島《きじま》先生。若いときドイツ留学していたひとだ。軍医じゃない」

ということは、あまりロシアびいきではないと想像できる。少なくとも二帝同盟を快く受け入れてはいないだろうし、統監府統治を支持してもいない医師だろう。

奥のドアが開いて、白衣の中年男が姿を見せた。銀髪で、カイゼル髭をたくわえている。

木島先生だ、と小声で笠木が言った。

「入ってください」

新堂たちは、棕櫚《しゅろ》の泥落としに靴底をていねいにこすりつけてから、そのドアの中へと入った。

タイルの床の解剖室だった。中央に解剖台があって、ゴム引きのシートが膨らんでいる。その下に、杉原の死体があるのだろう。たぶん解剖済みだ。すでに切開された部分は縫い合わされているだろうが。

笠木が新堂を、警視庁本部刑事課の特務巡査だと紹介した。木島は小さく頭を下げると、すぐに死体の上のゴム引きシートをはいだ。死体は仰向けだ。

木島は言った。

「昨日、暫定的な所見も伝えましたが、窒息死です。肺の中に水が入っていました。新網町の海岸で見つかったとのことですが、肺の中の水は海水ではありません。真水です」

笠木が新堂に顔を向けて言った。

「溺れ死んだんじゃない」

「推定できる死亡時刻は、二日前、露暦で二月二十八日の午後二時から六時のあいだです。死後硬直の程度からの推定です」

新堂は確かめた。

「その死亡推定時刻は、もっと幅を見て考えることは可能でしょうか？」

「いえ」木島はきっぱりと言い切った。「この季節です。これ以上早くもなかったし、遅くもなかったと言い切れます」

「ほかに何か目立った点はありますか？」

木島は死体の右手首を示した。

「索痕《さつこん》があります。両方の手首にです。両肘と上腕内側には内出血の痕」

「何を意味しています？」

「縛られていたのでしょう。椅子に座らされ、両手を椅子の背板の後ろに回されて」

木島は解剖室の隅にある椅子を指さして、笠木に言った。

「あの椅子に腰掛けてもらえますか？」

笠木が木島の言葉に従って椅子に腰掛けた。

「両手を後ろに回してください」

笠木は後ろ手に背板を抱えるような格好となった。

木島は笠木の後ろに回り、両の手首を触れ合わせた。

「このような格好で長時間椅子に座っていたのでしょう」

笠木が、嫌なことを想像したという顔で立ち上がった。

新堂は木島に訊いた。

「拷問を受けたということでしょうか?」

「そこまではわかりません。医師が判断する範囲を超えている」

「ほかには何か?」

木島はまた解剖台に近づいて答えた。

「内出血の痕は、ほかにも方々にあります。向《む》こう脛《ずね》、腿、腹。打撲によるものと判断できます」

「骨折などは?」

「それはありませんでした」

「胃の内容物は?」

「空っぽでしたね」

「検案書の最終的なものは?」

「さきほどこちらの愛宕署の巡査に渡しました」

「失礼な質問になるかもしれませんが、先生が、その検案書を書き直すということはありえますか?」

木島は面食らったような顔になった。

「死体がここから運び出された後は、すでに記した所見を書き直すことはないな。医学的な事実については、直しようもない」

「わかりました」

新堂は木島に頭を下げた。

衛戍病院を出て市電停留場に向かって歩きながら、新堂は笠木に確かめた。

「この事案、どうするんです？」

笠木が答えた。

「クラトフスキ殺害については、総監案件になった。愛宕署はもう何もできない。だけどこの杉原の事案については、まだ何の指示もないんだ。粛々と捜査を進めるさ」

「死亡推定時刻と、引き取りに来いという電話の時刻との関連を調べることになりますよ」

「やるさ」

「ジルキンにも事情聴取が必要です。汚れ仕事をじっさいにやったのは、例のグリゴレンコかもしれませんが」

「承知だ。保安課は、この筋書きで解決したことにしろと要求したつもりなんだろうがな。こっちには検案書がある」

「検案書が誤りだと言ってくるでしょう」新堂は言ってから首を振った。「ジルキンの事情聴取要求そのものを突っぱねてきますね」

「最後には捜査を止められるにせよ、誰が止めたかははっきり記録に残してやるさ。署長もその気だ。総監ともう一回談判ということになるかもしれん」

警視総監の別府は、どう反応してくるだろう。先日のように、額に青筋を立てて統監府保安課に喧嘩を売るのかと怒鳴ってくるだろうか。それができるかと。

しかし、検視報告が明らかにそこに刑事犯罪があることを示唆しているとき、警視総監がこの事案をロシア統監府の機嫌を慮《おもんぱか》って握りつぶすなら、警視庁の特務巡査たちの士気はこんどこそ確実に萎える。不満が発酵し始める。警視総監はそれでも、この事案をなかったことにするだろうか。

笠木が言った。

「もしそういうことになったら、こないだのようにお前も出てくれ。ずっと関わっている特務巡査として、聞かれることもあるだろうから」

「わかりました。わたしはこのあとまた外神田署に戻りますが、電話はあちらに」

「まだ見通しは立っていないのか？」

「いえ。昨夜、被疑者を逮捕しました。自供しています」

「ロシア人？」

「被害者と多少のつきあいのあった日本人印刷工です。ロシア語学校の学生」

「動機はなんだったんだ？」

「複雑です。本人は、惚《ほ》れた女がロシア人と結婚すると言ったので、我を忘れて手にかけたと思い込んでいるようです。自供は、そのように聞こえましたが、言葉にはならない思いもあるように感じましたね」

市電が半蔵門の停留場に近づいてきた。新堂たちは停留場に向けて足を速めた。


外神田署に戻り、飛田の弁解録取書作成に立ち会った。長い供述となっていて、飛田の筆記が追いついていなかった。修正する部分も多かったのだ。けっきょく中丸が弁解録取書に署名押捺《おうなつ》したのは、午後の八時過ぎだった。

中丸を留置室に戻して退庁しようとしたとき、愛宕署の笠木から電話が入った。

「駄目だ」と笠木は、悔しげに言った。「秘書官は、総監には取り次げないと突っぱねてきた。死体検案書がどうであれ、総監の判断は変わらないと」

「捜査は」

「続けるさ。検事送りにはできなくても、被疑者を特定することまではできる。そっちは？」

「いまやっと、弁解録取書に署名押捺まで行きました。明日は、実況見分と家宅捜索です」

「そんなさなかに、無駄足させてすまない」

「そうは思っていませんよ」

笠木は、また何か動きがあったら連絡する、と言って電話を切った。

外神田署を出ると、新堂は万世橋駅前で新聞二紙を買って、市電に飛び乗った。

まず東都日日新聞の見出しをさっと読んだ。

「露帝退位表明か
皇太子即位へ？」

帝都実報の見出しはこうだ。

「露帝退位へ
帝位行方は？」

アレクセイ皇太子は十二歳で、病弱という噂がある。新帝が誰となるか、見方が分かれているのはそのせいかもしれない。

それにしても、と新堂は記事の中身を読んでから思った。戦争のさなかに退位とは、ロシア帝国内部の混乱や騒擾はそうとうなものであるということだ。日本に伝えられている以上に、ロシア社会には反帝室気運、というか、反専制気運は高まっていたのだろう。秘密警察も、ほかのすべての行政機構も、そして軍も、皇帝退位を止める力を失っていたということだ。そうでなければ、大戦争の最中に皇帝が退位などするものか。地位に何の揺るぎもないとき、皇帝が権力の座から下りることなどありえない。たとえ次に控えているのが実の息子であったとしてもだ。

翌日、つまり和暦で三月十六日、新堂はこの朝も上野停車場前の売店で新聞を二紙買った。新帝即位の記事が出ているかと思ったが、見出しではまだそうは読めなかった。

東都日日新聞の見出しはこうだった。

「露帝退位を受け
新帝即位へ」

帝都実報はこうだ。

「ミハイル大公
今日にも即位か」

帝位を病弱のアレクセイ皇太子に継がせるのか、それともニコライ二世の弟君ミハイル大公殿下を新帝とするのか、まだ帝室は決めていないということか。日本橋の商家の後継選びとは違う。譲位には、いろいろやっかいな手続きも必要なのだろう。

外神田署に着いたところで、中丸圭作本人立ち会いで実況見分、いわゆる引き当たりに出るということになった。終日外神田署詰めとなる。制服巡査の応援がふたりついた。野次馬の整理のためだ。

実況見分でも、供述と食い違うような点はなかった。中丸が話したとおりに、尾行と殺害が実行され、中丸は空き地から浦潮荘の裏手に入って、湯島坂へと出たのだった。原口の小さな家の脇を通ったときに、桜井に目撃され、さらに湯島坂へと出て明神下交差点に向かっているところを、古谷に目撃されていた。

中丸は、手錠をかけられて、現場周辺で飛田と新堂からいくつもの質問を受けたのだが、受け答えは素直だった。短く明瞭に答えたし、ときに新堂たちの思い込みや勘違いを訂正した。答を拒むこともなかったし、何かを隠した様子でもなかった。

中丸を留置室に戻すと、新堂たちは小石川印刷に向かい、工場の寮を家宅捜索した。中丸が当日着ていた外套、穿いていたズボン、それに手帳やロシア語の授業で使っていたらしいノートなどを押収した。本人の書いたメモの類は、計画性の有無を判断する材料となる。

新堂たちは三十分ばかりで家宅捜索を終え、風呂敷に包んだ押収品を下げて、中丸の部屋を出た。事務室を通るとき、社長の蜂谷が悲しげに首を振りながら言った。

「真面目な男だったんだ。仕事ぶりもよかった。この半年ばかり、仕事を終えてから外出することが多かったんで、もしや女でもとは思っていたんだが、そういうことだったんだな」

蜂谷には、中丸の供述の詳しいところは伝えていない。同じロシア語学校に通っていた女子学生を殺したと伝えただけだったが、およそのことは想像できたのかもしれない。

「生真面目過ぎた」と蜂谷は、それが中丸の直しようのない欠点であるかのように言った。「そんなに思い詰めなくたって」

弁護士は蜂谷に情状証人となるように頼んでくるかもしれない。しかし新堂はそれを口にはしなかった。殺人事件の捜査員として、それは自分が口にすべきことではなかった。

午後の三時を過ぎたところで、係長の吉岡から電話があった。四時までに本部に戻れとのことだった。用件は伝えられなかった。新堂は飛田に本部に戻る旨を伝えて、外神田署を出た。

馬場先門の停留場で降りて、本部庁舎に入った。

刑事部屋に入って時計を見ると、午後の四時を五分ほど回っている。吉岡はいなかった。先日のクラトフスキの事案を思い出せば、吉岡も愛宕署長らと一緒に警視総監室に行っているのだろう。

同僚がメモを渡してくれた。

「遅れてもかまわない。総監室に。吉岡」

新堂は外套を脱いで、総監室に向かった。控えの部屋のドアをノックして開けると、総監秘書の若い制服巡査がドアに向かってくる。新堂は名乗って所属を明らかにした。

「捜査係長からここに来るようにと」

「始まっています」

咎める口調だ。

秘書官は総監執務室に通じるドアをそっと開けて、新堂に入るよう促した。

執務室の総監の大机の前のテーブルに、三人の男が着いている。吉岡と、愛宕署長の古幡、それに愛宕署特務巡査の笠木だ。吉岡と古幡は制服姿だった。みなちらりと新堂に目を向けたが、声は出さない。新堂は笠木の右横の椅子に腰を下ろした。

雰囲気でわかった。杉原の不審死をめぐって、たぶんすでに愛宕署長からひととおりの説明があったのだ。いま、ここにいる面々は、総監の別府の判断を待っているところだ。総監案件として、これも捜査中止が命じられるか、それとも統監府保安課の職員から事情聴取をするか。もしジルキンの事情聴取を行うとなれば、杉原の身柄引き渡しの経緯は精査され、殺害犯の追及ということになる。杉原は連続強盗の被疑者であるが、日本国民だった。警視庁としても、ポーランド系アメリカ人新聞記者の変死と同じような扱いはできない。かといって、ロシア帝国の警察部と直接つながるロシア人に対して、一般の刑事犯罪人と同じ原則で臨むことも難しい。

総監はまた怒鳴り出すだろう、と新堂は予測した。警視総監にはどうにもならない複雑で政治性の強い事案を上げてくるなと、激昂するだろう。

総監室の電話が鳴った。部屋にいた制服巡査のひとりが電話機に飛びつき、受話器を耳に当ててから総監に言った。

「緊急の電話です」

どこからのものか、秘書官は伝えなかった。電話に出る出ないの選択の余地のない相手ということだ。別府は立ち上がって受話器を手にした。新堂を含め、テーブルを囲んでいる全員が、別府を注視した。

「ほんとですか？」と、別府が受話器を耳に当てて言った。少し声がもつれたかもしれない。「はい。はい」

何か一方的に情報が、あるいは指示が伝えられているようだ。三十秒ばかり、別府は自分からは何も口にすることはなかった。

「はい、了解しました」

受話器を耳から離しても、別府は電話機の前で突っ立ったままだ。呆然《ぼうぜん》とした顔だ。

秘書官が総監から受話器を受け取ると、電話機の吊り金具にかけた。別府はゆっくりと大机に戻ってきて、尻から崩れ落ちるように肘掛けのある椅子に腰を下ろした。

誰もが黙したまま、少しの時間が過ぎた。

やがて別府は少し口を開け、愛宕署長の古幡や吉岡に目をやってから言った。

「ミハイル大公が即位を拒絶した」

「拒絶？」と古幡が瞬きしながら確認した。「ではアレクセイ殿下が即位ですか？」

別府が言った。

「いや。皇位を継いだ方がいないのだ」

「どういうことなんですか？」

別府は、まだ驚愕から立ち直っていないような顔で答えた。

「ロシアから皇帝がいなくなった。ロマノフ王朝は消えて、ロシア帝国はなくなった」

吉岡が狼狽《ろうばい》したように言った。

「確実な情報なんでしょうか？　新聞はそのような観測記事を書いていましたが」

別府はうなずいた。

「うちの大使が確認した。至急電が入ったそうだ。ロシア帝国は消滅したと」

新堂は笠木に目を向けた。彼も見返してくる。事態が呑み込めないという表情だった。それは新堂も同じだった。

吉岡が別府に言った。

「この事案、持ち帰りますか。出直しますが」

「いや」別府は首を横に振り、のっそりと立ち上がった。「やれ。統監府の誰であろうと、きっちり日本の刑法に従わせろ。本部に呼びつけて、厳しく事情を聴取しろ」

「かまわないのでしょうか。外交案件となりますが」

「あっちの帝国が滅んだ以上、二帝同盟は終わった。もう統監府に昨日までの権力はない。完全に対等になったんだ」

「ロシア帝国がなくなったとしても、同盟解消まではまだいろいろ手続きがあるかと思いますが」

「いいや。本来独立しているはずの警察権を行使するだけのことだ。まだ同盟に遠慮して、立件していない事案がいくつもあるんではなかったか？」

「調べます」

「全部片づけろ」

また電話が鳴った。秘書官が受話器を取り、再び別府に渡した。誰からの電話か、秘書官の言葉は聞き取れなかった。別府は受話器を耳に当てると、ああ、ああ、と話し出した。いましがたの電話の相手とは違って、対等か、あるいはいくらか地位の低い者からの電話なのだろう。受話器を耳に当てながら、別府は顎でドアを示した。退室しろということだ。テーブルに着いていた全員が立ち上がって、総監執務室を出た。

控え室で、古幡が笠木や吉岡を見ながら言った。

「許可が出たんだ。杉原の事案、徹底してやるぞ。捜査本部を設置してもいい事案だ」

吉岡が言った。

「ジルキンって男、呼ぶだけの根拠が必要だ。いきなり段平《だんびら》抜くのも、まだ儀礼上はまずい」

「統監府の連絡官を通じて、向こうの官房に一応の事情を伝えるか？」

統監府は、警視庁に連絡官を置いている。外事事案で協議が必要になった場合、この連絡官を通じて事務的な折衝が行われるのだ。

吉岡が言った。

「保安課の現場は、憲兵隊から出向の将校が仕切っている。コルネーエフとかいう男だ。まずあいつを呼びつけよう」

「至急にだな」

吉岡は新堂に顔を向けた。

「外神田署の件、手を離れたなら、お前はもう一度愛宕署の事案の専任となれ。交渉、通訳、ロシア語での取り調べやあれやこれやをやることになる」

総監執務室のドアが開いて、秘書官が言った。

「係長と愛宕署長は、第一部長の部屋に行けとのことです。官房長も行きます」

第一部とは、警務課、警衛課と刑事課を束ねる部署である。部長のもとで、やるべきことのすり合わせと調整があるようだ。

古幡が笠木に言った。

「部屋の外で待ってろ」

「はい」

吉岡は新堂にはとくに指示を出してこなかった。刑事部屋にいればよいのだろう。

控え室を出ると、吉岡ら三人は総監室に並ぶ第一部長の部屋に向かっていった。

三人を見送ってから、新堂は一階の捜査係の部屋へと歩いた。

階段室の前まで来たとき、階下が騒がしいことに気づいた。

「号外だ」という声が聞こえる。

「え」「ほんとうに?」という驚きの声も。新聞は毎日守衛室に届けられ、各課の係の者が自分の部署に一部ずつ持ってゆく。新堂は守衛室に向かった。

守衛室の前で、巡査たちが号外に群がっている。立ったまま読んでいる者がいて、その肩ごしに紙面に目を向けている巡査もいた。読みながら廊下を大股に去って行く者もいた。

声が聞こえる。

「どういうことだ?」

「帝国がなくなった?」

新堂もひとをかき分けて守衛室の前の棚から号外を二紙取った。

東都日日新聞と帝都実報だ。まだ何紙も届いているようだが、まずはこの二紙でいい。

号外は、ほとんど見出しだけの紙面だった。記事にあたるものはろくにない。

東都日日新聞はこうだ。

「露帝退位　ミ大公即位拒絶
露帝国消滅」

次いで帝都実報の見出しを読んだ。

「露朝廃絶　帝国滅ぶ
二帝同盟解消か」

同盟解消という観測はどんなものだろう、と新堂は考えた。ロマノフ王朝が断絶、廃絶となったとしても、ロシア帝国政府を引き継ぐ正統の政権とは、引き続き同盟関係が維持されるのではないか。そもそも二帝同盟では、解消には両国の合意が必要なはず。一方的な同盟関係の破棄、解消は不可能だ。ロシアの新政府が引き続き同盟の継続を望んだ場合、我が国があくまでも解消を追求するなら、軍事行動も必要になるのではないか。

統監府やロシア軍駐屯地を包囲する帝国陸軍の様子を、新堂は一瞬だけ想像した。

戦争になるのか？

いや、と考え直した。大日本帝国は欧州の大戦に、同盟国として四個師団を派遣している。この将兵たちは、いまや人質にも等しくなったというわけだ。我が国は戦争という手もいまは封じられている。

刑事課の部屋に入ると、新堂が手にしていた号外を見て同僚たちが集まってきた。

「ほんとうなのか！」

「ありうるのか？」

新堂は号外を同僚たちに渡すと、自分の机に戻った。

机に着き、久しぶりに引き出しからドロップの缶を取り出した。ドロップの製造元はカリンスキー商店とロシアっぽい名前だが、日本人が作った製菓会社だ。

しばらく舌の上で転がしていると、どうしても自分がロシア帝国の陸軍と戦ったあの戦場に思いが向いた。世界最強最大と言われた陸軍を持つあの帝国との戦争。自分はあの戦争に従軍し、戦傷を受けて、なんとか命は取り留めた。帰ってきた故国はロシア帝国と和睦し、軍事権と外交権をロシア帝国に委ねて「同盟国」となっていた。あの敗戦と講和から数えて十二年、開戦から数えて十三年が経っていた。

最初は敗戦の事実を受け入れることのできない国民が大多数だったが、けっきょく多くの日本人がこの二帝同盟下の世に適応していった。ロシア人移住者からロシアの習俗、習慣が広まり、ロシア人を隣人として暮らす世の中を、歓迎する市民も増えてきている。そうした市民にとってロシアは、強大な嫌悪すべき敵国ではなかった。戦争で勝ったにもかかわらず、皇室も日本語も残した講和で収めてくれた、寛容な大国である。憎む理由も恨む根拠もない隣国であった。市民の一部にとっては、むしろ憧れ、近づこうと望む対象であった。三好真知子がそうであったように。

もちろん二帝同盟を憎み、ロシアからの完全な独立を主張する市民も少なくはない。五カ月ほど前には、たとえ戦争を起こしてでも同盟を解消しようと、統監の暗殺を企てる勢力の存在も明らかになった。その勢力は軍や政財界の一部を巻き込んだ、想像以上に大きな一派だった。あの事件の関係者は多くが摘発され刑事上の処分を受けたし、刑事処分を受けない者も、軍を含む公職から追放された。しかし完全独立を望む民心自体が消え去ったわけではない。さっきの総監の言葉でそれがわかる。四日前はロシア帝国のズボンの裾に触れることにさえ怯《おび》えていたような総監が、きょうは一転してあのとおりの倨傲《きよごう》さだ。明日には、あの威勢が東京の方々で噴出してくるのではないか。少なくとも、同盟の早期の平和的な解消を主張する声は、一気に大きくなってくるだろう。

へたをすると、と新堂は、先の日露開戦前の国民の気運を思い起こした。帝国が消滅し、まだ新政府樹立の報道もないいま、もう一度ロシアと戦争すべきだと主張する者も出てくるのではないか。旧帝国が混乱し、周辺の植民地も独立を目指して決起するようなこの状況であれば、こんどは勝てると。

飴を舐め終えたとき、刑事部屋のドアが開いた。吉岡が戻ってきたのだった。新堂のほうに視線を向けてくる。

そのとき、吉岡の机の後ろ、電話機の横に立っている同僚が大きな声で言った。

「新堂さん、西神田署から電話です」

新堂はすぐ立ち上がって、電話機へと向かった。西神田警察署からの電話。電話機の横の時計の針は、午後の五時五分を指している。おそらくは私用の電話。多和田からだ。自分はまだ、花見の誘いの手紙に返事をしていなかった。

受話器を受け取って、新堂は名乗った。

「新堂です」

「多和田だ」と、西神田警察署の巡査部長、多和田善三《ぜんぞう》の声がした。「いま、いいかな」

吉岡が、机の方へ、つまりこの電話機の方へと近づいてくる。

新堂は言った。

「はい、巡査部長。大丈夫です」

「なんだい、他人行儀に。手紙にも書いた件だ。外神田署の件は聞いている。返事を書くのも忙しいだろうと考え直して」

「外神田署の事案は片がついたところです」

「そばに上司がいるのか？」と多和田が愉快そうな声で言った。「すまん、いちおうあんたがどうするかだけ、聞いておきたかったんだ」

「そのとおりです。行けます。西神田署に行けばいいですか？」

「いや、そうじゃない。上野のお山がいいんじゃないかと思ってるが、近くなって、見頃がどこかわかってから決めるんでもいい」

「すぐのほうがいいですね」新堂は壁の時計を見た。「はい、行きます」

「いまから来ると？」多和田は混乱しているようだ。「いや、花見の話だぞ」

「はい、承知しています。ええ、すぐに出ることは可能です」

「来るのか？」

「すぐに出ます」

「ああ。少し酒を飲むのでもいいな。ロシアの話もしたい。何か聞いているか」

「ええ。情報は多少持っています」

「待ってる」

受話器を戻してから、自分を見つめている吉岡に言った。

「西神田署から、すぐに来てくれとのことです」

「何だ？」と吉岡。

「わかりません。とにかく急いでいるようなので、行ってきます。直帰でかまいませんか」

吉岡は、残念そうに言った。

「ああ」

新堂は自分の机に戻ると、外套と帽子を手に取って捜査係の部屋を出た。

廊下を歩きながら外套を着込み、ボタンをかけた。廊下のあちこちで、巡査や職員たちが数人ずつ固まって話をしている。いまこの瞬間、警視庁で語られる話題は、ロシア帝国の消滅以外に何があるだろう。みなそれが事実なのか、どういう経緯なのか、そしてそれが日本にもたらす影響について、知りたがっている。聞きたがっている。分析したい気持ちになっているのだ。

正面の玄関を出ると、石段の真下、建物のひさしにつけられた照明灯の下に、ちょうど一台のプチロフが停まったところだった。小さなロシア国旗を、ボンネットの脇に掲げている。統監府からの車だろう。後部席から軍将校が降り立った。コルネーエフ大尉だった。新堂は足を止めた。

後部席の反対側から降りたのは、中年の日本人だった。去年もコルネーエフと一緒のところを見たことがある。統監府勤務の日本人通訳だ。

コルネーエフは、石段に足をかける前に、軍帽に手を伸ばした。位置を直したのだろう。通訳がその横に並んで、何かささやいた。

硬い表情で、唇をきつく結んでコルネーエフは石段を上がってきた。途中で新堂と目が合った。新堂は一歩横に退いて、コルネーエフへ道を空けた。

コルネーエフは表情を変えない。目礼をするわけでもなかった。ただ、彼は少しだけ長く新堂と視線を交錯させたように感じた。

新堂の真横を通り過ぎ、コルネーエフは警視庁本部庁舎の正面入り口のドアに向かっていった。新堂は振り返って、その背を見送った。

コルネーエフの姿が完全に見えなくなってから、新堂は身体をまた正面に向け直して、ハンチング帽をかぶった。クロパトキン通りでは、乾いた冷たい風が埃《ほこり》を巻き上げている。

新堂は石段をゆっくりと下りながら、きょうの日付を自分に意識させた。

和暦大正六年三月十六日だ。ロシア暦では一九一七年三月三日だった。


（了）

初出「小説すばる」二〇二一年一月号〜八月号
単行本化にあたり、加筆・修正を行いました。

装幀／泉沢光雄
カバー画像／生田誠　所蔵
地図デザイン／今井秀之

佐々木　譲（ささき・じょう）

一九五〇年北海道生まれ。七九年「鉄騎兵、跳んだ」で第五五回オール讀物新人賞を受賞。九〇年『エトロフ発緊急電』で第四三回日本推理作家協会賞長編部門、第八回日本冒険小説協会大賞、第三回山本周五郎賞を受賞。二〇〇二年『武揚伝』で第二一回新田次郎文学賞、一〇年『廃墟に乞う』で第一四二回直木賞を受賞。一六年に第二〇回日本ミステリー文学大賞を受賞。『ベルリン飛行指令』『制服捜査』『警官の血』『警官の条件』『沈黙法廷』『抵抗都市』『帝国の弔砲』など著書多数。

偽装同盟《ぎそうどうめい》

二〇二一年一二月二〇日　第一刷発行

著　者　佐々木《ささき》　譲《じょう》
発行者　徳永　真
発行所　株式会社集英社
〒一〇一－八〇五〇　東京都千代田区一ツ橋二－五－一〇
電話　〇三－三二三〇－六一〇〇（編集部）
〇三－三二三〇－六〇八〇（読者係）
〇三－三二三〇－六三九三（販売部）書店専用
印刷所　凸版印刷株式会社
製本所　ナショナル製本協同組合

ISBN978-4-08-771776-1　C0093
定価はカバーに表示してあります。

佐々木 譲
Sasaki Joh
抵抗都市
RESISTANCE CITY
集英社

# Alliance in Disguise